芦辺拓 ✦ 江戸川乱歩

乱歩殺人事件

――「悪霊」ふたたび

THE RAMPO MURDER CASE

角川書店

ASHIBE TAKU ✦ EDOGAWA RAMPO

乱歩殺人事件

――「悪霊」ふたたび

目　次

INTRODUCTION

これは日本の探偵小説の父・江戸川乱歩《えどがわらんぽ》の幻の作品「悪霊」を、私芦辺拓《あしべたく》が再構成と補筆を行ない、その内側と外側の世界に空想をくりひろげた小説です。

デビュー作「二銭銅貨」で探偵小説という最先端の文学を日本の風土と言語空間に着地させるのに成功した乱歩は、「陰獣」では妖艶で官能的な愛憎劇に読者のいる外側の世界を巻きこみ、『孤島の鬼』では本格探偵小説と伝奇冒険小説の融合をなしとげ、『蜘蛛男《くもおとこ》』に始まるいわゆる通俗長編では、このジャンルを百万大衆のものとするのに成功しました。

それらを踏まえ、満を持して一九三三年秋に連載がスタートした「悪霊」は、これまでの彼の作品と同様、これまでにない傑作となるはずでした。作者らしき人物が謎めいた手紙を手に入れる冒頭から濃密で陰鬱なムードに包まれ、いきなり凄惨な密室殺人と異様な道具立てで幕を切って落とすこの作品は、完結のあかつきには成功しか約束されていないはずでした。

にもかかわらず、「悪霊」は連載三回、たった二通の手紙を紹介したところで一九三四年早々に中断し、休載また休載の果てに思いがけない結末を迎えます。犯人の名はもとより、トリックというトリック、謎という謎は解かれないまま放置され、それから九十年もの歳月が流れてしまいました。

『乱歩殺人事件――「悪霊」ふたたび』ではそれら全てを解き明かし、犯人を指名し解決をつけると同時に、そのころの乱歩自身にも光を当て、なぜ「悪霊」が中絶のやむなきに至ったかにも思いをめぐらせてみました。本書のいささか不穏なタイトルの由来も、そこで明らかになることでしょう。

それでは、このページをめくって、失われた時代の、失われた都市の、失われた……いや、失われたはずの物語のただ中へ、どうぞお入りください！

プロローグ

「今井町《いまいちょう》、今井町――」

青山《あおやま》六丁目始発、市電七系統のボギー車が、車掌の声とブレーキの音をないまぜにしながら停車した。車体中央の折り畳み扉からいくばくかの乗客を吐き出し、前後の乗車口からはスルスルと呑みこんだかと思うと、

「動きまぁす」

という掛け声と、チンチンと二度鳴らされた信鈴《しんりん》を合図に、すぐにあわただしく走り去ってゆく。二本のトロリーポールから青白い火花を散らし、モーターのうなりを立てながら……。

車道から一段高いだけの停留所にぽつんとたたずんで、日比谷《ひびや》から永代橋《えいたいばし》をめざす後ろ姿を見送り、ふと来た方向をふりかえれば、六本木《ろっぽんぎ》の交差点につながるなだらかな上り勾

配が見える。車の流れが途切れたうちにと道を南に渡れば、そこは東京市麻布区《あざぶ》箪笥町《たんすまち》。家並みの切れ目から一筋の坂道が始まる。

流垂坂《なだれ》という名前そのままに、閑静な屋敷町の奥まで長々とのびゆく坂を上りかけ、すぐ左に折れると、ほどなく何とも風変わりな一画に出くわした。一帯の町名は旧幕時代に武具を司った箪笥奉行に由来するが、その古風さにはどうにも似つかわしくない眺めだった。

そう……まるでいきなりヨーロッパに飛ばされ、そのどこやらの小都会にまぎれこんだかのよう。でなければ新宿の武蔵野館《むさしの》か丸の内《まるのうち》邦楽座あたりで封切る洋画の銀幕《スクリーン》に吸いこまれたみたいに、どこもかしも瀟洒《しょうしゃ》でエキゾチックな西洋館ばかりなのだ。

道はすぐに二股に分かれて三角地帯となるが、そこに建つのはチェコスロヴァキア公使館、以前は秘露《ペルー》公使館が居を構えていた。その向かいには芬蘭《フィンランド》公使館――といった具合に、小ぢんまりとはしていても、れっきとした在外公館やその関連の施設ばかり。文字通り治外法権の外国そのものというわけなのだった。

ちなみに隣町の市兵衛町《いちべえちょう》にはスペイン公使館、飯倉町《いいぐらまち》には中華民国大使館、やや離れて狸穴町《まみあなちょう》にはソヴィエト大使館がそれぞれ威容と個性を競い合っている。

そうした土地柄を反映してか看板も多くは横文字、しかも何語とも知れぬものばかり。

そんな異国のジオラマを楽しみながら、ぶらぶらと歩を進めるうち、早くも目的地のそばまで来てしまった。

――これまでの苦労を考えると、何となくあっけない気がした。今さら急ぐこともなかったし、小休止してこのあとに備えるのも一手だった。

かといって、こんなひっそり閑とした街なかに、時間をつぶすような場所はないなと半ばあきらめながら見回すと、建物と建物の間にはさまれるようにして間口を開いた一軒の本屋らしき店があった、それも古書店のようだ。

近づいてみると果たしてその通りで、しかも珍しいことには店頭に積んであるのも、奥の本棚に汗牛充棟しているのも、洋書が大半を占めていた。横浜や神戸の古本屋では、外国船の図書室のお払いものや、船員船客が読み捨てた本や雑誌が大量に出回るというが、ここも土地柄、外国人がお客のかなりの部分を占めているのだろう。

書皮《ダストジヤケツト》をはがれてしまった単行本は、パッと見にはどんな内容だかわからないが、Edgar WallaceとかGuy Boothby、さてはSamuel A. Duseといった著者名が見えるところからすると、極東への旅のつれづれを慰めた小説本の余生の姿と思われた。

雑誌はまだしもはっきりしていて、けばけばしい表紙絵の中では探偵ともギャングともつかない壮漢《タフ・ガイ》が拳銃を構えていたり、金髪に薄着の美女が悲鳴をあげていたり、何だかよくわからない別世界や怪物が描かれていたりする。いったいどんな話なのかと思うが、それらの上にでかでかと記された文字からすると、戦慄的《スリリング》で奇妙不可思議《ウィアード》で、驚嘆《アメージング》すべき物語たちが、一〇セント硬貨《ダイム》一枚で手に入ることは確からしかった。

わずかながら日本の雑誌も置かれていて、ただし博文館の「新青年」ばかりだった。それも最近のものばかりで、だから珍しくもなかったが、ほかの洋書や外国雑誌に比べるととっつきがよく、何よりなじみがあって手に取りやすかった。

何もこんなところまで来て、しかもよりによって「新青年」でもないだろうと思いつつ、適当に手に取った一冊をパラパラと繰ってみると、最終ページの〝編輯《へんしゅう》だより〟に、こんな文字が見えた。

最近筆を折つて、暫らく静養してゐた江戸川乱歩氏が、いよいよ明年を期して大探偵小説を本誌に寄せることとなる。毎度諸君にお約束して置きながら、実現の機に到らなかつたけれども今度こそは氏自身の覚悟のほども断乎として固い。恐らく驚天動地の作品が約束されるだらう

いつのことだったろうと確かめると、昭和七年十一月号だ。もうけっこう前だが、と思

いつつ別の号を手に取ると、同じく〝編輯だより〟に、

ところで、これまたお待ちかねの江戸川乱歩氏の長篇だが、いよいよ四月号から連載できることになりさうである。氏は目下、他雑誌の爆弾勇士を悉く撃退して、僕等のために驚嘆すべきストーリイを製作中だ。

——と記されていた。冒頭に編集長水谷準《みずたにじゅん》をはじめとするスタッフが名を連ねた「賀正」の文字がある通り、これは明けて昭和八年の一月号だった。今や天下の流行作家である江戸川乱歩の新作を掲載できる喜びに満ち満ちている。

何しろ「新青年」といえば、この江戸川乱歩を「二銭銅貨」で世に出し、名探偵明智小《あけちこ》五郎《ごろう》初お目見えの「D坂の殺人事件」に「屋根裏の散歩者」、さらには「パノラマ島綺譚」やら「陰獣」といった問題作にも発表の舞台を提供してきた。

なのに昭和四年に「押絵と旅する男」を書いたきり、創作の方ではすっかりご無沙汰という状態だったから、この大はしゃぎと前宣伝も当然といえば当然だ。明智探偵も近ごろはすっかり活動大写真的ヒーローとなり果て、乱歩といえば血みどろにして乱射乱撃な猟奇スリラー作家と化していたが、古巣の「新青年」に書くとあれば、これはもう本格的な

探偵小説、それも官能と怪奇と耽美の中にアッと言わせる謎と真相を盛りこんだ力作になるに違いなかった。

そんなわけで、読者の期待は高まるばかり。月初めの発売日には書店に駆けつけ、折りこみの目次を確かめずにはいられなかった。ところが、ここに記された四月号を見てみると、

本号から連載の予定であつた江戸川乱歩氏の長篇は、遂に間に合はず。「又か！」と云はずに下さい。作者も僕等も一生懸命なのだ。次号を待たれよ。（J・M・）

と編集長のイニシャル入りで弁明してあった。しかも次号もまた乱歩のらの字もなく、そのあとも、予告とその先延ばしがくり返されるばかりだった。

読者諸君にとつては喜ばしい報告二つ。江戸川乱歩氏の長篇を今年の新年号から首を長くして待つてゐるが、いよく〵氏も重かつたお尻をあげた。来月号誌上で多分吉報の予告を掲げることが出来よう。これこそまさに期して待たれよ。

来る十月号は増大号である。色紙頁の予告のやうに、創作欄は断然興奮の連続である。殊にわが乱歩の出陣こそは、日本全読者階級の固唾を飲んで待構へてゐるもの。あゝ、かうやつて書いている裡にも心臓がどきついて来たぞ。暑さなんか……しまつた、罰金！

そんなこんなで、ようやく念願の新連載が始まったのは、昭和八年十一月号——最初の予告から、何と丸一年がたっていた。これだけ待たせに待たせただけあって、版元の力の入れ具合もふだんとは異なっていた。「キング」や「講談倶楽部」のような大衆小説誌に比べると、「新青年」の新聞広告は地味というかモダンでウィットに富んだものだが、このときばかりは様変わりしていて、

江戸川乱歩　新連載長篇第一回

悪《あく》霊《りやう》

眠れる獅子、突如沈黙を破る！　果然・俄然・断然・凄然!!
久方ぶりに見るこの描写の美しさ、凄艶さよ。
巨人乱歩は劈頭何を語らんとするか？

万人待望のうちに、しづ〳〵と緞帳はあがつた！

と吉田貫三郎のグロテスクな挿絵入りで派手にぶちあげた。当然その反響はすさまじく、〝編輯だより〟も安堵と喜びの声にあふれて、

やつと約束の一つを果すことができた。曰く、江戸川乱歩氏の「悪霊」。予告毎に諸君をワクワクさせた揚句、フンガイを買つてゐた僕等も辛かつたが、これで闇の夜でも歩けるやうになつたやうだ。「悪霊」一たび出づるや、文字通りの大旋風捲き起り、黄塵万丈日本全国を蔽ひ、ために再版をしなくてはならないやうな騒ぎ。いや近頃の快事であつた。この大作は、恐らく氏としても全精力を傾倒しつくして生れたもの、これくらゐの現象は当り前だとも云へる。この作の大きなトリックは多分どんな読者も気がつく事はできまい、と作者の気焔が窺はれるだけあつて、「陰獣」そこのけの驚きが大団円に待つてゐるものと見なくてはなるまい。原稿が来ると、編輯者同志が奪ひ合つて読むといふやうなのは、一月の間でもさう沢山はないものだが、これなどはその一つだ。まあひとつ、今月の第二回を読んで見て下さい。

いつになく饒舌な口調で、読者とその喜びを分かち合った。だが、その翌々月には、早くも暗雲たちこめて、

江戸川乱歩氏の「悪霊」は近頃の話題メイカーになつてゐる。凡ゆる意味で賞讃の声が編輯部へしきりにとび込む。残念乍ら今月は原稿〆切に間に合はず来月は二ヶ月分一纏めの予定！

もう一度、読者の皆さんに御詫びしなければならない。江戸川乱歩氏の「悪霊」またも休載である。連載の探偵小説は、他の小説と違つて、絶対休んではならない定法なのだが、何しろ作者はこの一作を畢生の大作たらしめんとしてゐるので、筆が思ふやうに運ばぬらしい。今月は加へて御病気である。あと一月御猶予ねがひたい。来る四月号には充分の枚数を以て、ファンにまみえるであらう。

と打って変わっての平身低頭がくり返された。だが、それきりその「悪霊」の続きが掲載されることはなかった。作者の苦悩や読者の期待と失望、編集者たちの怒りにもかかわらず、時だけが無駄に過ぎていた。

（おっと、いけない）

ふと雑誌を閉じ、時計を見ると意外に時間が過ぎていた。そのまま急ぎ足で坂道の続きを上ってゆくと、やがてその先に小ぢんまりした木造二階建ての洋館が見えてきた。個人の住宅かとも思われたそこの正面には、しかしそうではない証拠に次のような看板がかかげられていた。

――《**張**《ちよう》**ホテル**》

と。

悪霊

第一回

江戸川乱歩

発表者《はっぴょうしゃ》の附記《ふき》

二た月ばかり前の事であるが、N某《ぼう》という中年の失業者が、手紙と電話と来訪との、執念深い攻撃の結果、とうとう私の書斎に上がり込んで、二冊の部厚な記録を、私に売りつけてしまった。人嫌いな私が、未知の、しかもあまり風体のよくない、こういう訪問者に会う気になったのはよくよくのことである。彼の用件はむろん、その記録を金に換えることのほかにはなかった。彼はその犯罪記録が私の小説の材料として多額の金銭価値を持つものだと主張し、前もって分け前にあずかりたいというのであった。

結局私は、そんなに苦痛でない程度の金額で、その記録をほとんど内容も調べず買い取った。小説の材料に使えるなどとはむろん思わなかったが、ただこの気兼ねな訪問者から、少しでも早くのがれたかったからである。

それから数日後の或る夜、私は寝床の中で、不眠症をまぎらすために、なにげなくその記録を読みはじめたが、読むにしたがって、非常な掘り出しものをしたことがわかってきた。私はその晩、とうとう徹夜をした上、翌日の昼ごろまでかかって、大部の記録をすっかり読み終った。半分も読まないうちに、これは是非発表しなければならないと心をきめたほどであった。そこで、当然私は、先日のN某君にもう一度改めて会いたいと思った。会って、この不思議な犯罪事件について、同君の口から何事かを聞き出したいと思った。記録を所持していた同君は、この事件にまったく無縁の者ではないと思ったからだ。しかし、残念な事には、記録を買い取った時の事情があんなふうであったために、私は、某君の身の上について何事も知らなかった。彼の面会強要の手紙は三通残っていた。けれど所書きは皆違っていて、二つは浅草《あさくさ》の旅人宿《りょじんやど》、一つは浅草郵便局留置きで返事をくれとあって所書きがない。その旅人宿二軒へは、人をやったり電話をかけたりして問い合わせたけれど、N某君の現在の居所はまったく不明であった。

記録というのは、まっ赤な革表紙で綴じ合わせた、二冊の部厚な手紙の束であった。全体が同じ筆蹟、同じ署名で、名宛人もはじめから終りまで例外なく同一人物であった。つまり、このおびただしい手紙を受け取った人物が、それを丹念に保存して、日付の順序に従って綴じ合わせておいたものに違いない。もしかしたら、あのN某こそ、この手紙の受取人で、それが何かの事情で偽名をしていたのではなかったか。こんな重要な記録が、故なく他人の手に渡ろうとは考えられないからだ。

手紙の内容は、先にも言った通り、或る一連の残酷な、血なまぐさい、異様に不可解な犯罪事件の、首尾一貫した記録であって、そこにしるされた有名な心理学者たちの名前は、明らかに実在のものであって、われわれはそれらの名前によって、今から数年以前、この学者連の身辺に起こった奇怪な殺人事件の新聞記事を、容易に思い出すことができるであろう。おぼろげな記憶によって、その記事をこれに比べてみても、私の手に入れた書翰《しょかん》集《しゅう》がまったく架空の物語でないことはわかるのだが、しかし、それにもかかわらず、ここにしるされた事件全体の感じが（簡単な新聞記事では想像もできなかったその秘密の詳細が）なんとなく異様であって、信じがたいものに思われるのはなぜであるか。現実は往々にしていかなる空想よりも奇怪なるがためであろうか。それとも又、この書翰集は無名の小説家が現実の事件にもとづいて、彼の空想をほしいままにした、廻りくどい欺瞞《ぎまん》なのであろうか。歴史家でない私は、そのいずれであるかを確かめる義務を感じるよりも先に、これを一篇の探偵小説として、世に発表したい誘惑に打ち勝ちかねたのである。

一応は、この書翰集全体を、私の手で普通の物語体に書き改めることを考えてみたけれど、それは、事件の真実性を薄めるばかりでなく、かえって物語の興味をそぐおそれがあった。それほど、この書翰集は巧みに書かれていたと言えるのだ。そこで私は、私の買い取った三冊の記録を、ほとんど加筆しないで、そのまま発表する決心をした。書翰集のところどころに、手紙の受取人の筆蹟とおぼしく、赤インキで簡単な感想或いは説明が書き入れてあるが、これも事件を理解する上に無用ではないと思うので、ほとんど全部（註）として印刷することにした。

事件は数年以前のものであるし、もしこの記録が事の真相であったとしても、迷惑を感じる関係者は多く故人となっているので、発表をはばかるところはほとんどないのであるが、念のために書翰中の人名、地名はすべて私の随意に書き改めた。しかし、この事件の新聞記事を記憶する読者にとって、それらを真実の人名、地名に置き替えることは、さして困難ではないと信じる。

いま私はこの著述がどうかしてN某君の眼に触れ、同君の来訪を受けることを切に望んでいる。私は同君が譲ってくれたこの興味ある記録を、そのまま私の名で活字にすることを敢《あえ》てしたからである。この一篇の物語について、私はまったく労力を費していない、したがってこの著述から生じる作者の収入は、全部、N某君に贈呈すべきだと思っている。この附記をしるした一半の理由は、材料入手の顚末を明きらかにして、所在不明のN某君に、私に他意なき次第を告げ、謝意を表したいためであった。

第《だい》一信《しん》

長《なが》い間《あいだ》全《まった》く手紙《てがみ》を書《か》かなかったことを許《ゆる》して下《くだ》さい。それには理由《りゆう》があったのだ。数年《すうねん》来《らい》まるで恋人《こいびと》の様《よう》に三日《か》にあげず手紙《てがみ》を書《か》いていた君《きみ》のことを、この一月程《つきほど》の間《あいだ》と云《い》うもの、僕《ぼく》は殆《ほとん》ど忘《わす》れていた。僕《ぼく》に新《あた》らしい話相手《はなしあいて》が出来《でき》たからだなどと思《おも》ってはいけない。そんな風《ふう》の並々《なみなみ》の理由《りゆう》ではないのだ。君《きみ》は僕《ぼく》の「色眼鏡《いろめがね》の魔法《まほう》」というものを多分記憶《たぶんきおく》しているだろう。僕《ぼく》が手製《てせい》で拵《こしら》えたマラカイト緑《みどり》とメチール菫《すみれ》の二枚《まい》の色《いろ》ガラスを重《かさ》ねた魔《ま》法眼鏡《ほうめがね》の不気味《ぶきみ》な効果《こうか》を。あの二重眼鏡《じゅうめがね》で世界《せかい》を窺《のぞ》くと、山《やま》も森《もり》も林《はやし》も草《くさ》も、凡《すべ》ての緑色《みどりいろ》のものが、血《ち》の様《よう》に真赤《まっか》に見《み》えるね。いつか箱根《はこね》の山《やま》の中《なか》で、君《きみ》にそいつを覗《のぞ》かせたら、君《きみ》は「怖《こわ》い」と云《い》って大切《たいせつ》なロイド眼鏡《めがね》を地《じ》べたへ抛《ほう》り出《だ》してしまったことがある。あれだよ。僕《ぼく》がこの一月《つき》ばかりの間《あいだ》に見《み》たり聞《き》いたりしたことは、まったくあの魔法眼鏡《まほうめがね》の世《せ》界《かい》なのだよ。眼界《がんかい》は濃霧《のうむ》の様《よう》にドス黒《ぐろ》くて奥底《おくそこ》が見《み》えないのだ。しかしその暗《くら》い世界《せかい》をじっと見《み》つめていると、眼《め》が慣《な》れるにつれて、滲《にじ》み出《だ》す様《よう》に真赤《まっか》な物《もの》の姿《すがた》が、真赤《まっか》な森林《しんりん》や、血《ち》の様《よう》な叢《くさむら》が、目《め》を圧《あっ》して迫《せま》って来《く》るのだ。

君《きみ》の少《すこ》し機嫌《きげん》を悪《わる》くした手紙《てがみ》は今朝受取《けさうけと》った。恋人《こいびと》でなくても、相手《あいて》の冷淡《れいたん》は嫉《ねた》ましいものだ。僕《ぼく》は心《こころ》にもない音信《おんしん》の途絶《とだ》えを済《す》まない事《こと》に思《おも》った。と云《い》って、何《なに》もそれだからこの手紙《てがみ》を書《か》き出《だ》したのではない。もっと積極的《せっきょくてき》な意味《いみ》があってなのだ。君《きみ》の手紙《てがみ》の中《なか》に黒川先生《くろかわせんせい》の近況《きんきょう》を尋《たず》ねる言葉《ことば》があったね。君《きみ》は大阪《おおさか》にいて何《なに》も知《し》らないけれど、君《きみ》のあの御見舞《おみまい》の言葉《ことば》は、偶然《ぐうぜん》とは思《おも》われぬ程《ほど》、恐《おそ》ろしく適切《てきせつ》であったのだ。僕《ぼく》は先生《せんせい》の身辺《しんぺん》に継《けい》起《き》した出来事《できごと》について君《きみ》の御尋《おたず》ねに答《こた》えるべきなのであろうが、それは、いくら僕《ぼく》の手紙《てがみ》が饒舌《じょうぜつ》だからと云《い》って、一度《ど》や二度《ど》の通信《つうしん》では迚《とて》も書《か》き切《き》れるものでない。それ程《ほど》その出《で》来事《きごと》というのが重大《じゅうだい》で複雑《ふくざつ》を極《きわ》めているのだ。しかも事件《じけん》はまだ終《おわ》ったのではない。僕《ぼく》の予感《よかん》ではこの殺人劇《さつじんげき》のクライマックスは、つまり犯人《はんにん》の最後《さいご》の切札《きりふだ》は、どっかしら見《み》えない所《ところ》に、楽《たの》しそうに、大切《たいせつ》にしまってあるのだ。

実《じつ》を云《い》うと、僕自身《ぼくじしん》もこの血腥《ちなまぐさ》い事件《じけん》の渦中《かちゅう》の一人《ひとり》に違《ちが》いない。なぜと云《い》って、黒川《くろかわ》博士《はかせ》の身辺《しんぺん》の出来事《できごと》というのは、君《きみ》も知《し》っている例《れい》の心霊学会《しんれいがっかい》のグループの中《なか》に起《おこ》ったことであって、僕《ぼく》もその会員《かいいん》の末席《まっせき》をけがしているからだ。僕《ぼく》がどういう気持《きもち》で、この事件《じけん》に対《たい》しているか、事件《じけん》そのものは知《し》らなくても、君《きみ》には大方想像出来《おおかたそうぞうでき》るであろう。黒川先《くろかわせん》生《せい》や気《き》の毒《どく》な被害者《ひがいしゃ》の人達《ひとたち》には、誠《まこと》に済《す》まぬことだけれど、気《き》の毒《どく》がったり、途方《とほう》にくれたり、胸騒《むなさわ》ぎしたりする前《まえ》に、先《ま》ず探偵的興味《たんていてききょうみ》がムクムクと頭《あたま》をもたげて来《く》るのを、僕《ぼく》はどうすることも出来《でき》なかった。事件《じけん》が実《じつ》に不愉快《ふゆかい》で、不気味《ぶきみ》で、惨虐《ざんぎゃく》で、八幡《やわた》の籔知《やぶし》らずみたいに不可解《ふかかい》なものである丈《だ》け、被害者《ひがいしゃ》にとっては何《なん》とも云《い》えぬ程恐《ほどおそ》ろしい出来事《できごと》であるのに反比例《はんぴれい》して、探偵的興味《たんていてききょうみ》からは実《じつ》に申分《もうしぶん》のない題材《だいざい》なのだ。僕《ぼく》はつい強《し》いても事件《じけん》の渦中《かちゅう》に踏《ふ》み込《こ》まないではいられなかった。

　君《きみ》が僕《ぼく》に劣《おと》らぬ探偵好《たんていず》きであることは分《わか》っている。僕《ぼく》は君《きみ》が東京《とうきょう》にいてまだ学生《がくせい》だった時分《じぶん》、二人《ふたり》で机上《きじょう》の探偵《たんてい》ごっこをして楽《たの》しんだのを忘《わす》れることが出来《でき》ない。で、僕《ぼく》はこういう事《こと》を思《おも》い立《た》った。まだ謎《なぞ》は殆《ほとん》ど解《と》けていないまま、この事件《じけん》の経過《けいか》を詳《くわ》しく君《きみ》に報告《ほうこく》して、それを後日《ごじつ》の為《ため》の記録《きろく》ともし、又《また》、遠《とお》く隔《へだ》てて眺《なが》めている君《きみ》の直覚《ちょくかく》なり推理《すいり》なりをも聞《き》かせて貰《もら》うという目論見《もくろみ》なのだ。つまり、僕達《ぼくたち》は今度《こんど》は、現実《げんじつ》の、しかも僕《ぼく》に取《と》っては恩師《おんし》に当《あた》る黒川博士《くろかわはかせ》の身辺《しんぺん》をめぐる犯罪事件《はんざいじけん》を材料《ざいりょう》にして、例《れい》の探偵《たんてい》ごっこをやろうという訳《わけ》なのだ。これは一寸《ちょっと》考《かんが》えると不謹慎《ふきんしん》な企《くわだ》てと見《み》えるかも知《し》れない。だが、そうして、若《も》し少《すこ》しでも事件《じけん》の真相《しんそう》に近《ちか》づくことが出来《でき》たならば、恩師《おんし》に対《たい》しても、その周囲《しゅうい》の人達《ひとたち》に対《たい》しても、利益《りえき》にこそなれ決《けっ》して迷惑《めいわく》な事柄《ことがら》ではないと思《おも》う。

　今《いま》から約《やく》一ヶ月前《げつまえ》、九月《がつ》二十三日《にち》の夕方《ゆうがた》、姉崎曽恵子《あねざきそえこ》未亡人惨殺事件《みぼうじんざんさつじけん》が発見《はっけん》された。そして、何《なん》の因縁《いんねん》であるか、その第《だい》一の発見者《はっけんしゃ》はかく云《い》う僕《ぼく》であった。姉崎曽恵子《あねざきそえこ》さんというのは僕達《ぼくたち》の心霊学会《しんれいがっかい》の風変《ふうがわ》りな会員《かいいん》の一人《ひとり》で（風変《ふうがわ》りなのは決《けっ》してこの夫人《ふじん》ばかりではないことが、やがて君《きみ》に分《わか》るだろう）一年程前夫《ねんほどまえおっと》に死《し》に別《わか》れた、まだ三十を少《すこ》し越《こ》したばかりの美《うつく》しい未亡人《みぼうじん》だ。故姉崎氏《こあねざきし》は実業界《じつぎょうかい》で相当《そうとう》の仕事《しごと》をしていた人《ひと》だが、その人《ひと》と黒川《くろかわ》博士《はかせ》とが中学時代《ちゆうがくじだい》の同窓《どうそう》であった関係《かんけい》から、夫人《ふじん》も博士邸《はかせてい》を訪問《ほうもん》する様《よう》になり、いつの間《ま》にか心霊学《しんれいがく》に興味《きようみ》を持《も》って、心霊現象《しんれいげんしよう》の実験《じつけん》の集《あつま》りには欠《か》かさず出席《しゆつせき》していた。その美《うつく》しい我々《われわれ》の仲間《なかま》が突然奇怪《とつぜんきかい》な変死《へんし》をとげたのだ。

その夕方《ゆうがた》、午後《ごご》五時頃《じごろ》であったが、僕《ぼく》は勤《つと》め先《さき》のＡ新聞社《しんぶんしや》からの帰《かえ》りがけに、兼《か》ねて黒《くろ》川先生《かわせんせい》から依頼《いらい》されていた心霊学会例会《しんれいがつかいれいかい》の打合《うちあわ》せの用件《ようけん》で、牛込区河田町《うしごめくかわだちよう》の姉崎夫人邸《あねざきふじんてい》に立寄《たちよ》った。多分君《たぶんきみ》も知《し》っている通《とお》り、あの辺《へん》は、道《みち》の両側《りようがわ》に毀《こわ》れかかった高《たか》い石垣《いしがき》が聳《そび》え、その上《うえ》に森《もり》の様《よう》な樹木《じゆもく》が空《そら》を覆《おお》っていたり、飛《と》んでもない所《ところ》に草《くさ》の生《は》えた空地《あきち》があったり、狭《せま》い道《みち》に苔《こけ》の生《は》えた板塀《いたべい》が続《つづ》いていて、その根元《ねもと》には蓋《ふた》のない泥溝《どろみぞ》が横《よこた》わっていたりする、市内《しない》の住宅街《じゆうたくがい》では最《もつと》も陰気《いんき》な場所《ばしよ》の一つだが、姉崎未亡人《あねざきみぼうじん》の邸《やしき》は、その板塀《いたべい》の並《なら》んだ中《なか》にあって、塀越《へいご》しに古風《こふう》な土蔵《どぞう》の屋根《やね》が見《み》えているのが目印《めじるし》だ。

姉崎家《あねざきけ》の門《もん》よりは電車道《でんしやみち》よりに、つまり姉崎家《あねざきけ》の少《すこ》し手前《てまえ》の筋向《すじむこ》うに当《あた》る所《ところ》に、今云《いまい》った草《くさ》の生《は》えた空地《あきち》があって、その隅《すみ》に下水用《げすいよう》の大《おお》きなコンクリートの管《かん》が幾《いく》つもころがっているのだが、多分《たぶん》その管《かん》の中《なか》を住《すま》いにしているのだろう、一人《ひとり》の年《とし》とった男《おとこ》の片輪乞食《かたわこじき》が、管《かん》の前《まえ》に躄車《いざりぐるま》を据《す》えて、折《お》れた様《よう》に座《すわ》っていた。僕《ぼく》はそいつを注意《ちゆうい》しない訳《わけ》には行《い》かなかった。それ程汚《ほどきたな》くて気味《きみ》の悪《わる》い乞食《こじき》だったからだ。そいつは簡単《かんたん》に云《い》えば毛髪《もうはつ》と右《みぎ》の目《め》と上下《じようげ》の歯《は》と左《ひだり》の手《て》と両足《りようあし》とを持《も》たない極端《きよくたん》な不具者《ふぐしや》であった。身体《からだ》の半分《はんぶん》がなくなってしまっているといってもよかった。その上痩《うえや》せさらぼうて、恐《おそ》らく目方《めかた》も普通《ふつう》の人間《にんげん》の半分《はんぶん》しかないのだろうと思《おも》われた程《ほど》だ。僕《ぼく》は道端《みちばた》に立止《たちど》まって二三分《ぶん》も乞食《こじき》を眺《なが》め続《つづ》けたが、その間彼《あいだかれ》は僕《ぼく》を黙殺《もくさつ》して、片方《かたほう》しかない手《て》で折《お》れ曲《まが》った背中《せなか》をボリボリ掻《か》いていた。

僕《ぼく》がこの躄乞食《いざりこじき》をそんなに長《なが》く見《み》つめていたのは、人間《にんげん》の普通《ふつう》でない姿態《したい》に惹《ひ》きつけられる例《れい》の僕《ぼく》の子供《こども》らしい好奇心《こうきしん》に過《す》ぎなかったが、併《しか》しそうしてこの乞食《こじき》を心《こころ》にとめて置《お》いたことが、あとになってなかなか役《やく》に立《た》った。いやそればかりではなく、僕《ぼく》とそいつとは、別《べつ》にはっきりした理由《りゆう》がある訳《わけ》ではないけれど、何《なん》だか目《め》に見《み》えない糸《いと》で繋《つな》ぎ合《あわ》されている様《よう》な気《き》がして仕方《しかた》がないのだ。殊《こと》に近頃《ちかごろ》になってこの二三日《にち》などは毎晩《まいばん》の様《よう》に、あのお化《ば》けの夢《ゆめ》にうなされている。昼間《ひるま》でもあいつの顔《かお》を思出《おもいだ》すとゾーッと寒気《さむけ》がして何《なん》とも云《い》えぬ厭《いや》な気持《きもち》に襲《おそ》われるのだ。姉崎家《あねざきけ》のことを書《か》く前《まえ》に、僕《ぼく》はなんだかあの片輪者《かたわもの》について、もう少《すこ》し詳《くわ》しく君《きみ》に知《し》らせて置《お》き度《た》くなった。そいつの不具《ふぐ》の度合《どあい》は、身体《からだ》のどの部《ぶ》分《ぶん》よりも顔面《がんめん》に最《もっと》も著《いちじる》しかった。頭部《とうぶ》の肉《にく》は顱頂骨《ろちょうこつ》が透《す》いて見《み》える程《ほど》ひからびていて、ビカビカ光《ひか》る引釣《ひっつり》があって、その上全面《うえぜんめん》に一本《ぽん》の毛髪《もうはつ》も残《のこ》っていなかった。木乃伊《みいら》には毛《もう》髪《はつ》の着《つ》いているのもあるが、この乞食《こじき》の頭《あたま》は、木乃伊《みいら》とそっくりな上《うえ》に髪《かみ》の毛《け》さえも見当《みあた》らぬのだ。広《ひろ》く見《み》える額《ひたい》には眉毛《まゆげ》がなくて、突然目《とつぜんめ》の窪《くぼ》が薄黒《うすぐろ》い洞穴《ほらあな》になっていた。尤《もっと》もそれは右《みぎ》の眼《め》の話《はなし》で、左《ひだり》の眼球丈《がんきゅうだ》けは残《のこ》っていたけれど、細《ほそ》く開《ひら》いた瞼《まぶた》の中《なか》は、黒《くろ》くはなくて薄白《うすじろ》く見《み》えた。僕《ぼく》は左《ひだり》の目《め》も盲目《もうもく》なのかと考《かんが》えたが、あとになってそれは充分使用《じゅうぶんしよう》に耐《た》えることが分《わか》った。目《め》から下《した》の部分《ぶぶん》は全《まった》く不思議《ふしぎ》なものであった。頰《ほほ》も鼻《はな》も口《くち》も顎《あご》も、どれがどれだかまるで区別《くべつ》がなくて、無数《むすう》の深《ふか》い横皺《よこじわ》が刻《きざ》まれているに過《す》ぎなかった。鼻《はな》は低《ひく》くて短《みじ》かくて幾段《いくだん》にも横皺《よこじわ》で畳《たた》まれていて、普通《ふつう》の人間《にんげん》の鼻《はな》の三分《ぶん》の一の長《なが》さもない様《よう》に見《み》えたし、鼻《はな》の下《した》には幾本《いくほん》かの襞《ひだ》になった横皺《よこじわ》があるばかりで、すぐに羽《はね》をむしった鶏《にわとり》の様《よう》な喉《のど》になっていた。無論《むろん》その横皺《よこじわ》の一つが口《くち》なのだけれど、どれが口《くち》に当《あた》るのか見分《みわ》けがつかない程《ほど》であった。つまりこの乞食《こじき》の顔《かお》は、我々《われわれ》とはまるで逆《ぎゃく》であって、目《め》から下《した》の全体《ぜんたい》の面積《めんせき》が、額《ひたい》の三分《ぶん》の一にも足《た》りないのだ。これは肉《にく》が痩《や》せて皮膚《ひふ》がたるんだのと、上下《じょうげ》の歯《は》が全《まった》くない為《ため》に、顔《かお》の下半面《したはんめん》が、提灯《ちょうちん》を押《お》しつぶした様《よう》に縮《ちぢ》んでしまったものに違《ちが》いなかった。君《きみ》が若《も》しアルコール漬《づ》けになった月足《つきた》らずの胎児《たいじ》を見《み》た経験《けいけん》があるなら、それを今思《いまおも》い出《だ》してくれればいいのだ。髪《かみ》の毛《け》の全《まった》く生《は》えていない、白《しろ》っぽくて皺《しわ》くちゃのあの胎児《たいじ》の顔《かお》をそのまま大《おお》きくすれば、丁度《ちょうど》この乞食《こじき》の顔《かお》になる。皮膚《ひふ》の色《いろ》は、君《きみ》は恐《おそ》らく渋紙色《しぶがみいろ》を想像《そうぞう》するであろうが、案外《あんがい》そうではなくて、若《も》し皺《しわ》を引《ひ》き伸《の》ばしたら、僕《ぼく》なんかの顔色《かおいろ》よりも白《しろ》くて美《うつく》しいのではないかと思《おも》われる程《ほど》であった。それからこいつの身体《からだ》だが、それは顔程《かおほど》ではなかったけれど、やっぱり木乃伊《みいら》を思出《おもいだ》す痩《や》せ方《かた》であった。着《き》ていたのは、盲目縞《めくらじま》の木綿《もめん》の単衣《ひとえ》のぼろぼろに破《やぶ》れたもので、殊《こと》に左《ひだり》の袖《そで》は跡方《あとかた》もなくちぎれてしまって、ちぎれた袖《そで》の間《あいだ》から、黒《くろ》く汚《よご》れたメリヤスのシャツに包《つつ》まれた腕《うで》のつけ根《ね》が、肩《かた》から生《は》えた瘤《こぶ》みたいに窺《のぞ》いていた。その瘤《こぶ》の先《さき》が風呂敷《ふろしき》の結《むす》び目《め》の様《よう》にキュッとしぼんでいるのは、一見外科手術《いっけんげかしゅじゅつ》の痕《あと》で、この乞食《こじき》が癩病患者《らいびょうかんじゃ》ではないことを語《かた》るものだ。胴体《どうたい》は非常《ひじょう》な老人《ろうじん》の様《よう》に全《まった》く二つに折《お》れて、ちょっと見《み》ると座《すわ》っているのだか寝《ね》ているのだか分《わか》らない程《ほど》であったが、その胴体《どうたい》に覆《おお》い隠《かく》された隙間《すきま》から、膝《ひざ》から上丈《うえだ》けの二本《ほん》の細《ほそ》い腿《もも》が窺《のぞ》いて見《み》えて、それが泥《どろ》まみれの躄車《いざりぐるま》の中《なか》にきっちりと嵌《は》まり込《こ》んでいた。年《ねん》齢《れい》はどう見《み》ても六十才以上《さいいじょう》の老人《ろうじん》であった。

　例《れい》の癖《くせ》で、僕《ぼく》は饒舌《じょうぜつ》になりすぎた様《よう》だ。道草《みちくさ》はよして姉崎家《あねざきけ》を訪《たず》ねることにしよう。そしてなるべく手取早《てっとりばや》く犯罪事件《はんざいじけん》に入《はい》ることにしよう。で、夫人《ふじん》の家《いえ》を訪《たず》ねると、顔見知《かおみし》りの女中《じょちゅう》が、広《ひろ》い家《いえ》の中《なか》にたった一人《ひとり》でいた。何《なに》かしらただならぬ様子《ようす》が見《み》えたので、僕《ぼく》はその訳《わけ》を尋《たず》ねて見《み》たが、女中《じょちゅう》の答《こた》えた所《ところ》は次《つぎ》の通《とお》りであった。姉崎未亡人《あねざきみぼうじん》は、夫《おっと》の病死以来《びょうしいらい》召使《めしつかい》の人数《にんずう》も減《へ》らして、広《ひろ》い邸《やしき》に中学《ちゅうがく》二年生《ねんせい》の一人息子《ひとりむすこ》と書生《しょせい》と女中《じょちゅう》の四人《にん》切《き》りで住《す》んでいた。丁度《ちょうど》その日《ひ》は子供《こども》の中学生《ちゅうがくせい》は二日《か》続《つづ》きの休日《きゅうじつ》を利用《りよう》して学友《がくゆう》と旅行《りょこう》に出《で》ていたし、書生《しょせい》は田舎《いなか》に不幸《ふこう》があって帰郷《ききょう》していたし、その上女中《うえじょちゅう》は夫人《ふじん》の云《い》いつけで、昼《ひる》すぎから午後四時半頃《ごごじはんごろ》まで遠方《えんぽう》の化粧品店《けしょうひんてん》と呉服屋《ごふくや》とへ使《つかい》に出《で》ていたので、その留守《るす》の間夫人《あいだふじん》は全《まった》く一人《ひとり》ぼっちであった。いつもはそういう場合《ばあい》には市ヶ谷加賀町《いちがやかがちょう》にある夫人《ふじん》の実家《じっか》から人《ひと》を寄《よ》こして貰《もら》う様《よう》にしていたのに、今日《きょう》はそれにも及《およ》ばないということだったので、女《じょ》中《ちゅう》はそのまま使《つか》いに出て、つい半時間程前《はんじかんほどまえ》に帰宅《きたく》して見《み》ると、家《いえ》の中《なか》は空《から》っぽで、表《おもて》の戸《と》締《じま》りもなく、家中《いえじゅう》を隈《くま》なく探《さが》したけれど夫人《ふじん》の姿《すがた》はどこにも見《み》えなかった。おかしいのは、夫《ふ》人《じん》の履物《はきもの》が一足《そく》もなくなっていないことだ。若《も》し夫人《ふじん》がはだしで飛《と》び出《だ》す様《よう》なことが起《おこ》ったのだとすれば、それ丈《だ》けでもただ事《ごと》ではない。さしずめ加賀町《かがちょう》さんへこの事《こと》を知《し》らせなければならぬが、それには留守番《るすばん》がないしと処置《しょち》に困《こう》じていた所《ところ》へ、丁度僕《ちょうどぼく》が来合《きあわ》せたというのであった。

会話《かいわ》を省略《しょうりゃく》したので、少《すこ》し不自然《ふしぜん》に見《み》えるかも知《し》れないけれど、その問答《もんどう》の間《あいだ》に、僕《ぼく》は邸内《ていない》に女中《じょちゅう》がまだ探《さが》していない部分《ぶぶん》があることを気附《きづ》いた。それは先《さき》にちょっと書《か》いた往《おう》来《らい》の塀《へい》の外《そと》から屋根《やね》が見《み》えているというこの家《いえ》の土蔵《ぞう》なのだ。土蔵《ぞう》が女中《じょちゅう》の盲点《もうてん》に入っていたのは併《しか》し無理《むり》はなかった。少《すく》なくとも女中《じょちゅう》の知《し》っている限《かぎ》りでは、土蔵《ぞう》の扉《と》は時候《じこう》の変《かわ》り目《め》の外《ほか》は殆《ほとん》ど開《ひら》かれたことがなく、戸前《とまえ》にはいつも開《あ》かずの部屋《へや》の様《よう》に重々《おもおも》しい錠前《じょうまえ》が掛《かか》っていたのだから。僕《ぼく》は念《ねん》の為《ため》にと女中《じょちゅう》を説《と》いて、二人《ふたり》で土蔵《ぞう》の前《まえ》へ行《い》って見《み》たが、その扉《と》には、女中《じょちゅう》の言葉《ことば》の通《とお》り昔風《むかしふう》の大《おお》きな鉄《てつ》の錠前《じょうまえ》が、まるで造《つく》りつけの装飾物《そうしょくぶつ》でもある様《よう》に、ひっそりと掛《かか》っているばかりであった。だが僕《ぼく》は錠前《じょうまえ》の鉄板《てついた》の表面《ひょうめん》の埃《ほこり》が、一部分《いちぶぶん》乱《みだ》れているのを見逃《みの》がさなかった。それは極《ご》く最近《さいきん》、誰《たれ》かが扉《と》を開《あ》けて又《また》閉《し》めたことを示《しめ》すものではないだろうか。僕《ぼく》はふと夫人《ふじん》が第《だい》三者《しゃ》の為《ため》に土蔵《どぞう》の中《なか》へとじこめられているという想像《そうぞう》に脅《おびや》かされて、錠前《じょうまえ》の鍵《かぎ》を持《も》って来《く》る様《よう》に頼《たの》んだが、女中《じょちゅう》はそのありかを知《し》らなかった。それでも、僕《ぼく》はどうも断念出来《だんねんでき》ないものだから、窓《まど》から窺《のぞ》いて見《み》ることを考《かんが》えて、庭《にわ》に降《お》りて見廻《みまわ》すと、幸《さいわい》、蔵《くら》の二階《かい》の窓《まど》が一つ開《ひら》いたままになっているのを見《み》つけた。僕《ぼく》は梯子《はしご》を掛《か》けてその窓《まど》へ昇《のぼ》って行《い》った。窓《まど》の鉄棒《てつぼう》につかまって、もう殆《ほとん》ど暗《くら》くなっているその土蔵《どぞう》の二階《かい》を、僕《ぼく》はじっと窺《のぞ》き込《こ》んでいた。猫《ねこ》の様《よう》に僕《ぼく》の瞳孔《どうこう》が開《ひら》いて暗《くら》がりに慣《な》れるのに数十秒《すうじゅうびょう》かかったが、併《しか》しやがて、ぼんやりとそこに在《あ》る物《もの》が浮上《うきあが》って来《き》た。壁《かべ》に接《せっ》して塗簞笥《ぬりだんす》だとか長持《ながもち》だとか大小様々《だいしょうさまざま》の道具《どうぐ》を容《い》れた木箱《きばこ》だとかが、ゴチャゴチャと積《つ》み並《なら》べてあるらしく、漆《うるし》や金具《かなぐ》があちこちに薄《うす》ぼんやりと光《ひか》って見《み》えた。それらの品物《しなもの》は皆《みな》部屋《へや》の隅《すみ》へ隅《すみ》へと積《つ》み上《あ》げてあるので、板敷《いたじき》の中央《ちゅうおう》はガランとした空地《あきち》になっているのだが、そこに大《おお》きなほの白《じろ》い物体《ぶったい》が、曲《まが》りくねって横《よこた》わっていた。僕《ぼく》の目《め》はいち早《はや》くその物《ぶっ》体《たい》を認《みと》めたのだけれど、何《なん》だか正体《しょうたい》を見極《みきわ》めることを遅《おく》らそうとするものの様《よう》であった。無論《むろん》怖《こわ》がっていたのに違《ちが》いない。併《しか》し、いくら外《そ》らそう外《そ》らそうとしても、結局《けっきょく》僕《ぼく》の視線《しせん》はそこへ戻《もど》って行《い》く外《ほか》はなかった。見《み》ていると、薄闇《うすやみ》の中《なか》から、その曲線《きょくせん》に富《と》んだ大《おお》きな白《しろ》い物体丈《ぶったいだ》けがクッキリと浮上《うきあが》って、僕《ぼく》の目《め》に飛《と》びついて来《く》る様《よう》に感《かん》じられた。僕《ぼく》は視力《しりょく》以上《いじょう》のもので、それを白昼《はくちゅう》の如《ごと》く見極《みきわ》めることが出来《でき》た。

姉崎未亡人《あねざきみぼうじん》は、全裸体《ぜんらたい》で、水《みず》に溺《おぼ》れた人《ひと》が死《し》にもの狂《ぐる》いに藻掻《もが》いている格好《かっこう》で、そこに息絶《いきた》えていた。僕《ぼく》は血《ち》の美《うつく》しさというものを、あの時《とき》に初《はじ》めて経験《けいけん》した。脂《あぶら》づいた白《しろ》くて滑《なめら》かな皮膚《ひふ》を、大胆極《だいたんきわ》まる染模様《そめもよう》のように、或《あるい》は緋《ひ》の絹糸《きぬいと》の乱《みだ》れる様《よう》に、太《ふと》く細《ほそ》く伝《つた》い流《なが》れる血潮《ちしお》の縞《しま》は、白《しろ》と赤《あか》との悪夢《あくむ》の中《なか》の放胆《ほうたん》な曲線《きょくせん》の交錯《こうさく》は、ゾッと総毛《そうけ》の立《た》つ程美《ほどうつく》しいものだ。僕《ぼく》は夫人《ふじん》とさ程親《ほどした》しい訳《わけ》ではなかったから、この惨死体《ざんしたい》を見《み》て悲《かな》しむよりは怖《おそ》れ、怖《おそ》れるよりは寧《む》しろ夢《ゆめ》の様《よう》な美《うつく》しさに打《う》たれたことを告白《こくはく》しなければならない。

君《きみ》はこの僕《ぼく》の形容《けいよう》をいぶかしく思《おも》うに違《ちが》いない。そんな縞《しま》の様《よう》な血《ち》の跡《あと》がついているなんて、殺人者《さつじんしゃ》は一体《いったい》どういう殺《ころ》し方《かた》をしたのかと。だがそれに答《こた》えるのには、窓《まど》の外《そと》からの朧気《おぼろげ》な隙見《すきみ》だけでは不充分《ふじゅうぶん》だ。僕《ぼく》は薄闇《うすやみ》の悪夢《あくむ》から醒《さ》めて、現実《げんじつ》の社会人《しゃかいじん》の立場《たちば》から、殺人事件発見者《さつじんじけんはっけんしゃ》として適当《てきとう》の処置《しょち》をとらなければならない。僕《ぼく》は女中《じょちゅう》とも相談《そうだん》の上《うえ》先《ま》ず第《だい》一に自動電話《じどうでんわ》によって加賀町《かがちょう》の夫人《ふじん》の実家《じっか》へこの不祥事《ふしょうじ》を報告《ほうこく》し、実家《じっか》の依頼《いらい》を受《う》けて、所轄警察署《しょかつけいさつしょ》その他必要《たひつよう》な先々《さきざき》へ通知《つうち》した。

地方裁判所検事《ちほうさいばんしょけんじ》の一行《いっこう》が到着《とうちゃく》して、警視庁《けいしちょう》や所轄警察署《しょかつけいさつしょ》の人々《ひとびと》と一緒《いっしょ》に現場検証《げんばけんしょう》を開始《かいし》したのは、それから一時間程後《じかんほどのち》であった。君《きみ》も知《し》っている通《とお》り僕《ぼく》のA新聞社《しんぶんしゃ》での地位《ちい》はこういう事柄《ことがら》には縁遠《えんどお》い学芸部《がくげいぶ》の記者《きしゃ》だから、裁判所《さいばんしょ》の人《ひと》などに知合《しりあい》は少《すく》ないのだけれど、

幸《さいわい》にもこの事件《じけん》を担当《たんとう》した検事綿貫正太郎氏《けんじわたぬきしょうたろうし》は学芸欄《がくげいらん》の用件《ようけん》で数度訪問《すうどほうもん》したことがあっ

て、知《し》らぬ仲《なか》ではなかったものだから、証人《しょうにん》としての供述以上《きょうじゅついじょう》に色々質問《いろいろしつもん》もすれば、綿《わた》貫氏《ぬきし》から話《はな》しかけられもした。だがその夜の検証《けんしょう》の模様《もよう》を順序《じゅんじょ》を追《お》ってここに記《き》す必要《ひつよう》はない。ただ結果《けっか》丈《だ》けを正確《せいかく》に書《か》きとめて置《お》けばよいと思《おも》う。

先《ま》ず最初《さいしょ》に土蔵《どぞう》の錠前《じょうまえ》の鍵《かぎ》に関《かん》する不可解《ふかかい》な事実《じじつ》について一言《ごん》しなければならぬ。先《さき》にも記《き》した通《とお》り、土蔵《どぞう》の扉《とびら》には錠《じょう》がおりていたし、仮令窓《たとえまど》は開《あ》いていても厳重《げんじゅう》な鉄棒《てつぼう》に妨《さまた》げられてそこから出入《でいり》することは出来《でき》ないので、現場《げんじょう》を調《しら》べる為《ため》には是非錠前《ぜひじょうまえ》の鍵《かぎ》が必要《ひつよう》であった。検証《けんしょう》の時分《じぶん》には加賀町《かがちょう》の実家《じっか》から姉崎未亡人《あねざきみぼうじん》の兄《にい》さんに当《あた》る人《ひと》が来《き》ていて、女《じょ》中《ちゅう》と一緒《いっしょ》になって鍵《かぎ》のありかを探《さが》したのだけれど、どうしても見《み》つからぬので、人々《ひとびと》は止《や》むを得《え》ず錠前《じょうまえ》を毀《こわ》して土蔵《どぞう》の中《なか》へ這入《はい》ることにしたが、僕《ぼく》が注意《ちゅうい》するまでもなく、彼等《かれら》は錠前《じょうまえ》の指紋《しもん》のことを気附《きづ》いていて、錠前《じょうまえ》そのものには触《ふ》れず、扉《とびら》にとりつけた金具《かなぐ》を撃《う》ち毀《こわ》すことによって目的《もくてき》を達《たっ》した。だが、やがてその紛失《ふんしつ》した鍵《かぎ》が実《じつ》に奇妙《きみょう》なことには、未《み》亡人《ぼうじん》の死体《したい》の下《した》から発見《はっけん》された。これは一体何《いったいなに》を意味《いみ》するのであろうか。検査《けんさ》の結果《けっか》、その土蔵《どぞう》の錠前《じょうまえ》は開閉《かいへい》ともに鍵《かぎ》がなくては動《うご》かぬことが分《わか》っているのだ。とすると、蔵《くら》の外《そと》の錠前《じょうまえ》を、蔵《くら》の中《なか》にある鍵《かぎ》でどうして閉《し》めることが出来《でき》たのであろう。それともこの殺人《さつじん》犯人《はんにん》は用意周到《よういしゅうとう》にも、予《あらかじ》め土蔵《どぞう》の合鍵《あいかぎ》を用意《ようい》していたのであろうか。

さて、そういう風《ふう》にして土蔵《どぞう》の二階《かい》へ昇《のぼ》った人々《ひとびと》は、先《ま》ず曽恵子《そえこ》さんの死体《したい》を囲《かこ》んで、裁判医《さいばんい》の鑑定《かんてい》を聞《き》くことになった。綿貫氏《わたぬきし》の許《ゆる》しを得《え》て僕《ぼく》もそこに居合《いあわ》せたが、こんなことには慣切《なれき》ったその筋《すじ》の人達《ひとたち》をさえひどく驚《おどろ》かせた程《ほど》、この殺人方法《さつじんほうほう》は奇怪《きかい》を極《きわ》めていた。鑑定《かんてい》によると、兇器《きょうき》は剃刀様《かみそりよう》の薄刃《うすは》のもので、右頸動脈《うけいどうみゃく》の切断《せつだん》が致命傷《ちめいしょう》だと云《い》うことであったが、素人《しろうと》にも一見《いっけん》してそれが分《わか》る程《ほど》、頸部《けいぶ》からの出血《しゅっけつ》は夥《おびただ》しいものであった。未亡人《みぼうじん》の俯伏《うつぶ》せになった顔《かお》は不気味《ぶきみ》な絵《え》の具《ぐ》で染《そ》めた様《よう》に見《み》え、解《と》けた黒髪《くろがみ》は絞《しぼ》る程《ほど》もしっとりと液体《えきたい》を含《ふく》んでいた。併《しか》しこの殺人《さつじん》が奇怪《きかい》だという意味《いみ》は、そういうむごたらしい点《てん》にあるのではなくて、被害者《ひがいしゃ》の生命《せいめい》を断《た》つ事《こと》に直接《ちょくせつ》の関係《かんけい》はないけれど、併《しか》し何《なに》かしら意味《いみ》ありげな、常識《じょうしき》では判断《はんだん》の出来《でき》ない、非常《ひじょう》に不気味《ぶきみ》な別《べつ》の事実《じじつ》についてであった。その一つは、姉崎未亡人《あねざきみぼうじん》が丸裸《まるはだか》にされて殺《ころ》されていたことだ。同《おな》じ蔵《くら》の二階《かい》の片隅《かたすみ》に彼女《かのじょ》の不断着《ふだんぎ》が脱《ぬ》ぎ捨《す》ててあった所《ところ》を見《み》ると、被害者《ひがいしゃ》は蔵《くら》の中《なか》へ這入《はい》るまではちゃんと着物《きもの》を着《き》ていたことは確《たし》かで、その二階《かい》へ来《き》てから自《みず》から脱《ぬ》いだか、犯人《はんにん》に脱《ぬ》がされたかしたものに相違《そうい》ないのだが、それがこの殺人事件《さつじんじけん》にどんな意味《いみ》を持《も》っていたのかちょっと想像《そうぞう》がつかないのだ。それからもう一つの点《てん》は、（この方《ほう》が一層奇怪《いっそうきかい》であって、姉崎夫人殺害事件中《あねざきふじんさつがいじけんちゅう》での最《もっと》も著《いちじる》しい事実《じじつ》なのだが）夫人《ふじん》の死体《したい》には先《さき》に記《しる》した致命傷《ちめいしょう》の外《ほか》に、全身《ぜんしん》に亙《わた》って六ヶ所《しょ》に、小《ち》さい斬《き》り傷《きず》があったことだ。鑑定書《かんていしょ》の口調《くちょう》をまねて詳《くわ》しく云《い》うと、右三角筋部《みぎさんかくきんぶ》、左《ひだり》前上膊部《ぜんじょうはくぶ》、左右臀部《さゆうでんぶ》、右前大腿部《みぎぜんだいたいぶ》、左後膝部《ひだりこうしつぶ》の六ヶ所《しょ》に、長《なが》さ三センチから一センチ位《ぐらい》までの、剃刀様《かみそりよう》の兇器《きょうき》によるものと覚《おぼ》しき軽微《けいび》な斬《き》り傷《きず》があって、そこから六本《ぽん》の血《ち》の河《かわ》が全身《ぜんしん》に異様《いよう》な縞《しま》を描《えが》いていたのだ。誰《だれ》も皆《みな》これらの傷《きず》が余《あま》り小《ちい》さ過《す》ぎることを不審《ふしん》に思《おも》った。殺人者《さつじんしゃ》が六度《ど》斬《き》りつけて六度《ど》失敗《しっぱい》し、七度目《たびめ》にやっと目的《もくてき》を達《たっ》したと考《かんが》える為《ため》には、傷《きず》が不自然《ふしぜん》に小《ちい》さ過《す》ぎた。いくらしくじったからと云《い》って、六度《ど》が六度《ど》ともこんなかすり傷《きず》の様《よう》なものしかつけ得《え》なかったとは想像出来《そうぞうでき》ない事《こと》だ。又《また》斬《き》り傷《きず》の箇所《かしょ》が前後左右《ぜんごさゆう》に飛《と》び離《はな》れているのも不自然《ふしぜん》であって、被害者《ひがいしゃ》が逃《に》げ廻《まわ》ったり抵抗《ていこう》した為《ため》だと解釈《かいしゃく》するにしても、何《なん》となく首肯《しゅこう》し難《がた》い所《ところ》がある。しかも不思議《ふしぎ》はそればかりではなかった。これらの傷《きず》口《ぐち》から、流《なが》れ出《だ》している血潮《ちしお》の河《かわ》の方向《ほうこう》が、傷口《きずぐち》の小《ちい》さ過《す》ぎる事《こと》などよりは更《さ》らに一層奇《いっそうき》怪《かい》な感《かん》じを与《あた》えるのだ。と云《い》う意味《いみ》は、それらの血《ち》の流《なが》れの方向《ほうこう》が全《まった》く滅茶苦茶《めちゃくちゃ》であって、例《たと》えば右肩《みぎかた》の傷口《きずぐち》からのものは、左肩《ひだりかた》に向《むか》って横流《おうりゅう》し、左腕《ひだりうで》の傷口《きずぐち》からのものは手首《てくび》に向《むか》って下流《かりゅう》し、左足《ひだりあし》からのものは反対《はんたい》に身体《からだ》の上部《じょうぶ》に向《むか》って逆流《ぎゃくりゅう》し、又《また》ある傷口《きずぐち》からのものは斜《なな》めに流《なが》れていると云《い》う調子《ちょうし》で、中《なか》にも異様《いよう》に感《かん》じられたのは、右臀部《みぎでんぶ》からの（これが一番大《いちばんおお》きい傷口《きずぐち》なのだが）血《ち》の流《なが》れは横《よこ》に流《なが》れ、腰《こし》を通《とお》って下腹部《かふくぶ》の左《ひだり》の端近《はじちか》くまで、つまり腰《こし》の部分《ぶぶん》を殆《ほとん》ど一周《しゅう》しているという有様《ありさま》であった。如何《いか》に被害者《ひがいしゃ》が抵抗《ていこう》し、もがき廻《まわ》ったにもせよ、こんな滅茶苦茶《めちゃくちゃ》な血《ち》の流《なが》れ方《かた》があるものでなく、裁判医《さいばんい》なども全《まった》く初《はじ》めての経験《けいけん》だと驚《おどろ》いていた。死体《したい》の所見《しょけん》は大体以上《だいたいいじょう》に尽《つ》きている。夫人《ふじん》の絶命《ぜつめい》した（或《あるい》は兇行《きょうこう》の行《おこな》われた）時間《じかん》は、医師《いし》の鑑定《かんてい》ではその日《ひ》の午後《ごご》という程度《ていど》の漠然《ばくぜん》とした事《こと》しか分《わか》らなかった。又後《またのち》に取調《とりしら》べられた所《ところ》によると、近所《きんじよ》の人達《ひとたち》が夫人《ふじん》の悲鳴《ひめい》を聞《き》いていたという様《よう》な事実《じじつ》もなく、結局《けつきよく》この殺人事件《さつじんじけん》は、女中《じよちゆう》が使《つかい》を云《い》いつけられて家《うち》を出《で》た零時《れいじ》半頃《はんごろ》から彼女《かのじよ》が帰宅《きたく》した四時《じ》半頃《はんごろ》までの間《あいだ》に行《おこな》われたものだという以上《いじよう》に正確《せいかく》な時間《じかん》を決定《けつてい》する材料《ざいりよう》は、今《いま》の所発見《ところはつけん》されていないのだ。なお未亡人《みぼうじん》の屍体《したい》は後《のち》に帝大解剖室《ていだいかいぼうしつ》に運《はこ》ばれることになったが、その結果《けつか》についてはいずれ書《か》く機会《きかい》があると思《おも》う。

次《つぎ》に検証《けんしよう》の人々《ひとびと》は、その土蔵《どぞう》の二階《かい》を主《しゆ》として、姉崎邸《あねざきてい》の室内《しつない》、庭園《ていえん》を問《と》わず、殺人兇器《さつじんきようき》その他犯人《たはんにん》の遺留品《いりゆうひん》、指紋《しもん》、足跡《あしあと》、犯人《はんにん》の侵入逃走《しんにゆうとうそう》の経路《けいろ》などを発見《はつけん》する為《ため》の綿密《めんみつ》な捜索《そうさく》を行《おこな》ったが、その結果《けつか》は殆《ほとん》ど徒労《とろう》であったと云《い》ってもよかった。検事《けんじ》や警察官達《けいさつかんたち》の心《こころ》の中《なか》まで見抜《みぬ》くことは出来《でき》ないけれど、少《すく》くとも彼等《かれら》が取交《とりかわ》していた会話《かいわ》や、僕《ぼく》が綿貫検事《わたぬきけんじ》から聞出《ききだ》した所《ところ》によって想像《そうぞう》すれば、捜索《そうさく》の結果彼等《けつかかれら》の蒐集《しゆうしゆう》し得《え》た事実《じじつ》は左《さ》の諸点《しよてん》に尽《つ》きていた。

剃刀《かみそり》と想像《そうぞう》される殺人兇器《さつじんきようき》は土蔵《どぞう》の中《なか》は勿論《もちろん》、邸内《ていない》のどこにも見出《みいだ》すことは出来《でき》なかった。尤《もつと》も姉崎夫人《あねざきふじん》の化粧台《けしようだい》と書生《しよせい》の机《つくえ》の抽斗《ひきだし》とから剃刀《かみそり》が発見《はつけん》されはしたけれど、それは両方《りようほう》とも殺人《さつじん》の兇器《きようき》としては使用出来相《しようできそう》もない安全剃刀《あんぜんかみそり》であって、替刃《かえば》にも別段《べつだん》の異状《いじよう》を認《みと》めることは出来《でき》なかった。つまり兇器《きようき》は犯人自身《はんにんじしん》のものであって、彼《かれ》はそれを現場《げんじよう》に遺《い》棄《き》して立去《たちさ》る程愚《ほどおろ》かでなかったのに違《ちが》いない。犯人《はんにん》の足跡《あしあと》と指紋《しもん》も全《まった》く見出《みいだ》すことが出来《でき》なかった。庭園《ていえん》の土《つち》は軟《やわら》かだったけれど、そこには庭下駄《にわげた》以外《いがい》の跡《あと》はなく、玄関前《げんかんまえ》には敷《しき》石《いし》が敷《し》きつめてあった。土蔵《どぞう》の板《いた》の間《ま》には薄《うす》く埃《ほこり》が積《つも》っていて、それがひどく掻《か》き乱《みだ》された跡《あと》は見《み》えたが、明瞭《めいりょう》な足跡《あしあと》は無《な》かった。指紋《しもん》の方《ほう》は、犯行現場《はんこうげんじょう》の道具類《どうぐるい》の滑《なめら》かな面《おもて》には家内《かない》の人々《ひとびと》の指紋《しもん》が僅《わず》かに残《のこ》っているばかりだったし、又《また》、僕《ぼく》が最初異状《さいしょいじょう》を発見《はっけん》した蔵《くら》の錠前《じょうまえ》の鉄板《てついた》の表面《ひょうめん》にも、これこそはと意気込《いきご》んで鑑識課《かんしきか》へ廻《まわ》されたが、何《なん》の跡《あと》も残《のこ》っていないことが分《わか》った。それでは犯人《はんにん》は用心深《ようじんぶか》く手袋《てぶくろ》をはめていたのであろうか。だが、若《も》しそうだとすると、その手袋《てぶくろ》は動脈《どうみゃく》から吹《ふ》き出《だ》した血潮《ちしお》の為《ため》にベトベトに濡《ぬ》れていた筈《はず》ではないか。それについて僕《ぼく》はふとこんなことを空想《くうそう》した。犯人《はんにん》は兇行《きょうこう》に取《と》りかかる前《まえ》に手袋《てぶくろ》を脱《ぬ》ぎ、兇行《きょうこう》を終《おわ》って血《ち》のりを拭《ふ》きとったあとで又《また》それをはめたのだと。更《さ》らに進《すす》んで、彼《かれ》が脱《ぬ》いだものはただ手袋丈《てぶくろだ》けではなかったのではないかと。これは非常《ひじょう》に奇怪《きかい》な空想《くうそう》かも知《し》れない。そして君《きみ》は多分《たぶん》、僕《ぼく》の例《れい》の癖《くせ》が始《はじ》まったと云《い》うかも知《し》れない。だが、被害者《ひがいしゃ》の夫人《ふじん》が全裸体《ぜんらたい》であったこと、致命傷《ちめいしょう》以外《いがい》の傷《きず》と血《ち》の流《なが》れ方《かた》が実《じつ》に異様《いよう》であったことなどから、僕《ぼく》には何《なん》となくそんな風《ふう》に思《おも》われたのだ。実《じつ》を云《い》うと、今《いま》の所僕《ところぼく》のこの空想《くうそう》には殆《ほとん》ど賛成者《さんせいしゃ》がないのだが、僕自身《ぼくじしん》はまだそれを捨《す》て兼《か》ねている。無駄事《むだごと》の様《よう》だけれど、この妙《みょう》な考《かんが》えを記《しる》して君《きみ》に覚《おぼ》えて置《お》いて貰《もら》いたいと思《おも》うのだ。僕《ぼく》は今犯人《いまはんにん》が兇行《きょうこう》の時《とき》の返《かえ》り血《ち》を拭《ふ》き取《と》ったと書《か》いたが、これ丈《だ》けは空想《くうそう》ではなかった。と云《い》うのは、先《さき》にもちょっと記《しる》した通《とお》り兇行現場《きょうこうげんじょう》の土蔵《どぞう》の二階《かい》には、死体《したい》から遠《とお》く離《はな》れた隅《すみ》の方《ほう》に、姉崎未亡人《あねざきみぼうじん》の不断着《ふだんぎ》が脱《ぬ》ぎ捨《す》ててあったが、それは袖畳《そでだた》みにしたのではなく、ごく乱暴《らんぼう》に丸《まる》めたもので、僕《ぼく》が一目見《ひとめみ》てこいつは曽恵子《そえこ》さん自身《じしん》が丸《まる》めたものではないなと考《かんが》えた通《とお》り、検《しら》べて見《み》ると、その縞銘仙《しまめいせん》の単衣《ひとえ》ものの中《なか》には、クシャクシャになった夫人常用《ふじんじょうよう》の絞羽二重《しぼりはぶたえ》の長襦袢《ながじゅばん》が包《つつ》みこんであって、それに血《ち》を拭《ふ》き取《と》った跡《あと》が夥《おびただ》しく附着《ふちゃく》していたからだ。若《も》しやそこに指《し》紋《もん》が残《のこ》されているのではないかと思《おも》われたが、注意深《ちゅういぶか》い犯人《はんにん》にそんな手抜《てぬ》かりはなかった。で、長襦袢《ながじゅばん》の血痕《けっこん》は、人々《ひとびと》を一瞬間《いっしゅんかん》ハッとさせたばかりで、別《べつ》に犯人捜索《はんにんそうさく》の直接《ちょくせつ》の手掛《てがか》りとはならなかったが、併《しか》しそうして丸《まる》めた着物《きもの》をとりのけた事《こと》が、実《じつ》に奇妙《きみょう》な証拠品《しょうこひん》らしいものを発見《はっけん》する機縁《きえん》となった。

同《おな》じ板《いた》の間《ま》の隅《すみ》っこの、今《いま》までは着物《きもの》の為《ため》に隠《かく》れていた部分《ぶぶん》に、小《ちい》さく丸《まる》めた紙切《かみき》れが落《お》ちていたのだ。その紙切《かみき》れはこの殺人事件《さつじんじけん》での証拠《しょうこ》らしい証拠品《しょうこひん》の唯一《ゆいいつ》のものであって、その筋《すじ》の人達《ひとたち》もこれには非常《ひじょう》に興味《きょうみ》を持《も》った様《よう》に思《おも》われるし、僕自身《ぼくじしん》にも、何《なん》となくこれが後《のち》に重大《じゅうだい》な意味《いみ》を持《も》ってくるのではないかという予感《よかん》があるので、その紙切《かみき》れについてなるべく詳《くわ》しく書《か》いて置《お》こうと思《おも》う。最初《さいしょ》それを発見《はっけん》した所轄警察《しょかつけいさつ》の司法主任《しほうしゅにん》が、小《ちい》さく丸《まる》められたままの紙切《かみき》れを注意深《ちゅういぶか》く観察《かんさつ》して、これは以前《いぜん》からそこに在《あ》ったのではなくて、犯罪《はんざい》の際《さい》に落《お》されたものに違《ちが》いないと注意《ちゅうい》した。なぜかと云《い》うと、その部屋《へや》は床《ゆか》の上《うえ》にも、並《なら》んでいる道具類《どうぐるい》の上《うえ》にも、目《め》に見《み》える程埃《ほどほこり》が積《つ》もっていたのに、丸《まる》められた紙切《かみき》れの皺《しわ》の中《なか》にはどこにも全《まった》く埃《ほこり》がなかったからだ。更《さ》らにそれを拡《ひろ》げて見《み》ると、感心《かんしん》な司法主任《しほうしゅにん》の観察《かんさつ》が間違《まちが》っていなかったことが一層《いっそう》はっきりした。というのは、紙切《かみきれ》には妙《みょう》な符号《ふごう》みたいなものが記《しる》してあったのだが、それが非常《ひじょう》に不可解《ふかかい》な秘密《ひみつ》めいた性質《せいしつ》を持《も》っていて、殺人事件《さつじんじけん》に何《なに》かの関係《かんけい》があるらしく思《おも》われたからだ。序《ついで》にあとになって分《わか》ったことをつけ加《くわ》えて置《お》くならば、姉崎家《あねざきけ》の女中《じょちゅう》を始《はじ》め書生《しょせい》や子供《こども》の中学生《ちゅうがくせい》などに糺《ただ》した結果《けっか》を綜合《そうごう》するのに、その紙切《かみき》れは未亡人《みぼうじん》が持《も》っていたのではなくて、どうかして犯人《はんにん》が落《おと》して行《い》ったものとしか考《かんが》えられなかった。つまり、これこそ、甚《はなはだ》しく難解《なんかい》な材料《ざいりょう》ではあったけれど、殺《さつ》人者《じんしゃ》の素情《すじょう》を探《さぐ》り出《だ》す唯一《ゆいいつ》の手掛《てがか》りに違《ちが》いなかった。その紙切《かみき》れは長《なが》さも幅《はば》も厚味《あつみ》も丁度《ちょうど》官製《かんせい》ハガキ程《ほど》の正確《せいかく》な長方形《ちょうほうけい》で、紙質《ししつ》は上質紙《じょうしつし》と呼《よ》ばれているものであって、その中央《ちゅうおう》に、二本《にほん》の角《つの》の生《は》えたいびつな方形《ほうけい》の枠《わく》の上《うえ》に斜《ななめ》に一本《いっぽん》の棒《ぼう》を横《よこ》たえた図形《ずけい》が、濃《こ》い墨汁《ぼくじゅう》で肉太《にくぶと》に描《か》いてあるのだ。僕《ぼく》はその形《かたち》をよく覚《おぼ》え込《こ》んでいるので、参考《さんこう》までに次《つぎ》に小《ちい》さく模写《もしゃ》して置《お》く。君《きみ》はこの異《い》様《よう》な符号《ふごう》を見《み》て何《なに》を聯想《れんそう》するであろうか。僕《ぼく》は暗号《あんごう》でも解《と》く気《き》になって、色々《いろいろ》に考《かんが》えて見《み》たが、何《なん》だか、アアあれだったのかと直《す》ぐ分《わか》

り相《そう》でいて、その秘密《ひみつ》が今《いま》にも意識《いしき》の表面《ひょうめん》に浮《う》かび上《あが》り相《そう》でいて、だがどうしても分《わか》らない。綿貫氏《わたぬきし》に聞《き》くと、警察《けいさつ》の方《ほう》でもまだこの謎《なぞ》が解《と》けないでいるということだ。若《も》し君《きみ》がこんな図形《ずけい》をどこかで見《み》たことがあるか、或《あるい》は図形《ずけい》の意味《いみ》を解《と》くことが出来《でき》たら是非《ぜひ》知《し》らせてほしいと思《おも》う。

　殺人《さつじん》の方法《ほうほう》が余《あま》り異様《いよう》なので、これを単《たん》なる盗賊《とうぞく》の仕業《しわざ》だとは誰《だれ》も考《かんが》えなかった様《よう》だが、順序《じゅんじょ》として、一応盗難品《いちおうとうなんひん》の有無《うむ》が調《しら》べられた。その結果《けっか》は、君《きみ》も想像《そうぞう》する通《とお》り、邸内《ていない》には何一品紛失《なにひとしなふんしつ》したものもないことが確《たし》められたに過《す》ぎない。それは被害者《ひがいしゃ》の左《ひだり》の薬指《くすりゆび》にはめられた高価《こうか》な宝石《ほうせき》入《い》りの白金《プラチナ》の指環《ゆびわ》がそのまま残《のこ》っていた事《こと》によっても明《あきら》かであった（第一信未完）

（第一信未完）――と書き終えてペンを置いたとき、私は覚えずホッとため息の出るのを禁じ得なかったものだ。

原稿用紙にして三十数枚と大した分量ではないが、牧逸馬《まきいつま》・林不忘《はやしふぼう》・谷譲次《たにじようじ》の三つのペンネームを使い分け、一晩に何本もの小説原稿を仕上げるという長谷川海太郎《はせがわかいたろう》氏ならいざ知らず、私のような非力のものにはいささかくたびれる仕事であった。

もっとも、私がしたことは他人の書いた手紙を右から左へ書き写し、升目の中に収めていっただけだから、結構の工夫も文章の苦吟とも無縁だ。だからといって、これはこれで楽な仕事ではなく、いっそ一から創作にして嘘八百を書き並べた方がやりがいもあって楽しいのではないかと思えたほどであった。

とりあえず、ここまでを一まとめとし、原稿用紙の右肩に錐《きり》で穴をあけ、観世縒《かんぜよ》りで綴じて封筒に収めた。もちろん、あの図形の正確な模写も含めてである。

それらの作業を心の中で反芻するにつけ、あらためてこの書翰集《しょかんしゅう》の、赤い革表紙と革表紙の間に綴じ込まれた書翰と、そこにある種神経的なまでに書き記された事件のことが思いやられた。便箋に目をすりつけるようにして、一心に手を動かしているときは、かえってその全体像が見えないものだ。

第一回として書き写した分だけで十分に異常であり、グルーサムかつセンジュアリティに満ちた事件というほかない。それにも増して、今さらあの事件が掘り返されるとは思ってもみなかった。

あれは昭和四年のことで、その九月二十三日といえば月曜日ながら秋季皇霊祭で休日。その日の出来事といえば、パリで画家として大成功を収めた藤田《ふじた》嗣治《つぐはる》氏が作品百点とともに十七年ぶりの帰朝を果たしたとか、東京湾上空でのかつてない大規模な海軍航空演習が行なわれたといったあたりで、世はなべてこともなしといったところであった。

そこへ血みどろな花を添えたのが、この事件といえようか。ちなみにこの時期、「朝日」では『孤島の鬼』が終盤にさしかかり、「講談倶楽部」では『蜘蛛男』の連載が始まって、良くも悪くも探偵小説なるものが一般大衆に知れわたろうとしていた。

もとより作りものの小説と現実の事件に何の関係もあるわけはないが、この事件があまりに探偵小説的であり、猟奇耽異の風味に満ちてもいたことはまぎれもない事実であった。

もう少しあととならば、リンドバーグ大佐愛息誘拐やら玉の井の八つ切り死体、或は大森ギャング事件と同様、新聞記者たちが「本件に関して乱歩先生の推理を是非」と押しかけてきたかもしれない。

だが、そんなことより肝腎なのは、誰もが忘れかけていた過去の惨劇が、書翰集という思いもかけない形で記録されていたことだ。しかも書き手は新聞記者であり、最初の惨劇の第一発見者であり、その後も重要な関係者であったときては、その証言は貴重きわまりなかった。

当初は、これを私のもとに持ちこんだ人物――失業者N某のことばかり気になったが、それよりまず筆者の詮索が先だと思い当たった。差出人の名は当然わかっているし、綴じ込みには封筒も添えられていたから、少なくとも発信時の住所は知れている。何よりA新聞社の学芸部勤務とわかっているのだから、そこに問い合わせるのが手っ取り早かった。

だが、有楽町にあるA新聞社に電話で――こと面倒なので、あえて名は名乗らずに――問い合わせてみたところ、学芸部に該当の記者はいないという。異動ということも考えられるから、さらに訊いてみたところ他の部署も同様だという。

ということは退職したのであろうか。出入りの激しそうな新聞記者稼業とあれば、珍しいことではないのかもしれない。

だが、そうなると引っ越している可能性が高いが、それはこの場では確かめようのないことだ。そこで、万やむを得ず封筒に記された住まいを訪ねてみることにした。

東京市深川区《ふかがわ》白河町《しらかわちょう》——もっともこれは現在の地名で、関東大震災後の区画整理終了とともに東大工町《ひがしだいくちょう》、霊巌町《れいがんちょう》、元加賀町《もとかがちょう》、扇橋町《おうぎばしちょう》の各一部を合わせて、昭和七年に生まれたばかりの町である。しばらくは焼け跡と急ごしらえの陋屋《ろうおく》だらけの見すぼらしい一帯だったが、まもなく鉄筋コンクリート三、四階の耐火建築がニョキニョキと姿を現わした。

同潤会が帝都各地に建てた近代的集合住宅の一つ、「清砂通《きよすなどおり》アパートメントハウス」である。もっとも、アパート敷地の北側を東西に走り、清澄町《きよすみちょう》と砂町《すなまち》を結ぶ清砂通りが完成するまでは、東大工町アパートメントとか深川アパートと呼ばれていた。

その清砂通りと三ツ目《みつめ》通りが交差する南西角に建つ一号館は、美しいシンメトリーを描いた両翼を広げ、屋上には不思議な円形の塔屋をいただいて見るものに迫ってくる。もっとも目指す祖父江《そぶえ》記者——正確には元記者——の住まいはそこではなく、やや外れの小規模な建物にあった。

一階の各室には、ささやかながら玄関前の植え込みがあり、二階以上にはそこから共通の階段を上って戸口の前に出る。棟と部屋の番号だけを頼りに目的地を探すのは、どこも同じ造りだけに何となくとまどうが、慣れてみるとこれほど合理的なものはない。

世の中には二年と同じところに住んでいられないという転居魔も多く、まして四年も前とあってはと心配した。だが幸い、目指す番号を持つ二階の部屋に、「祖父江」の表札を見出すことができた。この完全に規格化され、必ず掲出するよう定められた表札もアパートという新しい住まいの名物であり、そこに記された三文字こそが、目指す相手の苗字であった。

勤めはやめても住まいは変わらず。コンクリートの壁に囲まれたアパート暮らしを嫌う人も多いが、慣れてしまえばこれほど便利で安全なものはなく、また望んで必ず入れるものではないことから、根を生やしてしまったのかもしれなかった。

少し息を整えてから、ノックをしてみた。これも、旧来の日本家屋では見られない習慣である。中にいれば応答があり、中から掛け金を外してくれるであろうし、返事がなければ外から鍵をかけて出かけているということになる。当たり前のことのようだが、昔ながらの長屋暮らしなればば必ず必要だった留守番というものが不要になったのも、アパート生活というものの新しさなのだった。

会ってもらえないという心配はなかった。新聞社への電話のときとは反対に、私の名を出せば、むげに門前払いも食らわせられまいと思っていたのだが、そもそも名乗る機会さえ与えられなかった。

「……祖父江さん？」

と声をかけてみるが返事はない。ふと見るとドアがこちら側に向かって、ほんの少し開いている。不用心なことだとノブに手をかけた。そのとたん、足先に何かを引っかけてォットットッと前につんのめってしまった。

われながら間の抜けたことだ、まだそんなに足弱になる歳ではないがと苦笑しつつ、あたりを見回した。

思いがけず入り込んだそこは、同潤会がアパート生活者のために種々提供したうちの二間続きの様式であった。ドアを開くと小さな土間があり、板敷きの小廊下をはさんで、右には白い陶器の洗面台付きの水洗式便所、左には流しに戸棚、料理台や竈《かまど》が取り付けられ、ゴミを投げ入れれば後始末をしてくれる「ダストシュウト」まで備えた台所が設けられていた。

噂には聞いていたが、本物を見るのは初めてだ。これを使った探偵小説はまだなかったろうかとつい考えてしまったが、とっさには思いつかなかった。何にせよ、死体をそのまま投げ入れるにはちと狭すぎることは確かだった。

小廊下の向こうに四畳半と六畳の部屋が並んでいるが、といっても畳ではなくコルク敷きの床の上に二枚重ねの茣蓙《ござ》が敷いてあり、その上に座卓や座布団を並べて和風に過ごそうと、椅子やテーブルを持ちこんで洋式生活を楽しもうと、お好み次第になっていた。ちなみに、三間続きのもっと広々とした部屋もあるそうだ。

祖父江記者はどうやら後者、洋風派であったらしい。そしてなかなか立派な書き物机を据えていて、ペンやインキ壺、ノート、書類挟みなども一通り備えられ、几帳面な性格らしく、どれもきれいに整理されていた。

ふと見ると、床の上にバヴァリヤ鉛筆が何本か転がっており、椅子も大きくずれた位置にあった。おせっかいにも、それらを拾い上げ、置き直してやるうちに、ふと疑問がきざした。祖父江記者は独り身なのだろうか？　と。

同潤会アパートには独身部屋と呼ばれるタイプがあり、四畳半か六畳、広くて八畳一間で、押し入れかベッドが作り付けになっている。便所と洗面所は各階ごとの共用になっており、台所はないが不自由はない。ここ清砂通や渋谷《しぶや》のアパートメントハウスには貸店舗に食堂が入っており、自炊の必要はないからだ。

倍ほどの家賃を払ってまで、台所便所付きの続き部屋を借りているというのは所帯持ちの可能性もあったが、どうも細君らしき人のいる気配は感じられなかった。

いけない、いけない。長居は無用だ。万一コソ泥か何かと間違えられてもつまらない。私はとんだ疑いをかけられぬよう、くれぐれも荷物を確かめると、そっと部屋の外へ出た。

外はすでにとっぷりと日が暮れ、廊下も階段も、それから建物の前の通路にも人気はなかったが、窓にはぽつぽつと灯りがつき、夕餉のにおいや談笑の声、ラヂオだか蓄音機の音もかすかに聞こえてくる。

川瀬巴水《かわせはすい》か伊東深水《いとうしんすい》、或は吉田博《よしだひろし》の手で新版画にでも彫ってほしいような、アパートメントハウスの黄昏を抜けて私は帰路についた。

さて、このあとどうしたものか。考えるべきことはあまりに多く、しかし次に調べるべき相手は、ただ一人しか考えられなかった。

祖父江進一《しんいち》の文通相手であり、しかしただの文通相手とも考えにくい人物——だが、大阪はあまりに遠かった。

あの事件の翌年に超特急《燕《つばめ》》が開通し、大幅に所要時間を短縮したとはいえ、東京——大阪間は八時間二十分。ちょっと行って帰ってこられるようなものではなかった。

悪霊

第二回

それから、被害者《ひがいしゃ》の実兄《じっけい》と女中《じょちゅう》と僕《ぼく》とは、型通《かたどお》りの訊問《じんもん》を受《う》けたが、僕《ぼく》の判断《はんだん》する限《かぎ》りでは、検事《けんじ》はこれという捜査上《そうさじょう》の材料《ざいりょう》を掴《つか》むことは出来《でき》なかった。被害者《ひがいしゃ》の姉崎曽恵子《あねざきそえこ》さんは、一種《いっしゅ》の社交家《しゃこうか》ではあったけれど、非常《ひじょう》にしとやかな寧《むし》ろ内気《うちき》な、そして古風《こふう》な道徳《どうとく》家《か》で、若《わか》い未亡人《みぼうじん》に立《た》ち易《やす》い噂《うわさ》なども全《まった》く聞《き》かなかったし、まして人《ひと》に恨《うら》みを受《う》ける様《よう》な人柄《ひとがら》では決《けっ》してなかった。検事《けんじ》の疑深《うたがいぶか》い訊問《じんもん》に対《たい》して、彼女《かのじょ》の兄《にい》さんと女中《じょちゅう》とは、繰返《くりかえ》しこの事《こと》を確言《かくげん》した。結局《けっきょく》、姉崎家《あねざきけ》屋内《おくない》での捜査《そうさ》は、右《みぎ》に図解《ずかい》した奇妙《きみょう》な一枚《まい》の紙切《かみき》れの外《ほか》には、全《まった》く得《う》る所《ところ》がなかったのだ。そこで、問題《もんだい》は女中《じょちゅう》が使《つかい》に出《で》てから帰宅《きたく》したまでの、つまり被害者《ひがいしゃ》が一人《ひとり》ぼっちで家《うち》にいた時間《じかん》、午後《ごご》一時頃《じごろ》から四時半頃《じはんごろ》までに、姉崎家《あねざきけ》に出《で》入《はい》りした人物《じんぶつ》を、外部《がいぶ》から探《さが》し出《だ》すことが出来《でき》るかどうかの一点《てん》に押《お》し縮《ちぢ》められた。これが検事《けんじ》達《たち》の最後《さいご》の頼《たの》みの綱《つな》であった。

局面《きょくめん》がそこまで来《き》た時《とき》、僕《ぼく》は当然《とうぜん》ある人物《じんぶつ》を思出《おもいだ》さなければならなかった。云《い》うまでもなく、この手紙《てがみ》の初《はじ》めに書《か》いた躄乞食《いざりこじき》のことだ。あいつに若《も》し多少《たしょう》でも視力《しりょく》があったならば、そして、今日《きょう》の午後《ごご》ずっと同《おな》じ空地《あきち》にいたのだとすれば、あの空地《あきち》は丁度《ちょうど》姉崎家《あねざきけ》の門《もん》の斜向《すじむかい》に当《あた》るのだから、そこを出入《でい》りした人物《じんぶつ》を目撃《もくげき》しているに違《ちが》いない。あの片輪者《かたわもの》こそ、唯一《ゆいいつ》の証人《しょうにん》に違《ちが》いない（註《ちゅう》）。僕《ぼく》は思出《おもいだ》すとすぐ、その事を綿貫検事《わたぬきけんじ》に告《つ》げた。

「これから直《す》ぐ行《い》って見《み》ましょう。まだ元《もと》の所《ところ》にいて呉《く》れればいいが」綿貫氏《わたぬきし》というのは、そういう気軽《きがる》な、併《しか》し犯罪研究《はんざいけんきゅう》には異常《いじょう》に熱心《ねっしん》な、少《すこ》し風変《ふうがわ》りな検事《けんじ》なのだ。そこで人々《ひとびと》は姉崎家《あねざきけ》の手提電燈《てさげでんとう》を借《か》りて、ゾロゾロと門外《もんがい》の空地《あきち》へと出《で》て行《い》った。

手提電燈《てさげでんとう》の丸《まる》い光《ひかり》の中《なか》に、海坊主《うみぼうず》みたいな格好《かっこう》をして、躄乞食《いざりこじき》は元《もと》の場所《ばしょ》にいた。蚊《か》を防《ふせ》ぐ為《ため》に頭《あたま》から汚《きたな》い風呂敷《ふろしき》の様《よう》なものを被《かぶ》って、やっぱり躄車《いざりぐるま》の中《なか》にじっとしていたのだ。一人《ひとり》の刑事《けいじ》が、いきなりその風呂敷《ふろしき》を取《と》りのけると、片輪者《かたわもの》は雛鶏《ひよっこ》の様《よう》に歯《は》のない口《くち》を黒く大《おお》きく開《ひら》いて、「イヤー」と、怪鳥《かいちょう》の悲鳴《ひめい》を上《あ》げ、逃《に》げ出《だ》す力《ちから》はないので、片《かた》っ方丈《ぽうだ》けの細《ほそ》い腕《うで》を、顔《かお》の前《まえ》で左右《さゆう》に振《ふ》り動《うご》かして、敵《てき》を防《ふせ》ぐ仕草《しぐさ》をした。

決《けっ》してお前《まえ》を叱《しか》るのではないと得心《とくしん》させて、ボッボッ訊《たず》ねて行《い》くと、乞食《こじき》は少女《しょうじょ》の様《よう》な可愛《かわい》らしい声《こえ》で、存外《ぞんがい》ハッキリ答弁《とうべん》することが出来《でき》た。先《ま》ず彼《かれ》の白《しろ》っぽく見《み》える左眼《さがん》は幸《さいわい》にも普通《ふつう》の視力《しりょく》を持《も》っていることが確《たし》められた。今日《きょう》はおひる頃《ごろ》からずっとその空地《あきち》にいて、前《まえ》の往来《おうらい》を（随《したが》って姉崎家《あねざきけ》の門《もん》をも）眺《なが》めていたことも分《わか》った。「では、おひる過《す》ぎから夕方《ゆうがた》までの間《あいだ》に、あの門《もん》を出入《でい》りした人《ひと》を見《み》なかったか。ここにいる女中《じょちゅう》さんと、この男《おとこ》の人《ひと》の外《ほか》にだよ」と、検事《けんじ》は、その筋《すじ》の人々《ひとびと》に混《まじ》って立《た》っていた姉崎家《あねざきけ》の女中《じょちゅう》と僕《ぼく》とを指《ゆび》さして、物柔《ものやわらか》に訊《たず》ねた。すると乞食《こじき》は、刑事《けいじ》の手提電燈《てさげでんとう》に射《い》られた僕《ぼく》と女中《じょちゅう》とを白《しろ》い眼《め》で見上《みあ》げながら、外《ほか》に二人《ふたり》あの門《もん》を入《はい》った人《ひと》があると、ペタペタと歯《は》のない唇《くちびる》で答《こた》えた。

その内《うち》の一人《ひとり》は黒《くろ》い洋服《ようふく》に黒《くろ》いソフト帽《ぼう》を冠《かぶ》った中年《ちゅうねん》の紳士《しんし》で、顔《かお》はよく見《み》えなかったが、眼鏡《めがね》や髭《ひげ》はなかった様《よう》に思《おも》う。その人《ひと》が女中《じょちゅう》が出《で》て行《い》って間《ま》もなく門内《もんない》に姿《すがた》を消《け》した。それから長《なが》い時間《じかん》の後《のち》、(乞食《こじき》の記憶《きおく》は曖昧《あいまい》であったが、その間《あいだ》は一時間程《じかんほど》と推定《すいてい》された)一人《ひとり》の若《わか》くて美《うつく》しい女《おんな》が門《もん》を入《はい》って行《い》った。その髪形《かみかたち》と着衣《ちゃくい》とは、非常《ひじょう》にハッキリ乞食《こじき》の印象《いんしょう》に残《のこ》っていたらしく、髪《かみ》の方《ほう》は「今時見《いまどきみ》かけねえ二百三高地《にひゃくさんこうち》でさあ。わしらが若《わか》い時《じ》分流行《ぶんはや》ったハイカラさんでさあ」と云《い》った。君《きみ》は多分《たぶん》知《し》らないだろうが、二百三高地《にひゃくさんこうち》と云《い》うのは、日露戦争《にちろせんそう》の旅順攻撃《りょじゅんこうげき》の記念《きねん》の様《よう》にして起《おこ》った名称《めいしょう》で、前髪《まえがみ》に芯《しん》を入《い》れて、額《ひたい》の上《うえ》に大《おお》きくふくらました形《かたち》の、俗《ぞく》に庇髪《ひさしがみ》と云《い》った古風《こふう》な洋髪《ようはつ》のことだ。それから着衣《ちゃくい》の方《ほう》は、無論単衣物《むろんひとえもの》に違《ちが》いないのだが、「紫色《むらさきいろ》の矢絣《やがすり》」の絹物《きぬもの》で、帯《おび》は黒《くろ》っぽいものであったと答《こた》えた。矢絣《やがすり》というのも現代《げんだい》には縁遠《えんどお》い柄《がら》で、歌舞伎芝居《かぶきしばい》の腰元《こしもと》の衣裳《いしょう》などを思出《おもいだ》させる古《こ》風《ふう》な代物《しろもの》だが、老年《ろうねん》の片輪乞食《かたわこじき》は、この我々《われわれ》には寧《むし》ろ難解《なんかい》な語彙《ごい》をちゃんと心得《こころえ》ていて、さも昔懐《むかしなつか》しげな様子《ようす》で、歯《は》のない唇《くちびる》を三日月型《みかづきがた》にニヤニヤさせながら、少女《しょうじょ》の様《よう》にあどけない声《こえ》で答弁《とうべん》した。彼《かれ》はその女《おんな》が眼鏡《めがね》をかけていた事《こと》も記憶《きおく》していた。

この二人《ふたり》の人物《じんぶつ》が姉崎家《あねざきけ》の門《もん》を入《はい》った時間《じかん》は、黒服《くろふく》の中年《ちゅうねん》の男《おとこ》の方《ほう》は午後《ごご》一時《じ》から一時半頃《はんごろ》までの間《あいだ》、矢絣《やがすり》の若《わか》い女《おんな》の方《ほう》は午後《ごご》二時《じ》から二時半頃《じはんごろ》までの間《あいだ》と判断《はんだん》すれば大過《たいか》ない様《よう》に考《かんが》えられた。だが、彼等《かれら》が門《もん》を出《で》て行《い》った時間《じかん》は、つまり彼等《かれら》が夫々《それぞれ》どれ程《ほど》の間《あいだ》姉崎《あねざき》家《け》に留《とど》まっていたかという事《こと》は、残念《ざんねん》ながら全《まった》く知《し》る由《よし》がなかった。乞食《こじき》はそれを見《み》なかったのだ。二人《ふたり》ともいつ門《もん》を出《で》て行《い》ったか少《すこ》しも気附《きづ》かなかったというのだ。居眠《いねむ》りをしていたか、躄車《いざりぐるま》を動《うご》かしてコンクリート管《かん》の蔭《かげ》へ入《はい》っていたか、それとも他《ほか》のものに気《き》を奪《うば》われていた隙《すき》に、両人《ふたり》とも門《もん》を出《で》て行《い》ったものであろう。

来《き》た人《ひと》が帰《かえ》って行《い》くのを見逃《みの》がしていた程《ほど》だから、この両人《ふたり》の外《ほか》に、乞食《こじき》の目《め》に触《ふ》れなかった訪問者《ほうもんしゃ》がなかったとは云《い》えないし、姉崎家《あねざきけ》への入口《いりぐち》は正門《せいもん》ばかりには限《かぎ》らないことを考《かんが》えると、殺人犯人《さつじんはんにん》がその黒服《くろふく》の男《おとこ》と矢絣《やがすり》の女《おんな》のどちらかであったと極《き》めてしまうのは無論早計《むろんそうけい》だけれど、姉崎家《あねざきけ》は主人《しゅじん》の死亡《しぼう》以来訪問者《らいほうもんしゃ》も余《あま》り多《おお》くなかったという事《こと》だから、その乏《とぼ》しい訪問者《ほうもんしゃ》の内《うち》の二人《ふたり》が分《わか》ったのは、可成《かなり》の収穫《しゅうかく》であったと云《い》っていい。

それから捜査《そうさ》の人達《ひとたち》は手分《てわ》けをして、姉崎家《あねざきけ》の表門裏門《おもてもんうらもん》への通路《つうろ》に当《あた》る小売商店《こうりしょうてん》などを、一軒一軒《いっけんいっけん》尋《たず》ね廻《まわ》って、胡散《うさん》な通行者《つうこうしゃ》がなかったかを調《しら》べたが、別段《べつだん》の手掛《てがか》りも得《え》られなかった。ただその内《うち》の刑事《けいじ》の一人《ひとり》が、電車《でんしゃ》の停留所《ていりゅうじょ》から姉崎家《あねざきけ》の表門《おもてもん》への通路《つうろ》に当《あた》る一軒《いっけん》の煙草屋《たばこや》で、さい前《ぜん》の躄乞食《いざりこじき》の証言《しょうげん》を裏書《うらが》きする聞込《ききこ》みを摑《つか》んで来《き》た外《ほか》には。

その煙草屋《たばこや》のおかみさんが云《い》うのには、黒《くろ》い洋服《ようふく》を着《き》た人《ひと》は幾人《いくにん》も通《とお》ったので、どれがそうであったかは分《わか》らぬけれど、矢絣《やがすり》の女《おんな》の方《ほう》は、髪《かみ》の形《かたち》が余《あま》り突飛《とっぴ》だったので、よく記《き》憶《おく》しているが、二十二三に見《み》える縁《ふち》なし眼鏡《めがね》をかけた濃化粧《あつげしょう》の異様《いよう》な娘《むすめ》さんで、通《とお》りかかったのは二時《じ》少《すこ》し過《す》ぎであった。「新派劇《しんぱげき》の舞台《ぶたい》から飛《と》び出《だ》して来《き》たんじゃないかと思《おも》いましたよ。妙《みょう》な娘《むすめ》さんでございますね」と、刑事《けいじ》はおかみさんの声色《こわいろ》を混《ま》ぜて報告《ほうこく》した。そして不思議《ふしぎ》な一致《いっち》は、おかみさんも、乞食《こじき》と同《おな》じ様《よう》に、その女《おんな》の帰《かえ》る所《ところ》を見《み》ていないことだ。女《おんな》は来《き》た時《とき》とは反対《はんたい》の道《みち》を通《とお》って帰《かえ》ったのかも知《し》れない。或《ある》いは、煙草店《たばこみせ》の主婦《しゅふ》が用《よう》事《じ》に立《た》っている隙《すき》に通《とお》り過《す》ぎたのかも知《し》れない。

躄乞食《いざりこじき》の証言《しょうげん》が決《けっ》して出鱈目《でたらめ》でなかったことが分《わか》った。庇髪《ひさしがみ》に矢絣《やがすり》の、明治時代《めいじじだい》の小説《しょうせつ》本《ぼん》の木版《もくはん》の口絵《くちえ》にでもあり相《そう》な娘《むすめ》さんが、昭和《しょうわ》の街頭《がいとう》に現《あら》われたのだ。それ丈《だ》けでも何《なん》となく気違《きちが》いじみた、お化《ば》けめいた感《かん》じなのに、その不気味《ぶきみ》な令嬢《れいじょう》が美《うつく》しい未亡人《みぼうじん》の裸体《らたい》殺《さつ》人事件《じんじけん》の現場《げんば》に出入《でい》りしたというのだから、これが人々《ひとびと》の好奇心《こうきしん》を唆《そそ》らない訳《わけ》がなかった。仮令《たとえ》直接《ちょくせつ》の犯人《はんにん》ではないとしても、この娘《むすめ》こそ怪《あや》しいのだと考《かんが》えないではいられなかった。

綿貫検事《わたぬきけんじ》は、未亡人《みぼうじん》の実兄《じっけい》や女中《じょちゅう》を捉《とら》えて、二人《ふたり》の人物《じんぶつ》に心当《こころあた》りはないかと尋《たず》ねたが、洋服《ようふく》の紳士《しんし》の方《ほう》は余《あま》り漠然《ばくぜん》としていて見当《けんとう》がつかぬし、矢絣《やがすり》の娘《むすめ》の方《ほう》は、そんな突拍子《とっぴょうし》もない風体《ふうてい》の女《おんな》は全《まった》く知《し》らない、噂《うわさ》を聞《き》いたことすらないとの答《こた》えであった。

以上が当夜《とうや》捜査《そうさ》の人達《ひとたち》が摑《つか》み得《え》た手掛《てが》りらしいものの凡《すべ》てであった。僕《ぼく》が現場《げんば》で見聞《けんぶん》し、後日《ごじつ》綿貫《わたぬき》検事《けんじ》から聞込《ききこ》んだ事柄《ことがら》の凡《すべ》てであった。この事件《じけん》の最《もっと》も奇怪《きかい》な点丈《てんだ》けを要約《ようやく》すると、被害者《ひがいしゃ》が全裸《ぜんら》体《たい》であった事《こと》、致命傷《ちめいしょう》の外《ほか》に全身《ぜんしん》に六ヶ所《しょ》の斬《き》り傷《きず》があって、その血《ち》がてんでんに出鱈目《でたらめ》の方向《ほうこう》へ流《なが》れていたこと、現場《げんば》に奇妙《きみょう》な図形《ずけい》を記《しる》した紙片《しへん》が落《お》ちていて、それが唯一《ゆいいつ》の証拠品《しょうこひん》であったこと、時代離《じだいばな》れのした庇髪《ひさしがみ》に矢絣《やがすり》の若《わか》い女《おんな》が現場《げんば》に出入《しゅつにゅう》した形跡《けいせき》のあったことなどであるが、しかも更《さ》らに奇怪《きかい》な事《こと》は、事件後《じけんご》約《やく》一ヶ月《げつ》の今日《こんにち》まで、これ以上《いじょう》の新《あたら》しい手掛《てが》りは殆《ほと》ど発見《はっけん》されていないのだ。第《だい》一の事件《じけん》を迷宮《めいきゅう》に残《のこ》したまま、第《だい》二の事件《じけん》が起《お》ってしまったのだ。という意味《いみ》は、姉崎《あねざき》未亡人《ぼうじん》惨殺《ざんさつじ》事件《けん》は、殺人鬼《さつじんき》の演《えん》じ出《だ》した謂《い》わば前芸《まえげい》であって、本舞台《ほんぶたい》はまだあとに残《のこ》されていた。彼《かれ》の本舞台《ほんぶたい》は、降霊術《こうれいじゅつ》の暗闇《くらやみ》の世界《せかい》に在《あ》ったのだ。悪魔《あくま》の触手《しょくしゅ》は、遠《とお》くから近《ちか》くへと、徐々《じょじょ》に我《わ》が黒川《くろかわ》博士《はかせ》の身辺《しんぺん》に迫《せま》って来《き》たのだ。

では第《だい》一信《しん》はここまでにして、まだ云《い》い残《のこ》している多《おお》くの事柄《ことがら》は次便《じびん》に譲《ゆず》ることにしよう。夜《よ》が更《ふ》けてしまったのだ。この報告丈《ほうこくだ》けでは君《きみ》は、もしかしたら事件《じけん》に興味《きょうみ》を起《おこ》し得《え》ないかも知《し》れぬ。探偵《たんてい》ごっこを始《はじ》めるには余《あま》りに乏《とぼ》しい材料《ざいりょう》だからね。だが第《だい》二信《しん》では、幾人《いくにん》かの心理的《しんりてき》被疑者《ひぎしゃ》を君《きみ》にお目《め》にかけることが出来《でき》るだろうと思《おも》う。

十月《がつ》二十日《はつか》

岩《いわ》井《い》坦《たん》君《くん》

祖《そ》父《ぶ》江《え》進《しん》一《いち》

（註《ちゅう》。——本文中《ほんもんちゅう》「註《ちゅう》」と小記《しょうき》した箇所《かしょ》の上欄《じょうらん》に、左《さ》の如《ごと》き朱筆《しゅひつ》の書入《かきい》れがある。受信者《じゅしんしゃ》岩井君《いわいくん》の筆蹟《ひっせき》であろう）

この躄乞食《いざりこじき》を証人《しょうにん》としてでなく犯人《はんにん》として考《かんが》えることは出来《でき》ないのか。祖父江《そぶえ》はその点《てん》に少《すこ》しも触《ふ》れていないが、この醜怪《しゅうかい》な老不具者《ろうふぐしゃ》が真犯人《しんはんにん》だったとすれば、少《すくな》くも小説《しょうせつ》としては、甚《はなは》だ面白《おもしろ》いと思《おも》う。なぜ一応《いちおう》はそれを疑《うたが》って見《み》なかったのであろう。

第《だい》二信《しん》

早速返事《さっそくへんじ》をくれて有難《ありがと》う。君《きみ》の提出《ていしゅつ》した疑問《ぎもん》には、今日《きょう》の手紙《てがみ》の適当《てきとう》な箇所《かしょ》でお答《こた》えする積《つも》りだ。この手紙《てがみ》は前便《ぜんぴん》とは少《すこ》し書《か》き方《かた》を変《か》えて、小説家《しょうせつか》の手法《しゅほう》を真似《まね》て、ある一夜《や》の出来事《できごと》を、そのまま君《きみ》の前《まえ》に再現《さいげん》して見《み》ようと思《おも》う。そういう手法《しゅほう》を採《と》る理由《りゆう》は、その夜《よ》の登場人物《とうじょうじんぶつ》が色々《いろいろ》な意味《いみ》で君《きみ》に興味《きょうみ》があると思《おも》うし、そこで取交《とりか》わされた会話《かいわ》は、殆《ほとん》ど全《まった》く姉崎未亡人殺害事件《あねざきみぼうじんさつがいじけん》に終始《しゅうし》し、随《したが》って君《きみ》に報告《ほうこく》すべきあらゆる材料《ざいりょう》が、それらの会話《かいわ》の内《うち》に含《ふく》まれていたので、その一夜《や》の会合《かいごう》の写実《しゃじつ》によって、僕《ぼく》の説明的《せつめいてき》な報告《ほうこく》を省《はぶ》くことが出来《でき》るからだ。それともう一つは、説明的文章《せつめいてきぶんしょう》では伝《つた》えることの出来《でき》ない、諸人物《しょじんぶつ》の表《ひょう》情《じょう》や言葉《ことば》のあやを、そのまま再現《さいげん》して、君《きみ》の判断《はんだん》の材料《ざいりょう》に供《きょう》し度《た》い意味《いみ》もあるのだ。

九月《がつ》二十五日《にち》に姉崎曽恵子《あねざきそえこ》さんの仮葬儀《かりそうぎ》が行《おこな》われたが、その翌々日《よくよくじつ》二十七日《にち》の夜《よる》、黒川《くろかわ》博士邸《はかせてい》に心霊学会《しんれいがっかい》の例会《れいかい》が開《ひら》かれた。この例会《れいかい》は別《べつ》に申合《もうしあわ》せをした訳《わけ》ではなかったけれど、期《き》せずして姉崎夫人追悼《あねざきふじんついとう》の集《あつ》まりの様《よう》になってしまった。

僕《ぼく》は幹事《かんじ》という名《な》で色々雑用《いろいろざつよう》を仰《おお》せつかっているものだから、(二十三日《にち》に姉崎家《あねざきけ》を訪《たず》ねたのもその役目柄《やくめがら》であった)定刻《ていこく》の午後《ごご》六時《じ》よりは三十分程早《ぷんほどはや》く中野《なかの》の博士邸《はかせてい》を訪《おとず》れた。君《きみ》も記憶《きおく》しているだろう。古風《こふう》な黒板塀《くろいたべい》に冠木門《かぶきもん》、玄関《げんかん》まで五六間《けん》もある両側《りょうがわ》の植込《うえこ》み、格子戸《こうしど》、和風《わふう》の玄関《げんかん》、廊下《ろうか》を通《とお》って別棟《べつむね》の洋館《ようかん》、そこに博士《はかせ》の書斎《しょさい》と応接室《おうせつしつ》とがある。僕《ぼく》は女中《じょちゅう》の案内《あんない》でその応接室《おうせつしつ》に通《とお》った。いつの例会《れいかい》にもここが会員達《かいいんたち》の待合所《まちあいじょ》に使《つか》われていたのだ。

応接室《おうせつしつ》には黒川博士《くろかわはかせ》の姿《すがた》は見《み》えず、一方《いっぽう》の隅《すみ》のソファに奥《おく》さんがたった一人《ひとり》、青《あお》い顔《かお》をして腰《こし》かけていらしった。君《きみ》は奥《おく》さんには会《あ》ったことがないだろうが、博士《はかせ》には二度目《にどめ》の奥さんで、十幾《いく》つも年下《としした》の三十を越《こ》したばかりの若《わか》い方《かた》なのだ。美人《びじん》という程《ほど》ではないけれど、痩型《やせがた》の顔《かお》に二重瞼《ふたえまぶた》の大《おお》きい目《め》が目立《めだ》って、どこか不健康《ふけんこう》らしく青黒《あおぐろ》い皮膚《ひふ》がネットリと人《ひと》を惹《ひ》きつける感《かん》じだ。挨拶《あいさつ》をして、「先生《せんせい》は」と尋《たず》ねると、夫人《ふじん》は浮《う》かぬ顔《かお》で、

「少《すこ》し怪我《けが》をしましたの、皆《みな》さんがお揃《そろ》いになるまでと云《い》って、あちらで寝《やす》んでいますのよ」

と云《い》って、母屋《おもや》の方《ほう》を指《ゆび》さされた。

「怪我《けが》ですって？　どうなすったのです」

僕《ぼく》は何《なん》となく普通《ふつう》の怪我《けが》ではない様《よう》な予感《よかん》がして、お世辞《せじ》でなく聞返《ききかえ》した。

「昨夜《ゆうべ》遅《おそ》くお風呂《ふろ》に入《はい》っていて、ガラスで足《あし》の裏《うら》を切《き》りましたの。ほんのちょっとした怪《け》我《が》ですけれど、でも……」

僕《ぼく》はじっと奥《おく》さんの異様《いよう》に光《ひか》る大《おお》きい目《め》を見《み》つめた。

「あたし何《なん》だか気味《きみ》が悪《わる》くって、ほんとうのことを云《い》うと、こんな心霊学《しんれいがく》の会《かい》なんか始《はじ》めたのがいけないと思《おも》いますわ。えたいの知《し》れない魂達《たましいたち》が、この家《うち》の暗《くら》い所《ところ》にウジャウジャしている様《よう》な気《き》がして。あたし、主人《しゅじん》に御願《おねが》いして、もう本当《ほんとう》に止《よ》して頂《いただ》こうかと思《おも》うんですの」

「今夜《こんや》はどうしてそんな事《こと》おっしゃるのです。何《なに》かあったのですか」

「何《なに》かって、あたし姉崎《あねざき》さんがおなくなりなすってから、怖《こわ》くなってしまいましたの。あんまりよく当《あた》ったのですもの」

迂闊《うかつ》にも僕《ぼく》はそのことを全《まった》く知《し》らなかったので、びっくりした様《よう》な顔《かお》をしたに違《ちが》いない。

「アラ、御存知《ごぞんじ》ありませんの。家《うち》の龍《りゅう》ちゃんがピッタリ予言《よげん》しましたのよ。事件《じけん》の二日前《かまえ》の晩《ばん》でした。突然《とつぜん》トランスになって、誰《だれ》か女《おんな》の人《ひと》がむごたらしい死《し》に方《かた》をするって。日《ひ》も時間《じかん》もピッタリ合《あ》っていますのよ。主人《しゅじん》お話《はな》ししませんでして」

「驚《おどろ》いたなあ、そんな事《こと》があったんですか。僕《ぼく》ちっとも聞《き》いてません。姉崎《あねざき》さんということも分《わか》っていたのですか」

「それが分《わか》れば何《なん》とか予防出来《よぼうでき》たんでしょうけれど、主人《しゅじん》がどんなに責《せ》めても、龍《りゅう》ちゃんには名前《なまえ》が云《い》えなかったのです。ただ繰返《くりかえ》して美《うつく》しい女《おんな》の人《ひと》がって云《い》うばかりなんです」

龍《りゅう》ちゃんというのは、黒川博士《くろかわはかせ》が養《やしな》っている不思議《ふしぎ》な盲目《めくら》の娘《むすめ》で、恐《おそ》らく日本《にほん》でたった一人《ひとり》の霊界通信《れいかいつうしん》のミディアムなのだ。その娘《むすめ》は今《いま》に君《きみ》の前《まえ》に登場《とうじょう》するであろうが、彼女《かのじょ》が冥界《めいかい》の声《こえ》によって、予《あらかじ》め姉崎未亡人《あねざきみぼうじん》の死《し》の時間《じかん》を告《つ》げ知《し》らせたという事実《じじつ》は、僕《ぼく》をギョッとさせた。あのめくらが、いつかの日《ひ》真犯人《しんはんにん》を云《い》い当《あて》るのじゃないかな、という恐《おそ》ろしい考《かん》えがチラッと僕《ぼく》の心《こころ》を過《よ》ぎった。

「それに、昨夜《ゆうべ》の事《こと》でしょう。祖父江《そぶえ》さん、主人《しゅじん》はただ怪我《けが》をしただけではありませんのよ」夫人《ふじん》は僕《ぼく》の方《ほう》へ顔《かお》を近《ちか》づけて、ギラギラ光《ひか》る目《め》で僕《ぼく》の額《ひたい》を見《み》すえて、ひそひそと云《い》われるのだ。「何《なに》か魂《たましい》の様《よう》なものを見《み》たのですわ、きっと。湯殿《ゆどの》の脱衣室《だついしつ》の鏡《かがみ》ね、あの大《おお》きな厚《あつ》い鏡《かがみ》を、主人《しゅじん》は椅子《いす》で以《も》ってメチャメチャに叩《たた》き割《わ》ってしまいましたのよ。きっと何《なに》かの影《かげ》がそこに写《うつ》ったからですわ。尋《たず》ねても苦笑《にがわら》いをしていてなんにも云《い》いませんけれど。そのガラスのかけらを踏《ふ》んだものですから、足《あし》の裏《うら》に少《すこ》しばかり怪我《けが》をしたんですの」

「では、今夜《こんや》の会《かい》はお休《やす》みにした方《ほう》がよくはないのですか」

「イイエ、主人《しゅじん》は是非《ぜひ》いつもの様《よう》に実験《じっけん》をやって見《み》たいと申《もう》していますの。もう部屋《へや》の用《よう》意《い》もちゃんと出来《でき》てますのよ」

そこへ咳《せき》ばらいの声《こえ》がして、ドアが開《あ》いて、黒川先生《くろかわせんせい》が入《はい》って来《こ》られた。君《きみ》も知《し》っている様《よう》に、先生《せんせい》の風采《ふうさい》は少《すこ》しも学者《がくしゃ》らしくない。髭《ひげ》がなくて色《いろ》が白《しろ》く、年《とし》よりはずっと若々《わかわか》しくて、声《こえ》や物腰《ものごし》が女《おんな》の様《よう》で、先生《せんせい》の生徒達《せいとたち》が渾名《あだな》をつける時《とき》女形《おんながた》の役者《やくしゃ》を聯想《れんそう》したのも無理《むり》ではないと思《おも》われる。

先生《せんせい》は「ヤア」と云《い》って、そこの肘掛椅子《ひじかけいす》に腰《こし》をかけられたが、僕達《ぼくたち》の取交《とりかわ》していた話《わ》題《だい》を鋭敏《えいびん》に察《さっ》しられた様子《ようす》で、

「大《たい》した怪我《けが》じゃないんだ。こうして歩《ある》けるんだからね。馬鹿《ばか》な真似《まね》をしてしまって」

左足《ひだりあし》に繃帯《ほうたい》が厚《あつ》ぼったく足袋《たび》の様《よう》にまきつけてある。

「犯人《はんにん》はまだ分《わか》らない様《よう》だね。君《きみ》はあれから検事《けんじ》を訪問《ほうもん》しなかったの」

先生《せんせい》は、風呂場《ふろば》の鏡《かがみ》のことを僕《ぼく》が云《い》い出《だ》すのを恐《おそ》れる様《よう》に、すぐ様話題《さまわだい》を捉《とら》えられた。

あれからというは僕達《ぼくたち》が姉崎《あねざき》さんの葬式《そうしき》でお会《あ》いしてからという意味《いみ》なのだ。

「エエ、一度訪《ど たず》ねました。併《しか》し、新《あたら》しい発見《はっけん》は何《なに》もないと云《い》っていました。その筋《すじ》でも、やっぱり例《れい》の矢絣《やがすり》の女《おんな》を問題《もんだい》にしている様《よう》ですね」

僕《ぼく》が矢絣《やがすり》の女《おんな》というと、先生《せんせい》は何《な》ぜか一寸赤面《ちょっとせきめん》された様《よう》に見《み》えた。先生《せんせい》が顔《かお》を赤《あか》らめられるなんて非常《ひじょう》に珍《めず》らしい事《こと》なので、僕《ぼく》は異様《いよう》の印象《いんしょう》を受《う》けたが、その意味《いみ》は少《すこ》しも分《わか》らなかった。

「お前《まえ》、今家《いまうち》に紫《むらさき》の矢絣《やがすり》を着《き》ているものはいないだろうね。女中《じょちゅう》なんかにも」

先生《せんせい》は突然妙《とつぜんみょう》なことを奥《おく》さんに尋《たず》ねられた。

「単物《ひとえもの》の紫《むらさき》矢絣《やがすり》なんて、今時誰《いまどきだれ》も着《き》ませんわ。あたしなんかの娘《むすめ》の時分《じぶん》には、流行《はや》っていた様《よう》ですけれど」

「君《きみ》、非常《ひじょう》に極端《きょくたん》な霊魂《れいこん》のマティリアリゼーションという事《こと》を考《かんが》えることが出来《でき》るかね」

先生《せんせい》は僕《ぼく》を見《み》て、何《なに》かためす様《よう》な調子《ちょうし》で云《い》われた。「例《たと》えばクルックスの本《ほん》にある霊媒《れいばい》のクック嬢《じょう》は暗闇《くらやみ》の中《なか》でケーティ・キングという霊魂《れいこん》の肉身《にくしん》を出現《しゅつげん》させることが出来《でき》たが、ああいうマティリアリゼーションをもっと極度《きよくど》に考《かんが》えると、霊魂《れいこん》は昼日中《ひるひなか》、賑《にぎや》かな町《まち》の中《なか》を歩《ある》くことだって出来《でき》るんじゃないか」

僕《ぼく》には先生《せんせい》の声《こえ》が少《すこ》し震《ふる》えている様《よう》に感《かん》じられた。

「それはどういう意味《いみ》なんですか。先生《せんせい》はあの紫《むらさき》矢絣《やがすり》の女《おんな》が生《い》きた人間《にんげん》ではなかったとでもおっしゃるのですか」

「イヤ、そうじゃない。そういう意味《いみ》じゃないんだけれど」

先生《せんせい》は何《なに》かギョッとした様《よう》に、急《いそ》いで僕《ぼく》の言葉《ことば》を打消《うちけ》された。僕《ぼく》は先生《せんせい》の目《め》の中《なか》をじっと見《み》つめていた。

「君《きみ》は探偵《たんてい》好《ず》きだったね。コナン・ドイルの影響《えいきよう》を受《う》けて心霊学《しんれいがく》に入《はい》って来《き》た程《ほど》だからね。何《なに》か考《かんが》えているの」

「あの現場《げんば》に落《お》ちていた紙切《かみき》れの符号《ふごう》の意味《いみ》を解《と》こうとして考《かんが》えて見《み》たことは見《み》たんですけれど、分《わか》りません。その外《ほか》には今《いま》の所全《ところまつた》く手掛《てが》かりがないのですから」

「符号《ふごう》って、どんな符号《ふごう》だったの。その紙切《かみき》れのことは僕《ぼく》も聞《き》いているが」

「全《まつた》く無意味《むいみ》ないたずら書《が》きの様《よう》でもあり、何《なに》かしら象徴《しようちよう》している様《よう》にも見《み》える、変《へん》な悪《わく》魔《ま》の符号《ふごう》みたいなものです」

僕《ぼく》が手帳《てちよう》を出《だ》して前便《ぜんびん》に記《しる》した図形《ずけい》を書《か》いてお見《み》せした。

黒川先生《くろかわせんせい》はその手帳《てちょう》を受取《うけと》って一目見《ひとめみ》られたかと思《おも》うと、怖《こわ》いものの様《よう》に僕《ぼく》の手《て》に突返《つきかえ》して、椅子《いす》の肘掛《ひじかけ》に頬杖《ほほづえ》をつかれた。それは何《なん》となく不自然《ふしぜん》な姿勢《しせい》であった。先生《せんせい》は僕《ぼく》の視線《しせん》から顔《かお》を隠《かく》す為《ため》にそんな姿勢《しせい》を取《と》られたのではないかとさえ思《おも》われた。そして、

「君《きみ》、それは、あの」

と喉《のど》につまった様《よう》な声《こえ》で切《き》れ切《ぎ》れにおっしゃった。確《たし》かに狼狽《ろうばい》を取繕《とりつくろ》おうとしていらっしゃるのだ。

「ご存知《ぞんじ》なのですか、この符号《ふごう》を」

「イヤ、無論知《むろんし》らない。いつか気違《きちが》いの書《か》いた模様《もよう》を見《み》た中《なか》に、こんなのがあったのを思《おも》い出《だ》したのさ」

だが先生《せんせい》の口調《くちょう》にはどことなく真実《しんじつ》らしくない響《ひびき》が感《かん》じられた。

「ちょっと拝見《はいけん》」と云《い》って奥《おく》さんも僕《ぼく》の手帳《てちょう》を暫《しば》らく見《み》ていらしったが、

「躄《いざり》の乞食《こじき》が証人《しょうにん》に立《た》ったのでしたわね」

と突然妙《とつぜんみょう》なことをおっしゃるのだ。

「躄車《いざりぐるま》に乗《の》っていたのでしょう。躄車《いざりぐるま》……ねえ、これ躄車《いざりぐるま》の形《かたち》じゃないこと。この四角《しかく》なのが箱《はこ》で、両方《りょうほう》の角《つの》が車《くるま》で、斜《はす》の線《せん》は車《くるま》を漕《こ》ぐ棒《ぼう》じゃないこと」

「ハハ……、子供《こども》の絵探《えさが》しじゃあるまいし」

先生《せんせい》は一笑《いっしょう》に附《ふ》してしまいなすったが、この奥《おく》さんの着想《ちゃくそう》は、僕《ぼく》をびっくりさせた。子《こ》供《ども》だましと云《い》えば子供《こども》だましの様《よう》だけれど、女《おんな》らしく敏感《びんかん》な面白《おもしろ》い考《かんが》え方《かた》だ。

「そういえば、乞食《こじき》だとか山窩《さんか》などがお互《たがい》に通信《つうしん》する符号《ふごう》には、こんな子供《こども》のいたずら書《が》きみたいなのが色々《いろいろ》あった様《よう》ですね」

僕《ぼく》も一説《いっせつ》を持出《もちだ》した。

「それは僕《ぼく》も考《かんが》えていた。どうして警察《けいさつ》ではその変《へん》な乞食《こじき》を疑《うたが》って見《み》なかったのだろう。そいつこそ現場《げんば》附近《ふきん》にいた一番《いちばん》怪《あや》しい奴《やつ》じゃないのかい」

この先生《せんせい》の疑《うたが》いに僕《ぼく》が答《こた》えた言葉《ことば》は、同時《どうじ》に君《きみ》の手紙《てがみ》にあった疑問《ぎもん》への答《こたえ》にもなるのだ。

「あの乞食《こじき》を一目《ひとめ》でも見《み》たものには、そんなことは考《かんが》えられないのです。あいつは血腥《ちなまぐさ》い人殺《ひとごろ》しなどをやるには年《とし》を取《と》り過《す》ぎています。力《ちから》のない老《お》いぼれなんです。それに手《て》は片《かた》方《ほう》しかないし、足《あし》は両方《りょうほう》とも膝《ひざ》っ切《き》りの躄《いざり》ですから、あいつが土蔵《どぞう》の二階《かい》へ上《あが》って行《ゆ》くなんて全《まった》く不可能《ふかのう》なんです。僕《ぼく》は外《ほか》に達者《たっしゃ》な相棒《あいぼう》がいて、躄《いざり》は見張《みは》り役《やく》を勤《つと》めたのではないかと空想《くうそう》したのですが、それも非常《ひじょう》に不自然《ふしぜん》です。そんな乞食《こじき》などがどうして蔵《くら》の合鍵《あいかぎ》を拵《こしら》えることが出来《でき》たかということ、犯人《はんにん》が乞食《こじき》とすれば、何《なに》か盗《ぬす》んで行《い》かなかった筈《はず》はないということ、躄《いざり》が何《なん》の必要《ひつよう》があって危険《きけん》な現場《げんば》附近《ふきん》にいつまでもぐずぐずしていたかと云《い》う事《こと》などを考《かんが》えると、この空想《くうそう》は全《まった》く成立《なりた》たないのです」

「それじゃ、この符号《ふごう》は躄車《いざりぐるま》やなんかじゃないのですわね」

奥《おく》さんはあきらめ切《き》れない様《よう》な顔《かお》であった。実《じつ》を云《い》うと僕自身《ぼくじしん》も、これという理由《りゆう》がある訳《わけ》ではなかったけれど、躄車《いざりぐるま》説《せつ》には妙《みょう》に心《こころ》を惹《ひ》かれていた。

三人《にん》の犯罪談《はんざいだん》はそれ以上発展《いじょうはってん》しなかった。先生《せんせい》は煙草《たばこ》をふかしながら何《なに》か考《かんが》え込《こ》んでいられるし、奥《おく》さんはポツリポツリ姉崎《あねざき》さんの思出話《おもいでばなし》の様《よう》なことをお話《はなし》なすったが、それも途切《とぎ》れ勝《が》ちで、何《なん》となく座《ざ》が白《しら》けている所《ところ》へ、もう時間《じかん》と見《み》えて次々《つぎつぎ》と会員《かいいん》がやって来《き》た。

一番早《いちばんはや》く来《き》たのは園田文学士《そのだぶんがくし》で、この人《ひと》は僕《ぼく》よりは一年先輩《ねんせんぱい》なのだが、卒業以来《そつぎょういらい》ずっと黒川先生《くろかわせんせい》の研究室《けんきゅうしつ》にいて、先生《せんせい》の助手《じょしゅ》の様《よう》にして実験心理学《じっけんしんりがく》に没頭《ぼっとう》している、度《ど》の強《つよ》い近《きん》眼鏡《がんきょう》をかけて、いつでもネクタイが曲《まが》っている様《よう》な、如何《いか》にも学者《がくしゃ》くさい男《おとこ》だ。(黒川博《くろかわはか》士《せ》の専攻《せんこう》は心霊学《しんれいがく》などには全《まった》く縁遠《えんどお》い実験心理学《じっけんしんりがく》であって、こういう妙《みょう》な会《かい》を主宰《しゅさい》していられるのは、先生《せんせい》の道楽《どうらく》に過《す》ぎないことを、君《きみ》も多分《たぶん》知《し》っていると思《おも》う)

その次《つぎ》には槌野君《つちのくん》が入《はい》って来《き》た。槌野君《つちのくん》は大学《だいがく》とは関係《かんけい》のない素人《しろうと》の熱心家《ねっしんか》で、俗《ぞく》に一《いっ》寸法師《すんぼうし》という不具者《ふぐしゃ》なのだ。三十五歳《さい》だというのに背《せ》は十二の子供位《こどもぐらい》で、それに普通《ふつう》の大人《おとな》よりは大《おお》きな頭《あたま》が乗《の》っかっている。非常《ひじょう》に貧乏《びんぼう》な独《ひと》り者《もの》で、二階借《かいが》りをして筆稿《ひっこう》かなんかで生活《せいかつ》して、霊界《れいかい》のことばかり考《かんが》えている変《かわ》り者《もの》だ。いつも地味《じみ》な木綿縞《もめんじま》の着物《きもの》に茶《ちゃ》色《いろ》の小倉《こくら》の袴《はかま》を穿《は》いて、坊主頭《ぼうずあたま》にチョビ髭《ひげ》を生《は》やした、しかつめらしい顔《かお》で黙《だま》りこくっている。

その二人《ふたり》が加《くわ》わって暫《しばら》く雑談《ざつだん》を交《かわ》している所《ところ》へ、熊浦氏《くまうらし》がやって来《き》た。有名《ゆうめい》な妖怪学者《ようかいがくしゃ》だから君《きみ》も名《な》は聞《き》いているだろう。昔妖怪博士《むかしようかいはかせ》と渾名《あだな》された名物学者《めいぶつがくしゃ》があった。あらゆる不可思議現象《ふかしぎげんしょう》に現実的《げんじつてき》な心理学的解釈《しんりがくてきかいしゃく》を加《くわ》えて彪大《ぼうだい》な著述《ちょじゅつ》を残《のこ》したので知《し》られている。熊《くま》浦氏《うらし》はその人《ひと》の後継者《こうけいしゃ》の様《よう》に云《い》われ、同《おな》じ「妖怪《ようかい》」という渾名《あだな》をつけられているが、昔《むかし》の妖怪博士《ようかいはかせ》とは違《ちが》って、博士《はかせ》の肩書《かたがき》など持《も》たない私学出《しがくで》の民間学者《みんかんがくしゃ》で、妖怪《ようかい》と心理学《しんりがく》とを結《むす》びつけるのではなくて、妖怪《ようかい》そのものに心酔《しんすい》している中世的神秘家《ちゅうせいてきしんぴか》なのだ。

熊浦氏《くまうらし》は黒川博士《くろかわはかせ》とは同郷《どうきょう》の幼馴染《おさななじみ》だと聞《き》いているが、現在《げんざい》では地位《ちい》も、境遇《きょうぐう》も、性格《せいかく》もひどく違《ちが》っている。黒川先生《くろかわせんせい》は前途《ぜんと》の明《あか》るい官学《かんがく》の教授《きょうじゅ》で、親《おや》から譲《ゆず》られた資産《しさん》があって生活《せいかつ》も豊《ゆた》かだし、人柄《ひとがら》は女性的《じょせいてき》で如才《じょさい》のない社交家《しゃこうか》であるのに反《はん》して、熊浦氏《くまうらし》はただジアナリスティックな虚名《きょめい》を持《も》っている外《ほか》には、地位《ちい》もなく資産《しさん》もなく、妻子《さいし》さえない全《まった》くの孤独者《こどくしゃ》で、僅《わず》かに著作《ちょさく》の収入《しゅうにゅう》で生活《せいかつ》しているのだ。性格《せいかく》も陰欝《いんうつ》で厭人的《えんじんてき》で、広《ひろ》い荒屋《あばらや》に召使《めしつかい》の老婆《ろうば》とたった二人《ふたり》で住《す》んでいて、人《ひと》を訪《たず》ねたり訪《たず》ねられたりすることも殆《ほとん》どない様《よう》な生活《せいかつ》をしている。この心霊学会《しんれいがっかい》に出席《しゅっせき》するのが同氏《どうし》の唯一《ゆいいつ》の社交生活《しゃこうせいかつ》ではないかと思《おも》われる。

心霊学会《しんれいがっかい》の創立者《そうりつしゃ》は実《じつ》を云《い》うと黒川博士《くろかわはかせ》ではなくて熊浦氏《くまうらし》であったのだ。熊浦氏《くまうらし》の熱心《ねっしん》と、同氏《どうし》が発見《はっけん》した珍《めず》らしい霊媒《れいばい》とが、つい黒川博士《くろかわせんせい》を動《うご》かして、こういう会《かい》が出来上《できあが》った。その珍《めず》らしい霊媒《れいばい》というのは、先《さき》にちょっと触《ふ》れた龍《りゅう》ちゃんという盲目《めくら》の娘《むすめ》のことで、三月程前《つきほどまえ》までは熊浦氏《くまうらし》の手元《てもと》で養《やしな》われていたのを、黒川先生《くろかわせんせい》が引取《ひきと》って世話《せわ》をしているのだ。

熊浦氏《くまうらし》の容貌風采《ようぼうふうさい》は、変《かわ》り者《もの》の多《おお》い会員《かいいん》の中《なか》でも殊更《ことさら》に異様《いよう》だ。氏《し》はいつも色《いろ》のさめた、併《しか》し手入《てい》れの行届《ゆきとど》いた折目《おりめ》正《ただ》しいモーニングを着用《ちゃくよう》して、夏《なつ》でも白《しろ》い手袋《てぶくろ》をはめて、よく光《ひか》った靴《くつ》を穿《は》いて、骸骨《がいこつ》の握《にぎ》りのついたステッキをついて、少《すこ》しびっこを引《ひ》きながらやって来《く》る。カラーは古風《こふう》な折目《おりめ》のない固《かた》いのを使用《しよう》しているが、そのカラーの上《うえ》に一団《いちだん》の毛《もう》髪《はつ》の塊《かたま》りが乗っかっている様《よう》に見《み》える。熊浦氏《くまうらし》はそれ程毛深《ほどけぶか》いのだ。頭《あたま》は三寸程《ずんほど》も伸《の》びた毛《け》をモジャモジャと縮《ちぢ》らせ、ピンとはねた口髭《くちひげ》、三角型《さんかくがた》に刈込《かりこ》んだ顎髯《あごひげ》、それがずっと目《め》の下《した》まで密生《みっせい》して、顔《かお》の肌《はだ》を埋《うず》め尽《つく》している。その毛塊《もうかい》の真中《まんなか》に鼈甲縁《べっこうぶち》の近眼鏡《きんがんきょう》がある。それが園田学士《そのだがくし》以上《いじょう》に強度《きょうど》のものだ。

熊浦氏《くまうらし》は会合《かいごう》に出《で》ると、光線《こうせん》が怖《こわ》いという様《よう》に、いつも電燈《でんとう》から最《もっと》も遠《とお》い椅子《いす》を選《えら》ぶ癖《くせ》がある。今日《きょう》もその為《ため》に態《わざ》と残《のこ》してあった隅《すみ》っこの椅子《いす》に一人離《ひとりはな》れて腰《こし》かけて、暫《しばら》く黙《だま》って一同《いちどう》の会話《かいわ》を聞《き》いていたが、突然太《とつぜんふと》い嗄声《しわがれごえ》で喋《しゃべ》り出《だ》した。

「どうも、今度《こんど》の、犯罪《はんざい》は、この心霊研究会《しんれいけんきゅうかい》に、深《ふか》い因縁《いんねん》があり相《そう》だわい。臭《くさ》い。わしにはその匂《にお》いが、プンと来《く》る様《よう》な気《き》がする。霊魂不滅《れいこんふめつ》を、信仰《しんこう》して、あの世《よ》の魂《たましい》と、遊《あそ》んでいると、生命《いのち》なんて、三文《もん》の、値打《ねうち》もなくなるんだ。ウフフフフ……、どうだい、槌野君《つちのくん》、そうじゃ、ないか」

熊浦氏《くまうらし》は、ゆっくりゆっくり地《ち》の底《そこ》からでも響《ひび》いて来《く》る様《よう》なザラザラした声《こえ》で云《い》うのだ。彼《かれ》の積《つも》りではこれが一種《いっしゅ》の諧謔《かいぎゃく》らしいのだが、迚《とて》も常談《じょうだん》などとは思《おも》えない重々《おもおも》しい喋《しゃべ》り方《かた》だ。

呼《よ》びかけられた一寸法師《いっすんぼうし》の槌野君《つちのくん》は、彼《かれ》の癖《くせ》でパッと赤面《せきめん》して、広《ひろ》いおでこの下《した》から、上眼使《うわめづか》いに一座《いちざ》をキョロキョロ見廻《みまわ》して、居《い》たたまらない、様子《ようす》をした。彼《かれ》は常談《じょうだん》に応《おう》酬《しゅう》するすべを知《し》らないのだ。

「実《じつ》に、絶好《ぜっこう》の、実験《じっけん》だからね。心霊信者《しんれいしんじゃ》が、死《し》ねば、すぐ様《さま》、霊界通信《れいかいつうしん》の、実験《じっけん》が、始《はじ》められるのだからね。みんな、姉崎夫人《あねざきふじん》のスピリットを、呼《よ》び出《だ》したくて、ウズウズして、いるんじゃ、ないかい」

いつも実験《じっけん》の時《とき》の外《ほか》は全《まった》く沈黙《ちんもく》を守《まも》っている熊浦氏《くまうらし》が、どうしてこんなにお喋《しゃべ》りになったのかと不思議《ふしぎ》であった。何《なに》かよほど昂奮《こうふん》しているのに違《ちが》いない。

「止《よ》し給《たま》え。つまらないことを」

黒川先生《くろかわせんせい》が、不愉快《ふゆかい》で耐《たま》らないのをじっと我慢《がまん》している様子《ようす》で、作《つく》った笑顔《えがお》でおっしゃった。

「これは、常談《じょうだん》だ。だが、黒川君《くろかわくん》、今度《こんど》は、真面目《まじめ》な、話《はなし》だが、僕《ぼく》は、昨夜《ゆうべ》、非常《ひじょう》に遅《おそ》く、十二時頃《じごろ》だった。この裏《うら》の、八幡《はちまん》さまの、森《もり》の中《なか》を、歩《ある》いていて、あいつに出《で》くわしたのだよ。二百三高地《にひゃくさんこうち》に、矢絣《やがすり》のお化《ば》けにさ」

それを聞《き》くと会員達《かいいんたち》は皆《みな》ハッとして話手《はなして》の鬚面《ひげづら》を見《み》たが、殊《こと》に黒川先生《くろかわせんせい》は顔色《かおいろ》を変《か》えてビクッと身動《みうご》きされた。僕《ぼく》も真青《まっさお》になる程《ほど》驚《おどろ》いていたに違《ちが》いない。

熊浦氏《くまうらし》の荒屋《あばらや》は同《おな》じ中野《なかの》の、黒川邸《くろかわてい》から七八丁《ちょう》隔《へだ》った淋《さび》しい場所《ばしょ》にあって、丁度《ちょうど》その中間《ちゅうかん》に森《もり》の深《ふか》い八幡神社《はちまんじんじゃ》がある。僕《ぼく》もその八幡神社《はちまんじんじゃ》へは行《い》ったことがあって、よく知《し》っていた。この妖怪学者《ようかいがくしゃ》は、天日《てんじつ》を嫌《きら》って昼間《ひるま》は余《あま》り外出《がいしゅつ》しない癖《くせ》に、深夜《しんや》人《ひと》の寝静《ねしず》まった時《とき》などを歩《ある》き廻《まわ》る趣味《しゅみ》を持《も》っていると聞《き》いていたが、昨夜《ゆうべ》もその夜《よる》の散歩《さんぽ》をしたのであろう。

「それは本当《ほんとう》ですか」

僕《ぼく》が聞返《ききかえ》すと、熊浦氏《くまうらし》は鬚《ひげ》の奥《おく》で幽《かす》かに笑《わら》った様《よう》に見《み》えたが、

「本当《ほんとう》だよ。僕《ぼく》が歩《ある》いていると、ヒョッコリ、社殿《しゃでん》の、横《よこ》の、暗闇《くらやみ》から、飛《と》び出《だ》して、来《き》たんだ。常夜燈《じょうやとう》の電気《でんき》で、ボンヤリ、庇髪《ひさしがみ》と、矢絣《やがすり》が見《み》えた。だが、僕《ぼく》が、オヤッと、気《き》がついた時《とき》には、そいつは、もう、非常《ひじょう》な勢《いきおい》で駈《か》け出《だ》していたんだよ。わしは、足《あし》が、悪《わる》いもんだから、到底《とうてい》、かなわん。追《お》っかけたけれど、じきに、見失《みうしな》った。恐《おそ》ろしく、早《はや》い

奴《やつ》だったよ。女《おんな》の癖《くせ》に、まるで、風《かぜ》の様《よう》に走《はし》りよった。あとで、境内《けいだい》を、念入《ねんい》りに、歩《ある》き廻《まわ》って見《み》たが、もうどこにも、いなかったがね」

「ですが、その変《へん》な女《おんな》は、案外犯罪《あんがいはんざい》には何《なん》の関係《かんけい》もない、気違《きちが》いかなんかじゃないでしょうか。気違《きちが》いなら知合《しりあい》でなくったって、どこの家《いえ》へでも入《はい》って行《ゆ》くでしょうし、夜中《よなか》に森《もり》の中《なか》をさまよう事《こと》もあるでしょうからね。僕達《ぼくたち》は少《すこ》し矢絣《やがすり》に拘泥《こうでい》し過《す》ぎてるんじゃないかしら。犯罪者《はんざいしゃ》が態々《わざわざ》、そんな人目《ひとめ》に立《た》ち易《やす》い風俗《ふうぞく》をする謂《いわ》れがないじゃありませんか」

　僕《ぼく》がそういうと、熊浦氏《くまうらし》は僕《ぼく》の方《ほう》へ、近眼鏡《きんがんきょう》をキラリと光《ひか》らせた。

「それは君《きみ》、ひどく、常識的《じょうしきてき》な、考《かんが》え方《かた》だよ。そりゃ、気違《きちが》い女《おんな》かも、知《し》れない。だが、気違《きちが》い女《おんな》なら、二三日《にち》もすれば、捕《つか》まって、しまうだろう。若《も》し、幾日《いくにち》たっても、捕《つか》まらなんだら、そいつは、気違《きちが》い女《おんな》やなんかじゃないのだ。それから、黒川君《くろかわくん》」と顔《かお》の向《む》きを変《か》えて、「僕《ぼく》は、一つ、不思議《ふしぎ》に、思《おも》っている、ことが、あるんだが、あの日《ひ》に、姉崎《あねざき》の後家《ごけ》さんは、誰《だれ》か、秘密《ひみつ》な客《きゃく》を、待《ま》ち受《う》けて、いたんじゃあるまいか。書生《しょせい》も、子供《こども》も、留守《るす》の時《とき》に、どんな急《いそ》ぎの、用事《ようじ》だったか、知《し》らんが、女中《じょちゅう》を、使《つかい》に出《だ》して、一人《ひとり》ぼっちに、なるなんて、偶然《ぐうぜん》の様《よう》では、ないじゃないかね」

「ウン、そういう事《こと》も考《かんが》えられるね。併《しか》し、そんなことを、ここで論《ろん》じ合《あ》って見《み》たって、始《はじ》まらんじゃないか。餅《もち》は餅屋《もちや》に任《まか》せて置《お》くさ」

黒川先生《くろかわせんせい》はさも冷淡《れいたん》に云《い》いはなたれたが、僕《ぼく》の見《み》る所《ところ》では、先生《せんせい》は決《けっ》して、言葉通《ことばどお》りこの事件《じけん》に冷淡《れいたん》ではなかった。

「餅《もち》は、餅屋《もちや》か。それも、そうだな。ところで、祖父江君《そぶえくん》、君《きみ》は、死体解剖《したいかいぼう》の、結果《けっか》を、聞《き》かなかったかね」

「綿貫検事《わたぬきけんじ》から聞《き》きました。内臓《ないぞう》には別状《べつじょう》なかった相《そう》です。姉崎《あねざき》さんはあの日《ひ》十時頃《じごろ》に、遅《おそ》い朝食《ちょうしょく》を採《と》られた切《き》りだそうですが、胃袋《いぶくろ》は空《から》っぽで、腸内《ちょうない》の消化《しょうか》の程度《ていど》では、絶命《ぜつめい》されたのは、一時《じ》から二時半頃《じはんごろ》までの間《あいだ》ではないか、という程度《ていど》の、やっぱり漠然《ばくぜん》としたことしか分《わか》らなかった相《そう》です」

「精虫《せいちゅう》は？」

「それは、全《まった》く発見出来《はっけんでき》なかったというのです」

「ホホウ、それは、どうも」

この対話《たいわ》によって、熊浦氏《くまうらし》が何《なに》を考《かんが》えていたかが、君《きみ》にも想像出来《そうぞうでき》るだろう。同氏《どうし》は僕《ぼく》の明確《めいかく》な否定《ひてい》に、ある失望《しつぼう》を感《かん》じたに違《ちが》いないのだ。ここに至《いた》って、僕《ぼく》はこの変物《へんぶつ》の妖怪《ようかい》学者《がくしゃ》に一種《いっしゅ》の好意《こうい》を感《かん》じないではいられなかった。彼《かれ》も亦僕等《またぼくら》と同《おな》じミステリィ・ハンタァズの一人《ひとり》であったのだ。日頃陰鬱《ひごろいんうつ》で黙《だま》り屋《や》の同氏《どうし》が、この夜《よ》に限《かぎ》って、かくも雄弁《ゆうべん》であったのは、全《まった》く犯罪《はんざい》への好奇心《こうきしん》に由来《ゆらい》していたのだ。僕《ぼく》はここに一人《ひとり》のよき話《はな》し相手《あいて》を得たことを、私《ひそ》かに喜《よろこ》ばしく感《かん》じた。

「ホホ……、まるで刑事部屋《けいじべや》みたいね。それともファイロ・ヴァンスの事務所《じむしょ》ですか」

突然美《とつぜんうつく》しい声《こえ》が聞《きこ》えたので、振向《ふりむ》くと、ドアの前《まえ》に二人《ふたり》の少女《しょうじょ》が手《て》をつないで立《た》っていた。一人《ひとり》は黒川博士《くろかわはかせ》のお嬢《じょう》さん鞠子《まりこ》さん、もう一人《ひとり》は先《さ》っきから話題《わだい》に上《のぼ》っていたミディアムの龍《りゅう》ちゃんだ。鞠子《まりこ》さんが現在《げんざい》の夫人《ふじん》の娘《むすめ》ではなくて、十年程前《ねんほどまえ》になくなられたという先夫人《せんふじん》のお子《こ》さんであることは云《い》うまでもない。この二人《ふたり》の少女《しょうじょ》は同年《おないどし》の十八歳《さい》で、殆《ほとん》どお揃《そろ》いと云《い》ってもいい不断着《ふだんぎ》のワンピースに包《つつ》まれていたが、その容貌《ようぼう》の相違《そうい》は、実《じつ》に際立《きわだ》った対照《たいしょう》を為《な》していた。

鞠子《まりこ》さんは髪《かみ》を幼女《ようじょ》の様《よう》なおかっぱにして、切下《きりさ》げた前髪《まえがみ》が眉《まゆ》を隠《かく》さんばかりの下《した》から、絶《た》えず物《もの》を云《い》っている大《おお》きな目《め》が、パッチリ覗《のぞ》いて、すべっこい果物《くだもの》みたいな唇《くちびる》が、いつでも笑《わら》う用意《ようい》をして、美《うつく》しい歯並《はなみ》を隠《かく》している様《よう》な、非常《ひじょう》に美《うつく》しい人《ひと》であるのに比《くら》べて、手《て》を引《ひ》かれている龍《りゅう》ちゃんの方《ほう》は、両眼《りょうがん》とも綴《と》じつけられた様《よう》な盲目《もうもく》だし、その上《うえ》ひどく縹緻《きりょう》が悪《わる》いのだ。色《いろ》が黒《くろ》くて、おでこで、鼻《はな》が平《ひら》べったくて、頬《ほほ》が骨《ほね》ばっていて、唇《くちびる》は蒲団《ふとん》を重《かさ》ねた様《よう》に厚《あつ》ぼったくて、それが異様《いよう》に赤《あか》いのだ。彼女《かのじょ》が笑《わら》うと印度人《いんどじん》の様《よう》だ。若《も》し目《め》が開《あ》いていたら、その目《め》も印度人《いんどじん》の様《よう》に敏感《びんかん》で奥底《おくそこ》が知《し》れなかったことだろう。

これで心霊研究会《しんれいけんきゅうかい》の会員《かいいん》がすっかり揃《そろ》った。時《とき》によって飛入《とびい》りの来会者《らいかいしゃ》はあるけれど、常連《じょうれん》は今《いま》この部屋《へや》に集《あつま》った五人《にん》の男《おとこ》と二人《ふたり》の女《おんな》と一人《ひとり》の霊媒《れいばい》、合《あわ》せて八人《にん》のささやかな会《かい》合《ごう》なのだ。前月《ぜんげつ》までの例会《れいかい》には、それに姉崎《あねざき》未亡人《ぼうじん》が加《くわ》わって、女性会員《じょせいかいいん》は三人《にん》であったのだが。

「龍《りゅう》ちゃん、今夜《こんや》気分《きぶん》はどう？」

黒川夫人《くろかわふじん》が、いたわる様《よう》に盲目《もうもく》の少女《しょうじょ》に呼《よ》びかけなすった。

「分《わか》らないわ」

龍《りゅう》ちゃんは十歳《さい》の少女《しょうじょ》の様《よう》にあどけなく、ニヤニヤと笑《わら》って、空中《くうちゅう》に答《こた》えた。

「いいらしいのよ。さっきから御機嫌《ごきげん》なんですもの」

鞠子《まりこ》さんが側《そば》からつけ加《くわ》えた。この娘《むすめ》さんはお父《とう》さんには勿論《もちろん》、継《まま》しいお母《かあ》さんにでも、まるでお友達《ともだち》の様《よう》な口《くち》を利《き》くのだ。

「では、あちらの部屋《へや》へ行《ゆ》きましょう」

黒川先生《くろかわせんせい》は立上《たちあが》って、先《さき》に立《た》って書斎《しょさい》のドアをお開《ひら》きなすった。一同《いちどう》は、そのあとから足音《あしおと》を盗《ぬす》む様《よう》にして、もう緊張《きんちょう》した気持《きもち》になりながら、実験場《じっけんじょう》の設備《せつび》をした先生《せんせい》の書斎《しょさい》へ入《はい》って行《い》った。だが、それから間《ま》もなく、霊媒《れいばい》の口《くち》からあんな恐《おそ》ろしい言葉《ことば》を聞《き》こうとは、そして、会員《かいいん》の一人残《ひとりのこ》らずが、まるで金縛《かなしば》りの様《よう》な身動《みうご》きもならぬ窮地《きゅうち》に陥《おちい》ろうとは、誰《たれ》が想像《そうぞう》し得《え》ただろう。

君《きみ》は恐《おそ》らく降霊会《こうれいかい》というものに出席《しゅつせき》した経験《けいけん》がないであろうが、それは一般《いっぱん》に軽蔑《けいべつ》されている程《ほど》つまらないものではない。暗闇《くらやみ》の中《なか》で、幾人《いくにん》かの人間《にんげん》が死《し》の様《よう》に静《しず》まり返《かえ》って、どこからともなく聞《きこ》えて来《く》る幽冥界《ゆうめいかい》の声《こえ》を聞《き》く時《とき》、或《あるい》は朦朧《もうろう》と現《あら》われ来《く》るエクト・プラスムのこの世《よ》のものならぬ放射光《ほうしゃこう》を目《め》にする時《とき》、人《ひと》は名状《めいじょう》し難《がた》き歓喜《かんき》を味《あじわ》うのだ。如何《いか》なる科学者《かがくしゃ》も、唯物論者《ゆいぶつろんしゃ》も、一度《ど》この不可思議《ふかしぎ》な声《こえ》を聞《き》き、光《ひかり》を見《み》たならば、彼等《かれら》の科学《かがく》を裏切《うらぎ》って、冥界《めいかい》の信者《しんじゃ》とならないではいられぬのだ。

アルフレッド・ラッセル・オレース、ウィリアム・ジェームス、ウィリアム・クルックスの様《よう》な純正科学者《じゅんせいかがくしゃ》をさえ冥界《めいかい》の信者《しんじゃ》たらしめた力《ちから》が何《なん》であったかを考《かんが》えて見《み》なければならない。奇術師的《きじゅつしてき》な降霊《こうれい》トリックの如《ごと》きものと混同《こんどう》してはいけない。あれは霊界交通《れいかいこうつう》の外道《げどう》に過《す》ぎないのだ。そんな子供《こども》だましのトリックが、トリックの専門家《せんもんか》である探偵小説家《たんていしょうせつか》を――コナン・ドイルを欺《あざむ》き得《え》たとは考《かんが》えられないではないか。

先生《せんせい》の書斎《しょさい》は、四方《しほう》の書棚《しょだな》も窓《まど》も壁《かべ》も黒布《くろぬの》で覆《おお》い隠《かく》して、一つの大《おお》きな暗箱《あんばこ》の様《よう》にしつらえられていた。一方《いっぽう》の壁《かべ》に近《ちか》く小円卓《しょうテーブル》と一脚《きゃく》の長椅子《ながいす》が置《お》いてあって、それを中心《ちゅうしん》にして、七脚《きゃく》の椅子《いす》がグルッと円陣《えんじん》を張《は》っている。机《つくえ》などはすっかり取《と》りかたづけられ、室内《しつない》にはその外《ほか》に何《なに》もない。小円卓《しょうテーブル》の上《うえ》に小《ちい》さい卓上電燈《たくじょうでんとう》がついていて、それがボンヤリと異様《いよう》な舞台《ぶたい》を照《て》らしている。

一同《いちどう》は全《まった》く無言《むごん》で、夫々《それぞれ》の位置《いち》に着席《ちゃくせき》した。正面《しょうめん》のソファには霊媒《れいばい》の龍《りゅう》ちゃんが長々《ながなが》と横《よこ》たわり、その右隣《みぎどなり》の椅子《いす》には黒川博士《くろかわはかせ》、左隣《ひだりどなり》には妖怪学者《ようかいがくしゃ》の熊浦氏《くまうらし》が腰《こし》かけ、外《ほか》の一同《いちどう》も思《おも》い思《おも》いの椅子《いす》を選《えら》んで腰《こし》をおろした。

閉《し》め切《き》った部屋《へや》は、空気《くうき》のそよぎさえなく、少《すこ》しむし暑《あつ》い感《かん》じであったが、じっと気《き》を澄《す》ましていると、温度《おんど》に無感覚《むかんかく》になって行《ゆ》く様《よう》に思《おも》われた。

余《あま》りに静《しず》かなので、一人一人《ひとりひとり》の呼吸《こきゅう》や心臓《しんぞう》の音《おと》までも聞取《ききと》れる程《ほど》であった。

黒川先生《くろかわせんせい》はやや十分《ぶん》ほども、姿勢《しせい》を正《ただ》して瞑目《めいもく》していらしったが、霊媒《れいばい》の呼吸《こきゅう》が寝入《ねい》った様《よう》に整《ととの》って来《き》た時《とき》、ソッと手《て》を伸《の》ばして卓上燈《たくじょうとう》のスイッチをお廻《まわ》しなすった。部屋《へや》は冥界《めいかい》の闇《やみ》にとじこめられた。（第二信未完）

――手紙の中では、全てが冥界の闇にとじこめられたのに対し、こちらは気がつくと、すっかり外が明るくなっていた。

私が宵《よい》っ張《ぱ》りなのは誰もが知るところで、夜中じゅう窓の灯りがついていて、そのあと夕方まで眠りにつくというのは、世間的には許されないことだが、そういう生き方だってあるものなのだ。

もっとも、近ごろ「新青年」で売り出しの海野《うんの》十三《じゅうざ》氏――昭和六年には同誌が有望な新人に課す四か月連続短編を「麻雀殺人事件」「省線電車の射撃手」「振動魔」「恐ろしき通夜」で楽々とこなし、近くは「爬虫館事件」「赤外線男」でますます奇想の冴えを見せているが、この人は昼間に小刻みに睡眠を取っておいて、深夜の都会をあてどなく徘徊する奇癖を持っているという。

すると海野氏も、今朝の私のように、新聞や牛乳の配達人とちょっと気まずい挨拶を交わしたりするのだろうか。今から寝床にもぐりこむようすの私を見て、いいご身分だなと思ったかもしれないが、これはこれで気ぜわしく、楽なことばかりでもないのだ。

それにしても、祖父江記者の手紙に描かれた降霊術の会のものものしくも馬鹿馬鹿しいことといったらどうだろう。心霊や死後の世界についての意見は、かのアーサー・コナン・ドイル卿と奇術師ハリー・フーディニをそれぞれ代表とする一派に分かれるが、いかにシャーロック・ホームズの生みの親であり、近代探偵小説の大恩人であるとしても、私はフーディニ氏の側につくものだ。

したがって、このあと黒川博士邸で行なわれる——正確には行なわれた、であるが——降霊実験で何が起きようと、それは人為であり何らかのトリックの産物であり、でなければ無知と恐怖が生んだ錯覚に過ぎないと断言できる。

そもそも、心霊研究会とやらに集う面々のうさん臭くも、みじめったらしいことときては失笑ものではないか。心霊研究に憂き身をやつす大学の先生とその細君はまだしも、その助手や妖怪学者らがあまり世間的に恵まれているとは思えないし、彼らにとりまかれてご満悦だったらしき大金持ちの未亡人（ただし子持ち）に至っては……。

いけない、いけない。最初からそんな夢のないことを述べては、読者の興を削ぐかもしれないから、こんな文章は差しはさまぬが吉かもしれない。そんなことを言えば、先日の清砂通アパート訪問も、そうなってしまうが……そうだ、そういうことにしておこう。

そんなことを考えつつの断続的な眠りのあと、夕方前に近所を軽く散歩した。なじみの本屋に寄り、顔見知りに会釈して帰宅すると、夕刊が届いていた。ちなみに私の宅では、祖父江進一氏の元勤務先であるA新聞を取っていた。

玄関に挟まれていたそれを広げ、さて俗世間では何が起きていたかと視線を走らせてギョッとした。それは社会面の記事で、

大阪市西部真昼の大火
本紙特写　一万坪の草原を焼尽さんとす

と見出しが打たれていた。その内容は、大阪市西成区《にしなり》津守《つもり》町西の外れにある空き地に生い茂る草に突然火がつき、この記事執筆の時点ではなお延焼中だという。なるほど大変なことだが、それ自体は大して珍しいこともない。ただ記事の冒頭を見ると【大阪電話】とあって、同じ新聞の大阪本社から送られたものとわかった。

大阪の出来事が東京の紙面に載るのは、A新聞の本社が大阪にあることでもあり、珍し

いことではないが、これは言わばただの火事だ。火事と喧嘩は江戸の華、といった昔にさかのぼるまでもなく、現代の東京でも火災はしじゅう起きていて、よほどの大惨事でもない限りは、ほんの小さな一段記事になっておしまいで、遠く大阪でのそれをとりあげる必要などないはずだ。

これが昭和五年、大阪市外にあって東洋のハリウッドとうたわれた帝国キネマ長瀬《ながせ》撮影所が、膨大なフィルムもろとも全焼したときには、こちらでもかなりの扱いになったものだが、見た通りそれほど大したものが燃えたわけでもない。

では、なぜわざわざこんな記事を——というわけはすぐにわかった。何と、その火事の発生時刻は今日の午前十一時ごろ。取材の手間を考えると、それが大阪版の夕刊で報じられるのもかなりな早業だが、それが東京の紙面を飾るとなると、なおさらなかなかの綱渡りといっていい。

しかも写真入りで、どこから撮ったのか、高みから見下ろしたような画角から、地表に広がる炎の波がとらえられていた。周囲の田畑や人家もはっきり見える。白黒の網目版ながら、なかなかの迫力であることは確かだった。しかも、写真に添えられた説明文《エトキ》には（本社電送）と添えてあった。それで腑に落ちた。

要するに、これは速報自慢なのだと胸をなでおろした。各社とも大金をかけてドイツのシーメンス・カロルス・テレフンケン式だのフランスのベラン式、或は日本電気製の国産NE式といった写真電送装置を導入し、互いに出し抜き合っている。

火事であれ何であれ偶発的な出来事は、まず第一報をつかむことが命であり、写真があればなおのことよい。だが、新聞社の写真班がいつどこにでも待機しているわけもなく、素人写真家がいかに増えたといっても、現場に居合わせてシャッターを切らねば何にもならない、うまくフィルムや乾板に収めることができたとしても、それを本社に持ちこんで現像し焼き付けして版に組むまでには絶妙のタイミングと僥倖《ぎょうこう》が重ならなくてはならないのだ。

まして、それを東京に送るにおいてをや。たまたまこの件はその条件を満たし、言わば他社への自慢の種として掲載されたのに違いなかった。大事な特種を他社が追っかけられないよう早版では伏せて、最終版で差し替えるのと同じことだ。

全く新聞記者というものは、つまらない意地の張り合いをするものだ——そう苦笑し、納得しながら、私はあらためてその記事に目を通した。

突然の出火と共に周囲は一時騒然となつたもの丶問題の草原は全くの空地であり周辺の市街地ともや丶離れ、又木津川を間近としてゐる為延焼の危険はない模様だが、近時同地の一角に

別に安否を気遣ってもいないくせに、新聞記者はこういう書き方をする。そして、この記事にはもう一つ新聞社の自慢が隠れていた。写真を見て最初に気づいたことだが、現場の近辺によほど見晴らしのいい高台があるのでなければ、こんなにうまく全容をとらえた写真は撮れない。

これは明らかに飛行機からの撮影だ。各新聞社は写真電送と同様、いやそれ以上の競争心で、やれサルムソンだ川西式だブレゲーだ、そして今はデハビランド・プスモスだロッキード・アルテアだと航空機の導入を競い合っている。原っぱの火事ごときに飛行機出動とは大層な話だが、新聞記者には新聞記者の都合があるのだろうし、それはこちらの知ったことではなかった。

ともあれ、私は一仕事のあとで疲れていた。吸い寄せられるようにもぐりこんだ寝床の中で、私はいつしか夢を見ていた。恐ろしさ身の毛もよだち美しさ歯の根も合はぬ五彩のオーロラの夢をこそ――そう願ってもかなうものではない。

そのかわりに見たのは、あの心霊研究会の降霊実験の光景だった。それは音も色彩もない古びた映画のようで、ただ暗く黒く、何かが蠢《うごめ》く姿がかすかにちらつくばかりだった。

悪霊

第三回

それから又《また》五分程《ふんほど》の間《あいだ》、実験室《じっけんしつ》には死《し》の様《よう》な沈黙《ちんもく》が続《つづ》いた。じっと目《め》を凝《こ》らしていると、全《まった》く光《ひかり》のない密閉《みっぺい》された室内《しつない》ではあったが、何《なに》かしらモヤモヤと、物《もの》の形《かたち》が見《み》分けられる様《よう》に思《おも》われた。中《なか》にも、長椅子《ながいす》に横《よこた》わっている龍《りゅう》ちゃんと、丁度僕《ちょうどぼく》の向側《むかいがわ》に腰《こし》かけている鞠子《まりこ》さんの服装《ふくそう》が、闇《やみ》をぼかして、薄白《うすじろ》く浮上《うきあが》って来《き》た。

「織江《おりえ》さん、織江《おりえ》さん」

突然《とつぜん》、闇《やみ》の中《なか》に人《ひと》の声《こえ》がして、その部屋《へや》にはいない人物《じんぶつ》の名《な》を呼《よ》ぶのが聞《きこ》えた。黒川《くろかわ》博士《はかせ》が霊媒《れいばい》の龍《りゅう》ちゃんのコントロールを呼《よ》び出《だ》していらっしゃるのだ。コントロールというのは、謂《い》わば龍《りゅう》ちゃんの第《だい》二人格《じんかく》であって、盲目《めくら》の少女《しょうじょ》の声《こえ》を借《か》りて、幽冥界《ゆうめいかい》からこの世《よ》に話《はな》しかける霊魂《れいこん》のことだ。龍《りゅう》ちゃんの場合《ばあい》は、その霊魂《れいこん》は織江《おりえ》さんという女性《じょせい》に極《き》まっている。いつの世《よ》いかなる生活《せいかつ》を営《いとな》んでいた女性《じょせい》なのか、誰《たれ》も知《し》らない。ただ織江《おりえ》さんという名《な》を持《も》つ、一《ひと》つの魂《たましい》なのだ。

黒川先生《くろかわせんせい》の陰気《いんき》な声《こえ》が、二三度《ど》その名《な》を繰返《くりかえ》すと、やがて、いつもの様《よう》に、闇《やみ》の中《なか》に苦《くる》しげな呼吸《こきゅう》が聞《きこ》えて来《き》た。殆《ほとん》どうめき声《ごえ》に近《ちか》い荒々《あらあら》しい呼吸《こきゅう》。龍《りゅう》ちゃんの肉体《にくたい》の中《なか》に、全《まった》く別《べつ》の魂《たましい》が入《い》り込《こ》んで、それが龍《りゅう》ちゃんの声帯《せいたい》を借《か》りて物《もの》を云《い》おうとする。痛《いた》ましい苦悶《くもん》なのだ。僕《ぼく》はこれを聞《き》く度《たび》に、降霊実験《こうれいじっけん》は外科手術《げかしゅじゅつ》と同《おな》じ様《よう》に、或《あるい》はそれ以上《いじょう》に残酷《ざんこく》なものだと感《かん》じないではいられぬ。

　併《しか》しこの苦悶《くもん》は長《なが》く続《つづ》く訳《わけ》ではなかった。今《いま》にも死《し》に相《そう》な息遣《いきづか》いが、突然静《とつぜんしず》かになると、喰《く》いしばった歯《は》と歯《は》の間《あいだ》から漏《も》れる様《よう》な、シューシューという異様《いよう》な音《おと》が聞《きこ》え始《はじ》める。まだ言葉《ことば》になり切《き》らない魂《たましい》の声《こえ》だ。

　彼女《かのじょ》は何《なに》か云《い》おうとあせっている。時々人《ときどきひと》の言葉《ことば》の様《よう》な調子《ちょうし》にはなるけれど、熱病患者《ねつびょうかんじゃ》の譫言《うわごと》の様《よう》に、舌《した》がもつれて意味《いみ》がとれぬ。真暗《まっくら》な部屋《へや》で、全《まった》く理解《りかい》の出来《でき》ない、しかも意味《いみ》ありげな声《こえ》を聞《き》くのは、決《けっ》して気味《きみ》のよいものではない。聞《き》いている方《ほう》で、ふと俺《おれ》は気《き》が違《ちが》ったんじゃないかしらという、変《へん》てこな錯覚《さっかく》を起《おこ》すことさえある。

　だが、それを我慢《がまん》している内《うち》に、声《こえ》が段々意味《だんだんいみ》を持《も》ち始《はじ》める。異様《いよう》に低《ひく》い嗄声《しゃがれごえ》ではあるけれど、充分聞分《じゅうぶんききわ》けられる程度《ていど》になる。

「わたし、いそいで、お知《し》らせしなければならないのです」

　暗闇《くらやみ》の中《なか》に、ゆっくりゆっくりと、全《まった》く聞覚《ききおぼ》えのない、低《ひく》い無表情《むひょうじょう》な声《こえ》が、まるで井戸《いど》の底《そこ》からでもある様《よう》に、不思議《ふしぎ》な反響《はんきょう》を伴《ともな》って響《ひび》いて来《く》る。

「織江《おりえ》さんですか」

黒川先生《くろかわせんせい》の落《お》ちついたお声《こえ》が聞《きこ》える。

「そうです。わたし、執念深《しゅうねんぶか》い魂《たましい》の悪《わる》だくみをお知《し》らせしたいのです。……その魂《たましい》が、一《いっ》所懸命《しょけんめい》にわたしの口《くち》を押《おさ》えようとして、もがいているのですけれど、わたしはそれを押《お》しのけて、お知《し》らせするのです」

言葉《ことば》がとぎれると、暗闇《くらやみ》と静寂《せいじゃく》とが、一層圧迫的《いっそうあっぱくてき》に感《かん》じられる。誰《たれ》も物《もの》を云《い》わなかった。何《なに》かしら恐《おそ》ろしい予感《よかん》に脅《おびや》かされて、手《て》を握《にぎ》りしめる様《よう》にして、おし黙《だま》っていた。

「一人美《ひとりうつく》しい人《ひと》が死《し》にました。そして、又一人美《またひとりうつく》しい人《ひと》が死《し》ぬのです」

ギョッとする様《よう》なことを、少《すこ》しも抑揚《よくよう》のない無表情《むひょうじょう》な声《こえ》が云《い》った。

「あなたは、姉崎曽恵子《あねざきそえこ》さんのことを云《い》っているのですか。そして、もう一人《ひとり》の美《うつく》しい人《ひと》というのは誰《たれ》です」

黒川先生《くろかわせんせい》が、惶《あわただ》しく聞返《ききかえ》された。先生《せんせい》のお声《こえ》はひどく震《ふる》えていた。

「わたしの前《まえ》に腰《こし》かけている、美《うつく》しい人《ひと》です」

余《あま》りに意外《いがい》な言葉《ことば》であったものだから、咄嗟《とっさ》にはその意味《いみ》を摑《つか》むことが出来《でき》なかった。

だが、考《かんが》えて見《み》ると「織江《おりえ》さん」が、私《わたし》の前《まえ》というのは現実《げんじつ》のこの部屋《へや》のことに違《ちが》いない。霊媒《れいばい》の龍《りゅう》ちゃんの正面《しょうめん》に腰《こし》かけている人《ひと》という意味《いみ》に違《ちが》いない。

「止《よ》して下《くだ》さい。もうこんな薄気味《うすきみ》の悪《わる》い実験《じっけん》なんぞ。どなたか、電気《でんき》をつけて下《くだ》さいまし」

突然《とつぜん》、耐《たま》りかねた黒川夫人《くろかわふじん》が、上《うわ》ずった声《こえ》で叫《さけ》びなすった。無理《むり》ではない。今霊魂《いまれいこん》が喋《しゃべ》ったのは、黙《だま》って聞《き》いているのには、余《あま》りに恐《おそ》ろし過《す》ぎる事柄《ことがら》であったのだから。この席《せき》で「美《うつく》しい人《ひと》」と云《い》えばさしずめ鞠子《まりこ》さんだ。でないとしたら、黒川夫人《くろかわふじん》の外《ほか》には、そんな風《ふう》に呼《よ》ばれる人物《じんぶつ》はない。いずれにしても、夫人《ふじん》の身《み》としては、黙《だま》って聞《き》いてはいられなかったに違《ちが》いない。

「イヤ、お待《ま》ちなさい。奥《おく》さん。これは、非常《ひじょう》に、重大《じゅうだい》な予言《よげん》らしい。我慢《がまん》して、も少《すこ》し聞《き》いて、見《み》ましょう」

熊浦氏《くまうらし》の特徴《とくちょう》のある吃《ども》り声《ごえ》が制《せい》した。

「むごたらしい殺《ころ》し方《かた》も、そっくりです。二人《ふたり》とも、同《おな》じ人《ひと》の手《て》にかかって死《し》ぬのです」

無表情《むひょうじょう》な声《こえ》が、又聞《またきこ》え始《はじ》めた。滑稽《こっけい》な程《ほど》ぶッきらぼうで、冷酷《れいこく》な調子《ちょうし》だ。

「同《おな》じ人《ひと》？　同《おな》じ人《ひと》とは、一体《いったい》、誰《だれ》のことだ。あんたは、それを、知《し》っているのか」

熊浦氏《くまうらし》がいつの間《ま》にか、黒川先生《くろかわせんせい》に代《かわ》って、聞《き》き役《やく》になっていた。彼《かれ》のは魂《たましい》の声《こえ》を導《みちび》き出《だ》すというよりは、まるで裁判官《さいばんかん》の訊問《じんもん》みたいな口調《くちょう》であった。

「知《し》っています。その人《ひと》も、今私《いまわたし》の前《まえ》にいるのです」

「この部屋《へや》にいると、云《い》うのですか。我々《われわれ》の中《なか》に、その、下手人《げしゅにん》が、いるとでも、云《い》うのですか」

「ハイ、そうです。殺《ころ》す人《ひと》も、殺《ころ》される人《ひと》も」

「誰《だれ》です、誰《だれ》です、それは」

そこでパッタリと問答《もんどう》が途絶《とだ》えた。「織江《おりえ》さん」はこの大切《たいせつ》な質問《しつもん》には、急《きゅう》に答《こた》えることが出来《でき》なかった。問《と》う方《ほう》でも、それ以上《いじょう》せき立《た》てるのが躊躇《ちゅうちょ》された。魂《たましい》は七人《にん》の会員《かいいん》の内《うち》の誰《だれ》かが殺《ころ》されると云《い》うのだ。しかも、その下手人《げしゅにん》も会員《かいいん》の一人《ひとり》だと明言《めいげん》しているのだ。それから、あの恐《おそ》ろしい出来事《できごと》が起《おこ》るまで、ほんの数十秒《すうびょう》の間《あいだ》が、どんなに長《なが》く感《かん》じられたことだろう。じっと息《いき》を殺《ころ》していると、余《あま》りの静《しず》けさに、僕《ぼく》はその広《ひろ》い闇《やみ》の中《なか》に、たった一人《ひとり》取残《とりのこ》されている様《よう》な、妙《みょう》な気持《きもち》になって行《い》った。目《め》の前《まえ》に赤《あか》や青《あお》や紫《むらさき》の、非常《ひじょう》に鮮《あざ》やかな煙《けむり》の輪《わ》の様《よう》なものが、モヤモヤと浮上《うきあが》って、それが、見《み》る見《み》る、血《ち》の縞《しま》に、あの姉崎夫人《あねざきふじん》の白《しろ》い肉塊《にくかい》を縦横《じゅうおう》に彩《いろど》っていた、むごたらしい血《ち》の縞《しま》に変《かわ》って行《い》った。

ふと気《き》がつくと、闇《やみ》の中《なか》に何《なに》かしら動《うご》いているものがあった。ぼんやりと白《しろ》い人《ひと》の姿《すがた》だ。龍《りゅう》ちゃんがソファから立上《たちあが》ってソロソロと歩《ある》き出《だ》している様《よう》に思《おも》われた。

「龍《りゅう》ちゃん、どうしたんだ。どこへ行《ゆ》くのだ」

黒川先生《くろかわせんせい》のびっくりした様《よう》な声《こえ》が聞《きこ》えた。

白《しろ》いものは、併《しか》し、少《すこ》しも躊躇《ちゅうちょ》せず、黙《だま》ったまま、宙《ちゅう》を浮《う》く様《よう》に進《すす》んで行《ゆ》く。そして、おぼろに見《み》える二《ふた》つの白《しろ》い塊《かたま》りが、龍《りゅう》ちゃんと、鞠子《まりこ》さんとの白《しろ》っぽい洋服《ようふく》が、段々接近《だんだんせっきん》して行《い》って、やがて、ピッタリ一《ひと》つになったかと思《おも》うと、

「この人《ひと》です。執念深《しゅうねんぶか》い魂《たましい》が、この人《ひと》を狙《ねら》っているのです」

という、声《こえ》が聞《きこ》えた。と同時《どうじ》に、ワワ……と、笑《わら》い声《ごえ》とも泣《な》き声《ごえ》ともつかぬ高《たか》い音《おと》が、暗闇《くらやみ》の部屋中《へやじゅう》に拡《ひろ》がった。鞠子《まりこ》さんが死《しに》もの狂《ぐる》いの悲鳴《ひめい》を上《あ》げたのだ。

僕《ぼく》はもう我慢《がまん》が出来《でき》なくなって、椅子《いす》を離《はな》れると、声《こえ》のした方《ほう》へ駈《か》け寄《よ》った。あちらからも、こちらからも、黒《くろ》い影《かげ》が、口々《くちぐち》に何《なに》か云《い》いながら、近《ちか》づいて来《き》た。

「早《はや》く、電気《でんき》を、電気《でんき》を」

誰《たれ》かが叫《さけ》んだ。黒《くろ》い影《かげ》がスイッチの方《ほう》へ走《はし》って行《い》った。そして、パッと室内《しつない》が明《あか》るくなった。

五人《にん》の男《おとこ》に取《と》り囲《かこ》まれた中《なか》に、鞠子《まりこ》さんは黒川夫人《くろかわふじん》の胸《むね》に顔《かお》を埋《うず》める様《よう》にして、取縋《とりすが》っている。その足下《あしした》に、霊媒《れいばい》の龍《りゅう》ちゃんが長々《ながなが》と横《よこた》わっていた。彼女《かのじょ》は気力《きりょく》を使《つか》い果《はた》して、気《き》を失《うしな》ってしまったのだ。

今《いま》はもう降霊術《こうれいじゅつ》どころではなかった。黒川先生《くろかわせんせい》と奥《おく》さんとは、真青《まっさお》になって震《ふる》え戦《おのの》く鞠《まり》子《こ》さんを慰《なぐさ》めるのにかかり切《き》りであったし、外《ほか》の会員達《かいいんたち》は、黒川家《くろかわけ》の書生《しょせい》や女中《じょちゅう》と一緒《いっしょ》に

なって、失神《しっしん》した龍《りゅう》ちゃんの介抱《かいほう》に努《つと》めなければならなかった。

斯様《かよう》にして、九月《がつ》二十七日《にち》の例会《れいかい》は、実《じつ》にみじめな終《おわ》りを告《つ》げたのだが、騒《さわ》ぎが静《しず》まって、龍《りゅう》ちゃんは失神《しっしん》から恢復《かいふく》するし、鞠子《まりこ》さんも笑顔《えがお》を見《み》せる様《よう》になっても、会員達《かいいんたち》は一人《ひとり》も帰《かえ》らなかった。帰《かえ》ろうにも帰《かえ》られぬ羽目《はめ》になってしまったのだ。というのは「織江《おりえ》さん」の魂《たましい》が、姉崎夫人《あねざきふじん》の下手人《げしゅにん》は、そして又《また》、鞠子《まりこ》さんを同《おな》じ様《よう》に殺害《さつがい》するという犯人《はんにん》は、心霊研究会《しんれいけんきゅうかい》の会員《かいいん》の中《なか》にいると明言《めいげん》したからだ。

黒川先生御《くろかわせんせいご》夫婦《ふうふ》と鞠子《まりこ》さんを除《のぞ》いた四人《にん》の会員《かいいん》、熊浦氏《くまうらし》と、園田文学士《そのだぶんがくし》と、一寸法師《いっすんぼうし》の槌野君《つちのくん》と、僕《ぼく》とが、応接室《おうせつしつ》に集《あつま》って、気拙《きまず》い顔《かお》を見合《みあわ》せていた。

「わしは、あの娘《むすめ》の、予言《よげん》は、十中《ちゅう》八九、適中《てきちゅう》すると、思《おも》う。あいつは、わしの家《うち》に、居《い》る時分《じぶん》から、一度《ど》も出鱈目《でたらめ》を、云《い》ったことは、ないのだ」

熊浦氏《くまうらし》が沈黙《ちんもく》を破《やぶ》って、例《れい》のザラザラした吃声《どもりごえ》で始《はじ》めた。彼《かれ》はそんな際《さい》にも、日頃《ひごろ》の癖《くせ》を忘《わす》れないで、他《た》の三人《にん》からはずっと遠《とお》い、隅《すみ》っこの椅子《いす》に腰《こし》かけて、電燈《でんとう》がまぶしいという様《よう》に、額《ひたい》に手《て》をかざしていた。

「僕《ぼく》はどうも信《しん》じられませんね。それに下手人《げしゅにん》がこの会員《かいいん》の内《うち》にいるなんて、実《じつ》に馬鹿《ばか》馬鹿《か》しいと思《おも》う。今夜《こんや》は龍《りゅう》ちゃん、どうかしてたんじゃありませんか。姉崎《あねざき》さんの事件《じけん》が、あの子《こ》の鋭敏《えいびん》な心《こころ》に、何《なに》か暗示的《あんじてき》に働《はたら》きかけて、さっきの様《よう》な幻影《げんえい》を描《えが》かせたんじゃありませんか」

僕《ぼく》が反駁《はんばく》した。僕《ぼく》は君《きみ》も知《し》っている様《よう》に常識的《じょうしきてき》な男《おとこ》だ。霊界通信《れいかいつうしん》についても、他《た》の会員《かいいん》達《たち》の様《よう》な盲目的《もうもくてき》な信仰《しんこう》は持《も》っていない。無論会《むろんかい》に加《くわ》わっている位《くらい》だから、一応《いちおう》の理解《りかい》はあるのだけれど、信仰《しんこう》というよりは、寧《むし》ろ好奇心《こうきしん》の方《ほう》が勝《かち》を占《し》めている程度《ていど》だ。自然《しぜん》、こういう異常《いじょう》な場合《ばあい》になると、つい常識《じょうしき》が頭《あたま》を擡《もた》げて来《く》る。

「イヤ、それは霊媒自身《れいばいじしん》については云《い》えるか知《し》れませんが、コントロールは無関係《むかんけい》です。『織江《おりえ》さん』の魂《たましい》が、あの事件《じけん》に影響《えいきょう》されて、嘘《うそ》を云《い》うなんてことは、考《かんが》えられません」

槌野君《つちのくん》が思切《おもいき》った様《よう》に、顔《かお》を赤《あか》くして主張《しゅちょう》した。この一寸法師《いっすんぼうし》は、前《まえ》にも記《しる》した通《とお》り、会員中《かいいんちゅう》でも第一《だい》の霊界信者《れいかいしんじゃ》なのだ。彼《かれ》は社交的《しゃこうてき》な会話《かいわ》では、はにかみ屋《や》で、黙《だま》り勝《が》ちだけれど、霊界《れいかい》のこととなると、人《ひと》が違《ちが》った様《よう》に勇敢《ゆうかん》になる。

「ウン、そうだ。わしも、槌野説《つちのせつ》に、賛成《さんせい》だね。現《げん》に、我々《われわれ》の『織江《おりえ》さん』は、姉崎未亡人《あねざきみぼう》人《じん》の、惨死《ざんし》を、ちゃんと、云《い》い当《あ》てて、いるじゃないか。あれは、嘘《うそ》を、云《い》わなかった。だから、今度《こんど》の、予言《よげん》も、嘘《うそ》でないと、考《かんが》えるのが、至当《しとう》だ」

熊浦氏《くまうらし》は、人一人《ひとひとり》の命《いのち》にかかわる事《こと》を、不遠慮《ぶえんりょ》に断言《だんげん》する。

「併《しか》し、少《すく》くとも、我々《われわれ》の中《うち》に犯人《はんにん》がいるという点丈《てんだ》けは、どうも合点《がてん》が出来《でき》ませんよ。第一《だい》、我々会員《われわれかいいん》には、姉崎《あねざき》さんを殺《ころ》す様《よう》な動機《どうき》が皆無《かいむ》じゃありませんか。姉崎《あねざき》さんが生前《せいぜん》例会《れいかい》に顔出《かおだ》しをしていたということ丈《だ》けで、あの殺人事件《さつじんじけん》と、この会《かい》とを結《むす》びつけて考《かんが》えるのは、少《すこ》し変《へん》だと思《おも》いますね」

僕《ぼく》が云《い》うと、熊浦氏《くまうらし》は皮肉《ひにく》な笑声《わらいごえ》を立《た》てて、ギラギラ光《ひか》る眼鏡《めがね》で僕《ぼく》を睨《にら》みつけながら、

「動機《どうき》がないって？　そんな、ことが、分《わか》るもんか。なる程《ほど》、あの人《ひと》は、表面上《ひょうめんじょう》は、ただの、会員《かいいん》に、過《す》ぎなかった。だが、物《もの》の裏《うら》を、考《かんが》えて、見《み》なくちゃ、いかんよ。裏《うら》の方《ほう》では、会員《かいいん》の内《うち》の、誰《たれ》かと、あの未亡人《みぼうじん》と、どんな深《ふか》い、かかり合《あ》いが、あったかも知《し》れん。あの人《ひと》は、若《わか》くて、美《うつく》しい、未亡人《みぼうじん》だったからね」

と意味《いみ》ありげに云《い》った。

誰《だれ》も反対説《はんたいせつ》を唱《とな》えるものはなかった。僕《ぼく》も未亡人《みぼうじん》が美《うつく》しかったという論拠《ろんきょ》には全《まった》く同感《どうかん》であった。僕《ぼく》は曽恵子《そえこ》さんの顔《かお》ばかりでなく、身体《からだ》の美《うつく》しさまで、まざまざと見《み》せつけられていたのだから。それにしても、若《も》し「織江《おりえ》さん」の魂《たましい》が云《い》った様《よう》に、会員《かいいん》の中《うち》に下手人《げしゅにん》がいるのだとしたら、あの美《うつく》しい身体《からだ》にむごたらしい血《ち》の縞《しま》を描《えが》いた奴《やつ》は、あのか細《ぼそ》い喉《のど》を無残《むざん》に刳《えぐ》った奴《やつ》は、一体《いったい》この内《うち》の誰《たれ》だろうと、三人《にん》の顔《かお》を見比《みくら》べないではいられなかった。

「すると、僕達《ぼくたち》の内《うち》の誰《たれ》かが、殺人者《さつじんしゃ》だということになる訳《わけ》ですね」

無闇《むやみ》にスパスパと両切煙草《りょうぎりたばこ》をふかし続《つづ》けていた園田文学士《そのだぶんがくし》が、青《あお》い顔《かお》をして、少《すこ》し声《こえ》を

震《ふる》わせて、口《くち》をはさんだ。

「そうです、龍《りゅう》ちゃんが、気絶《きぜつ》さえ、しなければ、犯人《はんにん》の、名前《なまえ》も、分《わか》ったかも知《し》れん。併《しか》し、肝腎《かんじん》のミディアムが、病人《びょうにん》に、なってしまっては、当分《とうぶん》、『織江《おりえ》さん』の魂《たましい》を、呼《よび》出《だ》す、見込《みこみ》がない。実《じつ》に、迷惑《めいわく》な話《はなし》だ。僕等《ぼくら》は、お互《たがい》に、疑《うたが》い合《あ》わねば、ならん様《よう》なことに、なってしまった。どうだ、諸君《しょくん》、ここで、銘々《めいめい》の、身《み》の明《あか》りを、立《た》てて、サッパリした、気持《きもち》で、別《わか》れる、ことにしては」

熊浦氏《くまうらし》が提案《ていあん》した。

「身《み》の明《あか》りを立《た》てるというのは？」

園田文学士《そのだぶんがくし》が聞《き》き返《かえ》す。

「訳《わけ》のない、ことです。アリバイを、証明《しょうめい》すれば、いいのだ。あの、殺人事件《さつじんじけん》の、起《おこ》った時間《じかん》に、諸君《しょくん》がどこに、いたかということを、ハッキリ、させれば、いいのです」

「それはうまい思《おも》いつきですね。じゃ、ここで順番《じゅんばん》にアリバイを申立《もうした》てようじゃありませんか」

僕《ぼく》は早速《さっそく》、熊浦氏《くまうらし》の提案《ていあん》に賛成《さんせい》して、先《ま》ず僕自身《ぼくじしん》のアリバイを説明《せつめい》した。それに続《つづ》いて、槌野君《つちのくん》、園田氏《そのだし》、熊浦氏《くまうらし》の順序《じゅんじょ》で、九月《がつ》二十三日《にち》の午後零時《ごごれいじ》半《はん》から四時《じ》半頃《はんころ》までの行動《こうどう》を打開《うちあ》け合《あ》った。

先《ま》ず、僕自身《ぼくじしん》は、先便《せんびん》にも書《か》いた通《とお》り、姉崎家《あねざきけ》を訪問《ほうもん》するまでは、午後《ごご》からずっと、勤《つとめ》先《さき》の新聞社《しんぶんしゃ》にいたのだし、槌野君《つちのくん》は、朝《あさ》から、二階借《かいが》りをしている部屋《へや》に座《すわ》りつづけて、一度《ど》も外出《がいしゅつ》しなかったと云《い》うし、園田文学士《そのだぶんがくし》は大学《だいがく》の心理学実験室《しんりがくじっけんしつ》で、ある実験《じっけん》に没頭《ぼっとう》していたと云《い》うし、熊浦氏《くまうらし》もあの日《ひ》は昼間《ひるま》一度《ど》も外出《がいしゅつ》しなかった、それは婆《ばあ》やがよく知《し》っている筈《はず》だとのことで、一応《いちおう》は皆《みな》アリバイが成立《せいりつ》した。その席《せき》に証人《しょうにん》がいた訳《わけ》ではないのだから、疑《うたが》えばどの様《よう》にも疑《うたが》えたけれど、兎《と》も角《かく》も一同《いちどう》の気《き》やすめにはなった。

「だが、ちょっと待《ま》って下《くだ》さい」

僕《ぼく》はふと、あることを気《き》づいて、びっくりして云《い》った。

「僕《ぼく》たちは、飛《と》んでもない思《おも》い違《ちが》いをしているんじゃないでしょうか。姉崎《あねざき》さんの事件《じけん》で一番疑《いちばんうたが》わしいのは、紫矢絣《むらさきやがすり》の妙《みょう》な女《おんな》でしたね。仮令《たとい》あれが真犯人《しんはんにん》でないとしても、先《ま》ず僕《ぼく》たちは、犯人《はんにん》が男性《だんせい》か女性《じょせい》かという点《てん》を、先《さき》に考《かんが》えて見《み》なければならないのじゃありませんか」

それを云《い》うと、園田氏《そのだし》と槌野君《つちのくん》とは、何《なん》とも云《い》えぬ妙《みょう》な顔《かお》をして、僕《ぼく》を見返《みかえ》した。云《い》ってはいけない事《こと》を云《い》ってしまったのかしらと、ハッとする様《よう》な表情《ひょうじょう》であった。

熊浦氏《くまうらし》の大《おお》きな鼈甲縁《べっこうぶち》の眼鏡《めがね》も、詰《なじ》る様《よう》に僕《ぼく》の方《ほう》を睨《にら》みつけた。

「女性《じょせい》といって、君《きみ》、会員《かいいん》の内《うち》には、鞠子《まりこ》さんと、霊媒《れいばい》を、除《のぞ》けば、たった、一人《ひとり》しか、いないじゃないか」

如何《いか》にも、そのたった一人《ひとり》の女性《じょせい》は黒川夫人《くろかわふじん》であった。僕《ぼく》はうっかり恐《おそ》ろしいことを云《い》ってしまったのだ。

「イヤ、決《けっ》してそういう意味《いみ》じゃないのですけれど、矢絣《やがすり》の女《おんな》があんなに問題《もんだい》になっていたものだから。つい女性《じょせい》を聯想《れんそう》したのです」

「ウン、矢絣《やがすり》の、女怪《じょかい》か。少《すく》なくとも、今《いま》の場合《ばあい》、あいつは、濃厚《のうこう》な嫌疑者《けんぎしゃ》だね」

熊浦氏《くまうらし》は思《おも》い返《かえ》した様《よう》に相槌《あいづち》を打《う》って、

「矢絣《やがすり》の女《おんな》と、今夜《こんや》の、『織江《おりえ》さん』の、言葉《ことば》とを、両立《りょうりつ》させようと、すれば、犯人《はんにん》が、女性《じょせい》では、ないかという、疑《うたが》いが、起《おこ》るのは、無理《むり》もない。女性《じょせい》なれば、矢絣《やがすり》の着物《きもの》を、着《き》ることも、廂髪《ひさしがみ》に、結《ゆ》うことも、自由《じゆう》だからね」

彼《かれ》はそこまで云《い》うと、プッツリ言葉《ことば》を切《き》って、異様《いよう》に黙《だま》り込《こ》んでしまった。疑《うたが》ってはならない人《ひと》を疑《うたが》ったのだという意識《いしき》が、一同《いちどう》を気拙《きまず》く沈黙《ちんもく》させた。

「それはそうと、姉崎《あねざき》さんの死骸《しがい》のそばに落《お》ちていたという、証拠《しょうこ》の紙切《かみき》れには、一体何《いったいなに》が書《か》いてあったのですか。祖父江《そぶえ》さんは御承知《ごしょうち》でしょうが」

園田文学士《そのだぶんがくし》が、白《しら》けた一座《いちざ》をとりなす様《よう》に、全《まった》く別《べつ》の話題《わだい》を持出《もちだ》した。

僕《ぼく》は、まだこの人達《ひとたち》には、それを見《み》せていないことに気附《きづ》いたので、さい前黒川先生《ぜんくろかわせんせい》に描《か》いて見《み》せた手帳《てちょう》の頁《ページ》を開《ひら》いて、先《ま》ず園田氏《そのだし》に渡《わた》した。

「これですよ。奥《おく》さんは、躄車《いざりぐるま》を象徴《しょうちょう》した記号《きごう》じゃないかとおっしゃったんですが、女《おん》って妙《みょう》なことを考《かん》えるものですね」

近眼《ちかめ》の文学士《ぶんがくし》は、僕《ぼく》の手帳《てちょう》を、近々《ちかぢか》と目《め》によせて、一目《ひとめ》見《み》たかと思《おも》うと、実《じつ》に不思議《ふしぎ》なことには、黒川先生《くろかわせんせい》と同《おな》じ様《よう》に、何《なに》かギョッとした様子《ようす》で、急《いそ》いでそれを閉《と》じてしまった。

「祖父江《そぶえ》さん、本当《ほんとう》にこんな記号《きごう》を書《か》いた紙《かみ》が落《お》ちていたのですか。全《まった》くこの通《とお》りの記号《きごう》でしたか、思《おも》い違《ちが》いではないでしょうね」

園田氏《そのだし》は驚《おどろ》きを隠《かく》すことが出来《でき》なかった。

彼《かれ》はこの記号《きごう》について、何事《なにごと》かを知《し》っているのだ。

「エエ、間違《まちが》いはない積《つも》りです。ですが、あなたは、それに見覚《みおぼ》えでもあるのですか」

「待《ま》って下《くだ》さい。そして、その紙切《かみき》れはどんなものでした。紙質《ししつ》や大《おお》きさは」

「丁度端書《ちょうどはがき》位《ぐらい》の長方形《ちょうほうけい》で、厚《あつ》い洋紙《ようし》でした。警察《けいさつ》の人《ひと》は上質紙《じょうしつし》だと云《い》っていました」

園田氏《そのだし》の眼鏡《めがね》の中《なか》のふくれた眼球《めだま》が、一層《いっそう》ふくれ上《あが》って来《く》る様《よう》に見《み》えた。青《あお》い顔《かお》が一層《いっそう》青《あお》ざめて行《ゆ》く様《よう》に見《み》えた。

「どうしたんです。この記号《きごう》の意味《いみ》がお分《わか》りなんですか」

僕《ぼく》は詰《つ》めよらないではいられなかった。

「実《じつ》は知《し》っているんです。一目《ひとめ》見《み》て分《わか》る程《ほど》、よく知《し》っているんです」

彼《かれ》は正直《しょうじき》に打開《うちあ》けてしまった。

「フン、そいつは、耳《みみ》よりな、話《はなし》ですね。ドレ、僕《ぼく》にも、見《み》せてくれ給《たま》え」

熊浦氏《くまうらし》も自席《じせき》から立《た》って来《き》て、手帳《てちょう》を受取《うけと》ると、記号《きごう》の頁《ページ》を眺《なが》めていたが、

「こりゃ、わしには、サッパリ、分《わか》らん。だが、園田君《そのだくん》、この記号《きごう》を、知《し》って、いるからには、君《きみ》は、犯人《はんにん》が、誰《たれ》だと、いうことも、見当《けんとう》が、つくのだろうね」

と、まるで裁判官《さいばんかん》の様《よう》な調子《ちょうし》で尋《たず》ねる。

「イヤ、それは、そういう訳《わけ》じゃないのです」

園田氏《そのだし》は、非常《ひじょう》にドギマギして、救《すく》いを求《もと》める様《よう》に、キョロキョロと三人《にん》の顔《かお》を見比《みくら》べながら、

「仮令《たとえ》、僕《ぼく》に犯人《はんにん》の見当《けんとう》がつくとしても、それは云《い》えません。……少《すこ》し考《かんが》えさせて下《くだ》さい。僕《ぼく》の思《おも》い違《ちが》いかも知《し》れません。多分思《たぶんおも》い違《ちが》いでしょう。……そうでないとすると、実《じつ》に恐《おそ》ろしい事《こと》なんだから。……」

彼《かれ》は青《あお》ざめた顔《かお》に、ブツブツと汗《あせ》の玉《たま》を浮《うか》べて、乾《かわ》いた脣《くちびる》を舐《な》めながら、途《と》切《ぎ》れ途《と》切《ぎ》れに云《い》うのだ。

「ここでは、云《い》えないのですか」

「エエ、ここでは、どうしても、云《い》えないのです」

「さしさわりが、あるのですか」

「エエ、イヤ、そういう訳《わけ》でもないのですが、兎《と》も角《かく》、もう少《すこ》し考《かんが》えさせて下《くだ》さい。いくらお尋《たず》ねになっても、今夜《こんや》は云《い》えません」

園田氏《そのだし》は、三人《にん》の顔《かお》を、盗《ぬす》み見《み》る様《よう》にしながら、頑強《がんきょう》に云《い》い張《は》った。

結局僕達《けっきょくぼくたち》は、記号《きごう》の秘密《ひみつ》を聞出《ききだ》すことが出来《でき》ないまま、黒川邸《くろかわてい》を辞《じ》することになった。

先生《せんせい》は会員《かいいん》を見送《みおく》る為《ため》に玄関《げんかん》まで出《で》ていらしったが、その心配《しんぱい》にやつれたお顔《かお》を見《み》ると、誰《だれ》も殺人事件《さつじんじけん》のことなど話《はな》し出《だ》す気《き》になれなかった。奥《おく》さんは、気分《きぶん》が悪《わる》いといって寝《やす》んでいるから、失礼《しつれい》するとのことであった。

その帰《かえ》り途《みち》、熊浦氏《くまうらし》は程遠《ほどとお》からぬ自宅《じたく》へ、僕《ぼく》は省線《しょうせん》の停車場《ていしゃじょう》へと別《わか》れる時《とき》、この奇妙《きみょう》な妖怪学者《ようかいがくしゃ》が、ソッと僕《ぼく》に囁《ささや》いた一言《こと》は、俄《にわ》かにその意味《いみ》を捉《とら》えることは出来《でき》なかったけれど、実《じつ》に異様《いよう》な印象《いんしょう》を与《あた》えた。

「ね、祖父江君《そぶえくん》、君《きみ》に、いい事《こと》を、教《おし》えてやろうか。黒川君《くろかわくん》の、奥《おく》さんはね、娘《むすめ》の時分《じぶん》に、着《き》たのだと、云《い》って、簞笥《たんす》の、底《そこ》にね、紫矢絣《むらさきやがすり》の着物《きもの》を、持《も》って、いるのだよ。僕《ぼく》は、ずっと前《まえ》に、それを、見《み》たことが、あるんだよ」

熊浦氏《くまうらし》はそう云《い》ったかと思《おも》うと、僕《ぼく》が何《なに》を尋《たず》ねるひまもない内《うち》に、サッサと、向《むこ》うの闇《やみ》の中《なか》へ消《き》えて行《い》ってしまったのだ。

以上《いじょう》が九月《がつ》二十七日《にち》の夜《よる》の出来事《できごと》のあらましだ。僕《ぼく》はこういう小説体《しょうせつたい》の文章《ぶんしょう》には不慣《ふな》れだし、今日《きょう》は何《なん》となく疲《つか》れているので、粗雑《そざつ》な点《てん》が多《おお》かったと思《おも》う。判読《はんどく》して下《くだ》さい。第三信《だいしん》は引続《ひきつづ》いて、明日《あす》にも書《か》きつぐつもりだ。

祖父江生《そぶえせい》

十月《がつ》二十二日《にち》

岩井大兄《いわいたいけい》

書翰集の赤い革表紙を閉じると、にわかにざわめきが耳に流れこんできた。

ざわめきと言っても、図書館の閲覧室のことだから声高に私語するものはいない。せいぜいささやきか息づかいぐらい。それに加えて本のページをめくる音のほかには聞こえてくるものはないのだが、そこには間違いなく人の気配が満ちみちていた。

私は、無数の本棚に突き上げられたかのような高い天井を見上げた。いかにも俗世間に帰ってきたという感じがして、ホッとさせられた。と同時に無数の知識と未知の世界にひしひしと取り巻かれている感じがし、何やら知的スリルのようなゾクゾクする快感に襲われて、

(さすがは上野《うえの》のお山、天下の帝国図書館だ……)

という思いを禁じ得なかった。

当時A新聞社の学芸部記者だった祖父江進一氏の記述は、微に入り細をうがち、息苦し

いほどだ。第一信のことさら怪奇めかした殺人事件の描写に比べると、第二信の心霊学会の降霊実験では別に死者が出たわけではないが、なまじ下手くそな小説仕立てな分だけものものしく、これが大の男の書くものかというような幼稚な迷信に塗りつぶされていた。会の主宰者である博士へのひどくへりくだった書きようも含めて、何か意図的なものでもあるのかと疑われるほどだった。

いまだ田舎によくいる迷信家ならば「憑《つ》きもの」とか「祟り」といった幼稚で俗な言葉ですむものを、西洋由来のスピリチュアリズムだのオッカルトなど言い出すと、やれコントロールだ、それエクト・プラスムだ、マティリアリゼーションだといった聞きなれない単語が頻出し、人名もAlfred Russel WallaceやらWilliam James、Sir William Crookesと確認するだけで一手間だ。そこでこの図書館に参考書を求めてやってきたという次第だった。

昨今は東京市内にも公の図書館ができてきたが、多くは小学校などに併設されたもので、そうでないものも大した規模ではない。市谷山伏町《いちがややまぶしちょう》の市立図書館を利用したことがあるが、蔵書は僅々五千冊。こんなところが心霊学だの降霊術、隠秘学といった異端方面の専門書を備えているはずはなかった。

そこでやってきたのが、上野の帝国図書館。日比谷公園内にある市立の日比谷図書館も侮りがたいし、九段下《くだんした》の私立大橋《おおはし》図書館も官立官学の好みに合わぬ本を取り揃えているという点で魅力的ではあるが、まずは上野の丘に敬意を表することにした。あのむごたらしい大震災にもわずかな被害のみで耐え抜いた、白丁場石《しろちょうばいし》と白茶色《ベージュ》の化粧煉瓦造りの一大西洋館になら、どんな本だってある気がした。

とはいえ、いかに日本一、すなわち東洋一の図書館といえどこんな怪しげな世界をとりあげた蔵書となると、さすがに汗牛充棟とはいかなかった。そもそも探しようがなかったし、貸出係にどう相談したものか困ってしまった。先に列挙された心霊論者たちの著作を漁っても、オレースは博物学者や探検家、地理学者として、ジェームスは〝意識の流れ〟説を唱えた心理学者にして哲学者、クルックスに至っては電子やX線発見の端緒をつくった偉大な化学者にして物理学者としての功績が山積みにされるばかりで、いっこう死後の世界や神秘現象については教えてくれないのであった。

それでも、私の目の前には書翰集と並んで、つやつやしい黒革表紙に金文字輝く分厚い一冊があった。

The New Book of the Dead
by Madame Grusinskaya

『霊魂解剖学《サイキアナトミー》、もしくは新しき死者の書《オア・ザ・ニュー・ブック・オヴ・ザ・デッド》』というような意味だろうか。著者のグルシンスカヤ夫人というのは、心霊学だか神智学だかの大家だそうで、霊界と自由に交信できるばかりか、触れずして物を動かし、宇宙から極微の世界まであらゆるものを見通すことのできた、不世出の女霊媒《ミディアム》にして大予言者だそうだ。写真を見ると眼光爛々とした、いかにも怖そうなお婆さんで、確かに何かの魔力でも持っていそうだ。

だが、わかっているのはそこまでで、この本についてはわけのわからないことばかりだった。題名からしてそうだが、その意味を知ろうと本文を開いても何の役にも立たないことは請け合いであった。

明治の初め、湯島聖堂に設けられた書籍館《しょじゃくかん》に端を発する帝国図書館も、悪魔だの心霊、妖術や魔法のたぐいについては頼りになりそうになかった。いや、日本一の膨大な蔵書の中には、それらに関する書籍もあるに違いないが、借り出す側に知識がなければ、生かしようがないのだった。

ここらが潮どきかと、私はおもむろに席を立った。重い本を抱えて貸出係の方に向かおうとしたとき、ふと間近に人の気配を感じた。誰かにじっと見つめられているような気がした。

私は気にせず、そのまま歩を進めた。ひたひたという足音がついてくるようだったが、これだけの利用者がいるのだから、たまたま退館が同時になる人もいるだろう。世の中そうそう探偵小説のようなことは起こらない――が、ごくまれな例外は除いて。

図書館を出てスタスタと上野公園を抜け、どこやらの長い塀沿いを歩いてヒョイと角を曲がると、

市内一円
　一人増廿銭
　郡部時間制
　深夜五割増

と記した、円タクおなじみの札をフロントグラスの右端に立て、「空車」の表示を出したA型フォードが停まっていた。私は、いったんは否定したにもかかわらず、自ら探偵小説中の人となって、すばやく物陰に身を隠した。ややしばらくして、

「今、ここを誰か通らなかったか？　ナニ、見た？　その特徴は、これこれこんなではなかったか……ええっ？　わかったわかった、乗ってやるから、その男のあとを追っかけてくれ！」

何やら息せき切った調子で、円タクの運転手らしき人物に命じる言葉が聞こえた――。

悪霊

第四回

第三信《だいさんしん》

思《おも》わせぶりな形《かたち》で、先《さき》の手紙《てがみ》を打切《うちき》って済《す》まない。君《きみ》は大阪《おおさか》にいても、先《さき》の手紙《てがみ》で書《か》いた降霊会《こうれいかい》のあと何《なに》が起《お》きたか、誰《だれ》の身《み》にどんな悲劇《ひげき》が降《ふ》りかかったか知《し》っているのだから、直《す》ぐにも続《つづ》きを読《よ》みたかったろう。それも、外《ほか》ならぬその悲劇《ひげき》を目《ま》の当《あた》りにした僕《ぼく》の口《くち》から。だが、目《ま》の当《あた》りにすればこそ容易《ようい》に書《か》けない事《こと》もあるのだ。何《なん》となく疲《つか》れていたと云《い》うのは、長手紙《ながてがみ》を書《か》いた肉体《にくたい》のそれではなくて、一連《いちれん》の出来事《できごと》を思出《おもいだ》し思出《おもいだ》しペン先《さき》から搾《しぼ》り出《だ》してゆくに当《あた》っての精神的《せいしんてき》のものであった。

そもそも、あの姉崎邸《あねざきてい》の惨劇《さんげき》から一月近《つきちか》くたってから、その一部始終《いちぶしじゅう》を手紙《てがみ》に書《か》こうと思《おも》い立《た》ったのは、直近《ちょっきん》に起《お》きた恐《おそ》ろしくも哀《かな》しい事件《じけん》があればこそだった。それこそが今《いま》から書《か》こうとする内容《ないよう》だが、これについて記《しる》すには、全《すべ》ての発端《ほったん》から書《か》き起《お》こさない訳《わけ》には行《ゆ》かなかった。二通《つう》にわたってしたためたのがそれで、あいにくそこで心身《しんしん》ともに疲弊《ひへい》しきってしまったのだ。

一晩《ばん》たっても、まだそこからは立直《たちなお》りされず、現《げん》にここまで達《たっ》してしまうと正直気《しょうじきき》の進《すす》まぬところもなくはない。かといって、この手紙《てがみ》を書き始《はじ》める動機《どうき》となった出来事《できごと》を書《か》かないわけには行《ゆ》かず、君《きみ》を失望《しつぼう》させる訳《わけ》にはなお行《ゆ》かない。僕《ぼく》にとって君《きみ》の不興《ふきょう》を買《か》う程《ほど》恐《おそ》ろしい事《こと》はないのだからね。なので乏《とぼ》しい余力《よりょく》をふり絞《しぼ》って書《か》き始《はじ》めるとするが、不備《ふび》不審《ふしん》の点《てん》があっても許《ゆる》してくれたまえね。それらについては遠慮《えんりょ》なく問《と》いただしてくれて構《かま》わないから。

さて、九月《がつ》二十七日《にち》の降霊実験《こうれいじっけん》での「織江《おりえ》さん」の恐《おそ》ろしい予言《よげん》がもたらされてからと云《い》うもの、我々心霊学会《われわれしんれいがっかい》のメンバーは戦々恐々《せんせんきょうきょう》として日々《ひび》を過《すご》した。「一人美《ひとりうつく》しい人《ひと》が死《し》にました。そして、又一人美《またひとりうつく》しい人《ひと》が死《し》ぬのです」——この言葉《ことば》が何《なに》を意味《いみ》するかは繰返《くりかえ》すまでもない。そして、その死《し》をもたらす悪念《あくねん》に満《み》ちた魂《たましい》が狙《ねら》うのは「わたしの前《まえ》に腰《こし》かけている、美《うつく》しい人《ひと》です」という事《こと》からしても、またその後《ご》の霊媒《れいばい》の龍《りゅう》ちゃんの動《うご》きからしても、黒川博士《くろかわはかせ》の一人《ひとり》娘である鞠子《まりこ》さんの外《ほか》には考《かんが》えられない。

あの場《ば》には、黒川夫人《くろかわふじん》という「美《うつく》しい人《ひと》」がもう一人《ひとり》いた訳《わけ》だけれど、右《みぎ》の様《よう》な理由《りゆう》からしても命《いのち》を狙《ねら》われているのは鞠子《まりこ》さんである可能性《かのうせい》が濃厚《のうこう》だ。しかも、彼女《かのじょ》をその手《て》にかけるのはあの場《ば》に集《つど》ったうちの一人《ひとり》。即《すなわ》ち被害者候補《ひがいしゃこうほ》たる鞠子《まりこ》さんと、その殺害《さつがい》を予告《よこく》した龍《りゅう》ちゃんは除《のぞ》くとして、黒川博士夫妻《くろかわはかせふさい》、妖怪学者熊浦氏《ようかいがくしゃくまうらし》、園田文学士《そのだぶんがくし》、貧書生《ひんしょせい》の槌野《つちの》君《くん》のうち誰《だれ》かと云《い》う事《こと》になってしまうのだ。

或《あるい》は、これを書《か》いている僕《ぼく》もその一員《いちいん》である事《こと》から逃《のが》れられないかも知《し》れないよ。だが、僕《ぼく》にはもう一つ心配《しんぱい》なことがあるのだ。あの研究会《けんきゅうかい》の面々《めんめん》の中《なか》では噯《おくび》にも出《だ》した事《こと》はないが、君《きみ》が曾《かつ》て僕《ぼく》を「美《うつく》しい」と云《い》ってくれた事《こと》があるものだからね。

そんな戯言《ざれごと》はともかくとして、黒川博士邸《くろかわはかせてい》に来《き》たときには、姉崎未亡人《あねざきみぼうじん》の惨死《ざんし》を表向《おもてむ》きには悼《いた》みながら、うまくすればコントロールの織江《おりえ》さん、事《こと》によったら故曽恵子《こそえこ》さんの口《くち》から事件《じけん》の真相《しんそう》が聞《き》けるのではないかと内心《ないしん》ワクワクしないでもなかった。とりわけ殺《ころ》された当《とう》の本人《ほんにん》ならば、きっと犯人《はんにん》の名《な》を知《し》っている筈《はず》だとも。だが、そのあさましい期待《きたい》は裏切《うらぎ》られ、新《あら》たなる殺人《さつじん》が起《お》き、その下手人《げしゅにん》は未亡人殺《みぼうじんごろ》しと同一《どういつ》であり、しかも僕達《ぼくたち》の仲間内《なかまうち》にいるとの宣告《せんこく》がなされた。先《さき》の手紙《てがみ》で、あの夜《よる》の会《かい》がみじめな終《おわ》りを告《つ》げたと書《か》いたのは、そう云《い》う意味《いみ》あっての事《こと》だった。

ミステリィ・ハンタァズ、その実悪趣味《じつあくしゅみ》な猟奇家《りょうきか》の集《あつ》まりが、一転《いってん》して互《たが》いを猜疑《さいぎ》の目《め》で見《み》、貴様《きさま》こそ殺人者《さつじんしゃ》ではないかと名指《なざ》しし合《あ》う仲《なか》となった。既《すで》に一人《ひとり》の女性《じょせい》を殺《ころ》し、今《いま》又別《またべつ》の少女《しょうじょ》を殺《ころ》そうとしているのだと。もっとも、そこにはまだ甘《あま》さがあって、若《も》し次《つぎ》に死《し》ぬのが「美《うつく》しい人《ひと》」という指定《してい》がなく、髭《ひげ》もじゃの妖怪学者《ようかいがくしゃ》や小男《こおとこ》の貧書生《ひんしょせい》、さては近《きん》眼鏡《がんきょう》の奥《おく》で目玉《めだま》をギョロつかせた大学助手《だいがくじょしゅ》といった、むくつけき男共《おとこども》も血祭《ちまつ》りに上《あ》げられ得《う》るとなったならば、手《て》のつけられない大恐慌《だいきょうこう》に陥《おちい》っていたであろう。

　ともあれ、更《さ》らにトップリと夜《よ》も更《ふ》けた頃《ころ》おいに黒川邸《くろかわてい》をあとにし、他《ほか》の人々《ひとびと》と別《わか》れた僕《ぼく》は、恐《おそ》ろしい疑惑《ぎわく》と底知《そこし》れぬ不安《ふあん》に苛《さいな》まれつつ、東大工町《ひがしだいくちょう》のアパートに帰《かえ》り着《つ》いた。自《じ》分《ぶん》の城《しろ》に立籠《たてこも》った気分《きぶん》で少《すこ》し安心《あんしん》したが、いずれ又《また》あの心霊研究会《しんれいけんきゅうかい》に行《い》かねばならず、そればかりか開催《かいさい》の為《ため》の段取《だんど》りを立《た》てねばならないと思《おも》うと気《き》が重《おも》くなった。

あの場《ば》で幹事《かんじ》を辞退《じたい》するまでは出来《でき》なかったにしても、会《かい》は当分休会《とうぶんきゅうかい》とし、次回《じかい》の降霊《こうれい》実験《じっけん》は無期延期《むきえんき》とする位《ぐらい》は決《き》めてしまえばよかった。無論《むろん》、次《つぎ》に又奇怪《またきかい》な出来事《できごと》が起《お》きるとは限《かぎ》らず、織江《おりえ》さんの云《い》う新《あら》たな殺人《さつじん》がどこでどの様《よう》に起《お》きるかは猶更不明《なおさらふめい》であった。だが、今日集《きょうあつ》まった中《なか》に殺人者《さつじんしゃ》が混《まじ》っているとするならば、あの顔《かお》ぶれが全員《ぜんいん》そろえば当《とう》然《ぜん》その中《なか》にそいつはいる事《こと》になる。そんな場《ば》には金輪際行《こんりんざいい》きたくはなかった。

　だが、そうした半面《はんめん》、既《すで》に起《お》きた曽恵子《そえこ》未亡人殺《みぼうじんごろ》しと、このあと起《お》きるかもしれない鞠《まり》子《こ》さん殺《ごろ》しについての興味《きょうみ》は募《つの》るばかりだった。閉《とざ》された土蔵《どぞう》の謎《なぞ》、未亡人《みぼうじん》の体《からだ》を無数《むすう》に彩《いろど》る斬《き》り傷《きず》の謎《なぞ》、紫《むらさき》矢絣《やがすり》に庇髪《ひさしがみ》の女《おんな》ともう一人《ひとり》の訪問者《ほうもんしゃ》の謎《なぞ》。そして、あのいまわしい姿《すがた》の乞食《こじき》は、ただ目撃者《もくげきしゃ》である丈《だ》けで、今度《こんど》の事件《じけん》には本当《ほんとう》に何《なに》も関係《かんけい》がないのだろうか。様々《さまざま》な疑問《ぎもん》が脳裡《のうり》に浮《う》かび上《あ》がっては沈《しず》み、僕《ぼく》の心《こころ》を一向《いっこう》に安《やす》らがせては呉《く》れないのだった。

　こうなって見《み》ると、これまでは憂鬱《ゆううつ》だった日々《ひび》の勤《つと》めがあるのが救《すく》いであった。僕《ぼく》は新《しん》聞社《ぶんしゃ》の学芸部記者《がくげいぶきしゃ》としての仕事《しごと》に励《はげ》み、これまでは発表《はっぴょう》ものに頼《たよ》っていた文化学術関係《ぶんかがくじゅつかんけい》のトピックについても自《みずか》ら取材《しゅざい》に飛《と》び回《まわ》った。

　中《なか》でも大《おお》いなる熱心《ねっしん》さで取《と》り組《く》んだのは、探偵小説《たんていしょうせつ》という新分野《しんぶんや》で近年《きんねん》めきめきと売《う》り出《だ》しながら、なかなか書《か》こうとしない某作家《ぼうさっか》から原稿《げんこう》を勝《か》ち取《と》る計画《けいかく》であったが、これがなかなかの難物《なんぶつ》であった。だが、難物《なんぶつ》であればあるほど、その為《ため》の方策《ほうさく》に忙殺《ぼうさつ》されればされるほど、あの心霊研究会《しんれいけんきゅうかい》から遠《とお》ざかることが出来《でき》る様《よう》な気《き》がしたし、あわよくば例会開《れいかいかい》催《さい》をうながされても、多忙《たぼう》を理由《りゆう》に断《ことわ》れるのではないかと計算《けいさん》していた。

　ほどなくして九月《がつ》は終《おわ》り、更《さ》らに時《とき》は過《す》ぎた。「誰《だれ》か女《おんな》の人《ひと》がむごたらしい死《し》に方《かた》をする」という織江《おりえ》さんの予言《よげん》の二日後《かご》に姉崎未亡人《あねざきみぼうじん》が殺《ころ》された事実《じじつ》からすると、もうとうに何《なに》か起《お》きていたとしてもおかしくなかったが、それらしい出来事《できごと》は何《なに》もなかった。黒川《くろかわ》博士邸《はかせてい》は、かえってこれまでより平穏《へいおん》で、非神秘的《ひしんぴてき》な事《こと》しか起《お》きていないとは、その後姉《のちあね》崎邸《ざきてい》で行《おこ》なわれた未亡人《みぼうじん》の本葬《ほんそう》で、熊浦氏《くまうらし》や園田文学士《そのだぶんがくし》らからもれ聞《き》いたところであった。その時位《ときくらい》しか研究会仲間《けんきゅうかいなかま》と会《あ》う折《おり》もなかった。

　こうしていたずらに日々《ひび》が経《た》ってゆくのみであった。今気附《いまきづ》いたが、先《さき》の手紙《てがみ》とこの手《て》紙《がみ》の間《あいだ》に一晩《ばん》の間《あいだ》を置《お》いたのは、その空白《くうはく》を心《こころ》の中《なか》で消化《しょうか》しておきたい気持《きもち》もあったのかもしれない。

　ともあれ、あの恐《おそ》ろしい一夜《や》から三週間程《しゅうかんほど》も過《す》ぎた十月十九日《がつ》《にち》の土曜日昼過《どようびひるす》ぎのことだ。新聞社《しんぶんしゃ》の仕事《しごと》に曜日《ようび》は関係《かんけい》ないのだけれど、学芸部《がくげいぶ》は幾分世間並《いくぶんせけんな》みというか、何《なん》となく常《つね》よりのんびりとしていた。と、同《おな》じ編輯局内《へんしゅうきょくない》で見渡《みわた》しのきく社会部《しゃかいぶ》の方《ほう》が何《なに》やら慌《あわた》だしい。

もっとも、彼《かれ》らが矢鱈《やたら》と騒《さわ》がしく、何《なに》かと気《き》ぜわしいのは年百年中《ねんびゃくねんじゅう》の事《こと》で、格別珍《かくべつめずら》しくも何《なん》ともないのだが、今日《きょう》に限《かぎ》って違《ちが》っていた事柄《ことがら》が一つあった。

　それというのは、社会部記者《しゃかいぶきしゃ》の中堅《ちゅうけん》の一人《ひとり》で腕利《うでき》きと評判《ひょうばん》の某君《ぼうくん》が、ひっきりなしに鳴《な》り響《ひび》く電話《でんわ》に応対《おうたい》し、めまぐるしく鉛筆《えんぴつ》を走《はし》らせたザラ紙《がみ》を給仕《きゅうじ》の少年《しょうねん》に手渡《てわた》したあと、ツカツカと局内《きょくない》を突《つ》っ切《き》り始《はじ》めたかと思《おも》うと、

「祖父江君《そぶえくん》、ちょっと」

と僕《ぼく》の席《せき》までやって来《き》た事《こと》であった。僕《ぼく》は丁度《ちょうど》、社外《しゃがい》でちょっとした所用《しょよう》を済《す》ませて帰《かえ》って来《き》たばかりだったのだが、

「どうしたね」

席《せき》につく早々答《そうそうこた》えた僕《ぼく》に、社会部記者某君《しゃかいぶきしゃぼうくん》はいきなりこう切出《きりだ》した。

「君《きみ》、確《たし》か黒川博士《くろかわはかせ》の心霊研究会《しんれいけんきゅうかい》の一員《いちいん》だったね。そして、先月《せんげつ》の河田町《かわだちょう》の未亡人殺《みぼうじんごろ》しにもかかわっていたのじゃなかったかい」

かかわっていたとは穏《おだ》やかではなかったが、確《たし》かにその通《とお》りだったから仕方《しかた》がない。何《なに》より、ここ暫《しばら》くようやっと頭《あたま》から抜《ぬ》けかかっていた、いまわしくも厭《いと》わしい名前《なまえ》をいきなり浴《あ》びせられて、しばしは返《かえ》す言葉《ことば》もなかった程《ほど》だった。

「ああ、確《たし》かにそうだが。博士《はかせ》がどうかなすったのかい。それとも姉崎曽恵子《あねざきそえこ》さん殺《ごろ》しに何《なに》か進展《しんてん》でも——」

漸《ようや》くそう答《こた》えた僕《ぼく》に、某君《ぼうくん》はひどくせっかちな様子《ようす》でたたみかけた。

「そのどっちでもないが、関係《かんけい》がないとも云《い》えんな。——その黒川博士《くろかわはかせ》のとこの娘《むすめ》だか何《なん》だかが殺《ころ》されたというんだ。この昼日中《ひるひなか》、繁華街《はんかがい》の真《ま》ん中《なか》でな」

「えっ」

覚《おぼ》えず頓狂《とんきょう》な声《こえ》がもれて、学芸部《がくげいぶ》ばかりか近《ちか》くの部署《ぶしょ》の同僚諸君《どうりょうしょくん》が怪訝《けげん》な顔《かお》をもたげた。

慌《あわ》てて声《こえ》を低《ひく》めると、

「黒川先生《くろかわせんせい》のお嬢《じょう》さんが？　き、き、君《きみ》、そりゃ本当《ほんとう》かい」

あれから随分《ずいぶん》たって、もう予言《よげん》も期限切《きげんぎ》れではないかと勝手《かって》に楽観《らっかん》していたが、まさか今《いま》になってこんな兇報《きょうほう》に接《せっ》しようとは、我々《われわれ》の中《なか》にいる犯人以外《はんにんいがい》は予想《よそう》しなかったであろう。しかもあの時誰《ときだれ》もが恐《おそ》れたように、あの可愛《かわい》らしい鞠子《まりこ》さんが殺《ころ》されてしまったとしたら。某君《ぼうくん》は併《しか》し、僕《ぼく》の狼狽《ろうばい》など気《き》にもとめず、セカセカとした早口《はやくち》で、

「本当《ほんとう》だとも。君《きみ》は確《たし》か、博士《はかせ》の幽霊愛好会とか何《なん》とかいう集《あつ》まりの会員《かいいん》で、やっぱり同《おな》じ仲間《なかま》の姉崎《あねざき》未亡人殺《みぼうじんごろ》しの現場《げんば》にも居合《いあ》わせたというじゃないか。ならば何《なに》か心当《こころあた》りがあるか、ないまでも興味《きょうみ》があるかと思《おも》ってね。これから取材《しゅざい》に出張《でば》るんだが、いっしょに行《い》くかい？」

如何《いか》にも社会部記者《しゃかいぶきしゃ》らしい、傍若無人《ぼうじゃくぶじん》で雑駁《ざっぱく》な物言《ものい》いだったが、そう言《い》われて否《いな》やのある筈《はず》もなかった。

「もちろん、行《い》くとも！」

僕《ぼく》は言下《げんか》に答《こた》えていた。そのあと我《わ》がA新聞《しんぶん》の社旗《しゃき》を立《た》てた自動車《じどうしゃ》に乗《の》り込《こ》むと、有楽町《ゆうらくちょう》から日比谷公園《ひびやこうえん》を横目《よこめ》にお濠端《ほりばた》を走《はし》った。やがて見《み》えてきた、桜田門《さくらだもん》に今《いま》まさに建設中《けんせつちゅう》の赤《あか》レンガの大建築《だいけんちく》は、警視庁《けいしちょう》の新庁舎《しんちょうしゃ》だ。そこを過《す》ぎ、半蔵門《はんぞうもん》で左《ひだり》に折《お》れて西《にし》へ西《にし》へ、四谷《よつや》を過《す》ぎて行《い》き着《つ》いた先《さき》は——新宿《しんじゅく》だった。

君《きみ》が東京《とうきょう》にいた頃《ころ》はどうだったか知《し》らないが、震災後《しんさいご》、殊《こと》にここ数年《すうねん》の新宿《しんじゅく》の発展《はってん》は目《め》ざましいものがある。北《きた》は大久保《おおくぼ》、戸山《とやま》が原《はら》、南《みなみ》は新宿御苑《しんじゅくぎょえん》、西《にし》には淀橋浄水場《よどばしじょうすいじょう》にはさまれて、発展《はってん》のしようもないと久《ひさ》しく云《い》われていたところ、今《いま》や銀座《ぎんざ》に次《つ》ぐ繁華街《はんかがい》といっても過言《かごん》ではない。四谷《よつや》や神楽坂《かぐらざか》の賑《にぎ》わいを取《と》り込《こ》み、後者《こうしゃ》からは山《やま》の手《て》銀座《ぎんざ》という呼《よ》び名《な》すら奪《うば》い取《と》ったし、吉原《よしわら》、洲崎《すさき》、亀戸《かめいど》、玉《たま》の井《い》その他《た》の公娼地《こうしょうち》や私娼窟《ししょうくつ》の壊滅《かいめつ》を尻目《しりめ》に、新宿《しんじゅく》二丁目遊郭《ちょうめゆうかく》は繁盛《はんじょう》を極《きわ》めた。

大正《たいしょう》十四年《ねん》には鉄筋《てっきん》コンクリート二階建《かいだて》のモダンな新宿駅舎《しんじゅくえきしゃ》が完成《かんせい》し、山手線《やまのてせん》に中央線《ちゅうおうせん》、それに小田原急行《おだわらきゅうこう》の電車《でんしゃ》がひっきりなしに発着《はっちゃく》している。西武鉄道《せいぶてつどう》は高田馬場《たかだのばば》まで延伸《えんしん》して西郊《せいこう》からの乗客《じょうきゃく》を運《はこ》んで来《く》るし、市電《しでん》・市《し》バスともに車庫《しゃこ》を置《お》く都市《とし》交通《こうつう》の要《かなめ》となっている。一昨年《おととし》には新宿《しんじゅく》三丁目《ちょうめ》に京王電軌《けいおうでんき》の四谷新宿駅《よつやしんじゅくえき》を含《ふく》む五階建《かいだて》ビルディングが建《た》てられ、二階《かい》から上《うえ》には松屋《まつや》デパートが入《はい》った。

百貨店《ひゃっかてん》としては三越《みつこし》、ほてい屋《や》が既《すで》にあり、食品専門《しょくひんせんもん》の二幸《にこう》と共《とも》に高《たか》さを競《きそ》い合《あ》っている。芝居小屋《しばいごや》では新宿新歌舞伎座《しんじゅくしんかぶきざ》が若手歌舞伎《わかてかぶき》と少女歌劇《しょうじょかげき》をかわりばんこに上演《じょうえん》し、映画《えいが》なら本邦初《ほんぽうはつ》のトーキー封切館《ふうきりかん》となった武蔵野館《むさしのかん》が若者《わかもの》やインテリ層《そう》を呼《よ》び込《こ》んでいた。ほかにカフェーやダンスホール、小料理屋《こりょうりや》の類《たぐい》が数《かぞ》えきれないほどにひしめいている。夜《よる》ともなれば、駅前《えきまえ》にまだ物珍《ものめずら》しいネオンサインが「東京《とうきょう》パン」の文字《もじ》を輝《かがや》かせ、縁日《えんにち》とは無《む》関係《かんけい》に開《ひら》かれる夜店《よみせ》には、アセチレンランプが地上《ちじょう》の星《ほし》のようにきらめく。

だが、僕《ぼく》らを乗《の》せた社用車《しゃようしゃ》はそこから少《すこ》し離《はな》れた一帯《いったい》へと向《む》かった。市電《しでん》で云《い》うと新宿《しんじゅく》二丁目電停《ちょうめでんてい》、四谷区番衆町《よつやくばんしゅうちょう》の一角《いっかく》というには三万《まん》二千坪《せんつぼ》と大《おお》きすぎるが、そこにはもともと明治《めいじ》の昔《むかし》、博徒《ばくと》上《あ》がりながら維新《いしん》の元勲《げんくん》に知遇《ちぐう》を得《え》、更《さ》らには投機《とうき》で巨富《きょふ》をつかんで新《しん》宿《じゅく》将軍《しょうぐん》と呼《よ》ばれた浜野《はまの》某《ぼう》の大邸宅《だいていたく》が建《た》っていた。

だが、変転《へんてん》は世《よ》の常《つね》で売《う》りに出《だ》され、うち一万坪《まんつぼ》が、一段《いちだん》と野心的《やしんてき》な実業家《じつぎょうか》の手《て》に渡《わた》って、誰《だれ》もが予想《よそう》だにしない形《かたち》に生《う》まれ変《か》わった。

新宿園《しんじゅくえん》——鶴見《つるみ》の花月園《かげつえん》を皮切《かわき》りに、荒川遊園《あらかわゆうえん》、玉川児童園《たまがわじどうえん》、多摩川園《たまがわえん》、豊島園《としまえん》、京王《けいおう》閣遊園《かくゆうえん》と次々《つぎつぎ》に誕生《たんじょう》した遊園地《ゆうえんち》の一つである。それらの多《おお》くが郊外電車《こうがいでんしゃ》の沿線《えんせん》に造《つく》られたのに対《たい》し、こちらは市街《しがい》の只中《ただなか》にあり、しかも園内《えんない》のアトラクションがなかなかに凝《こ》っていた。もともとの大庭園《だいていえん》を生《い》かして人造湖《じんぞうこ》を掘《ほ》り、様々《さまざま》な遊具《ゆうぐ》施設《しせつ》を配置《はいち》した。

何《なに》やらモダンお伽《とぎ》の国《くに》といった建物《たてもの》が立《た》ち並《なら》ぶうち、白鳥座《はくちょうざ》では曾我《そが》廼家《のや》一座《いちざ》や専属少《せんぞくしょう》女歌劇団《じょかげきだん》の芝居《しばい》を見《み》せ、孔雀館《くじゃくかん》では洋画《ようが》を数本立《すうほんだ》てで上映《じょうえい》していたし、庭園劇場《ていえんげきじょう》では歌《うた》や舞踊《ぶよう》の野外公演《やがいこうえん》を楽《たの》しむ事《こと》が出来《でき》た。加《くわ》えて他《ほか》では見《み》られなかったものとして、ロシア革《かく》命《めい》から逃《のが》れて来日《らいにち》したエリアナ・パヴロヴァ嬢《じょう》によるバレエがあった。さしずめ関西《かんさい》に名《な》高《だか》い宝塚新温泉《たからづかしんおんせん》の東京版《とうきょうばん》といったところだ。

だが、遊園地《ゆうえんち》としてはいささか高尚《こうしょう》すぎたせいか、入場者数《にゅうじょうしゃすう》が伸《の》び悩《なや》み、早々《はやばや》と閉園《へいえん》が決《き》められてしまった。目玉《めだま》のパヴロヴァ女史《じょし》は鎌倉《かまくら》の七里《しちり》ガ浜《はま》に日本初《にほんはつ》のバレエ稽古場《けいこば》を設《もう》けてそちらに腰《こし》を落《お》ち着《つ》けてしまい、新宿園《しんじゅくえん》の広大《こうだい》な敷地《しきち》は分譲《ぶんじょう》の憂《う》き目《め》を見《み》る事《こと》になった。ただ取《と》り壊《こわ》しの前《まえ》に、折角《せっかく》の地《ち》の利《り》と設備《せつび》の良《よ》さを生《い》かしてサーカスや見世物小屋《みせものごや》、その他《た》の興行物《こうぎょうもの》が場《ば》を借《か》りることになり、現《げん》に今《いま》も盛業中《せいぎょうちゅう》であった。

僕《ぼく》と某君《ぼうくん》が車《くるま》を降《お》り、イルミネーション電球《でんきゅう》をちりばめた鳥居形《とりいがた》の入場門《にゅうじょうもん》をくぐると、中《なか》は宝塚《たからづか》のパラダイスというよりは浅草六区《あさくさろっく》が引越《ひっこ》してきたかのよう。だが、どちらにたとえるのもふさわしくなかったのは、中《なか》が閑散《かんさん》としていたことで、これは時《とき》ならぬ事件《じけん》のせいか、それとも元々《もともと》こんなものだったのか。いずれにせよ、ことがこと丈《だ》けに遊園地《ゆうえんち》への行楽気分《こうらくきぶん》にはなれるはずもなく、加《くわ》えてそここに姿《すがた》を見《み》かける警官達《けいかんたち》に戸惑《とまど》ううちに、思《おも》いがけない人物《じんぶつ》から声《こえ》をかけられた。

「よう、祖父江君《そぶえくん》じゃないか」

それは、姉崎家《あねざきけ》の惨劇《さんげき》で顔《かお》を合《あ》わせた綿貫正太郎検事《わたぬきしょうたろうけんじ》であった。社会部《しゃかいぶ》の某君《ぼうくん》も当然《とうぜん》この人《ひと》とは知《し》り合《あ》いで、何《なに》やら検事《けんじ》と押《お》し問答《もんどう》しだしたのは、現場《げんば》を見《み》せろ見《み》せないということをめぐってのことらしい。僕《ぼく》という道連《みちづ》れがいるせいかと思《おも》ったので、口《くち》をはさんだものかどうか躊躇《ちゅうちょ》していると、某君《ぼうくん》が振返《ふりかえ》りざま僕《ぼく》を指《ゆび》さし、何《なに》か早口《はやくち》で検事《けんじ》に云《い》いかけたから驚《おどろ》いた。すると、綿貫検事《わたぬきけんじ》は渋《しぶ》い表情《ひょうじょう》ながら頷《うなず》いてみせ、某君《ぼうくん》は再《ふたた》び僕《ぼく》の方《ほう》を向《む》いて手招《てまね》きした。

これでわかった。某君《ぼうくん》は僕《ぼく》を同行《どうこう》させてくれる為《ため》交渉《こうしょう》していたのではなく、自分《じぶん》がより深《ふか》い所《ところ》まで記者《きしゃ》として踏《ふ》み入《い》るためのダシとして利用《りよう》したのだ。それが証拠《しょうこ》に、綿貫氏《わたぬきし》は苦笑《くしょう》まじりに、

「君《きみ》は姉崎家《あねざきけ》の事件《じけん》でも重要《じゅうよう》な証人《しょうにん》になったのだから、今度《こんど》の件《けん》でも協力《きょうりょく》して貰《もら》わないと困《こま》るよ」

と云《い》い、出合《であ》い頭《がしら》に誰何《すいか》しかかる警官《けいかん》を「ああ、この人達《ひとたち》はいいんだ」と制《せい》しつつ、ずんずんと奥《おく》へと進《すす》んで行《い》った。それについてゆくと、ほどなく目《め》の前《まえ》にひときわ奇異《きい》な形《かたち》の建物《たてもの》が現《あら》われた。どんな風《ふう》に奇異《きい》かというと、君《きみ》のいる大阪《おおさか》には楽天地《らくてんち》という娯楽施設《ごらくしせつ》があるだろう。大《おお》きな丸屋根《まるやね》をのっけて、西洋《せいよう》のお城《しろ》の様《よう》で和風《わふう》な所《ところ》もあり、いっそフェアバンクスの「バクダッドの盗賊《とうぞく》」にでも出《で》て来《き》そうな不思議《ふしぎ》な姿《すがた》をしているが、ちょうどそんな感《かん》じなのだった。

むろん、いくつもの劇場《げきじょう》や遊技施設《ゆうぎしせつ》が入《はい》ったあれ程巨大《ほどきょだい》ではなく、建物《たてもの》も急拵《きゅうごしら》えで一時《いちじ》しのぎのハリボテに過《す》ぎなかったが、とにかく珍《めずら》しいことは珍《めずら》しかった。正面《しょうめん》には「迷宮《めいきゅう》パノラマ館《かん》」と映画《えいが》のタイトルの様《よう》な字体《じたい》で横書《よこが》きにしてあり、その下《した》に三角帽子《さんかくぼうし》に赤《あか》と白《しろ》のダンダラ縞《じま》のダブダブ服《ふく》をまとった道化師《どうけし》がいた。ふだんは呼《よ》び込《こ》みをしているのだろうが、今《いま》は入口《いりぐち》の前《まえ》にションボリたたずむばかり。検事《けんじ》はそばで立《た》ち番中《ばんちゅう》の巡査《じゅんさ》に一声《ひとこえ》かけると、そのまま怪物《かいぶつ》の口《くち》を模《も》した入口《いりぐち》へと足《あし》を踏《ふ》み入《い》れた。社会部某君《しゃかいぶぼうくん》も躊躇《ちゅうちょ》なくそれに続《つづ》く。つまりこれは迷路《めいろ》の見世物《みせもの》、英国《えいこく》ハンプトンコートにあった「メーズ」を模倣《もほう》したものが明治《めいじ》の昔《むかし》に盛《さか》んに造《つく》られ、その音《おと》を取《と》って迷途《めいず》とか八幡《やわた》の藪知《やぶし》らずなどと呼《よ》ばれたものだ。

迷《まよ》って出《で》られなくなるのは閉口《へいこう》だが、格別怖《かくべつお》じ恐《おそ》れるようなものではない。なのに、情《なさ》けない話《はなし》だが不気味《ぶきみ》さに思《おも》わずたたらを踏《ふ》んだ僕《ぼく》に、道化師《どうけし》がチラシのようなものを手渡《てわた》した。見《み》ると、そこには「無事《ぶじ》に迷宮《めいきゅう》を抜《ぬ》け出《で》た方《かた》には景品進呈《けいひんしんてい》」と刷《す》ってあり、これは格別珍《かくべつめずら》しい趣向《しゅこう》でもなかった。別《べつ》にそんなものが欲《ほ》しい訳《わけ》もなく、呉《く》れる訳《わけ》もなかったが、置《お》いてけぼりされてはたまらない。思《おも》い切《き》って綿貫検事《わたぬきけんじ》達《たち》の後《あと》を追《お》って怪物《かいぶつ》の口《くち》へ飛《と》び込《こ》んだ。

迷路《めいろ》に入《はい》って暫《しばら》くは暗《くら》いトンネルが続《つづ》き、このままずっと闇黒地獄《あんこくじごく》が続《つづ》くのかと思《おも》ったら、角《かど》を一つ曲《ま》がったとたんにパッと周囲《しゅうい》が明《あか》るくなり、周囲《しゅうい》に風景《ふうけい》が広《ひろ》がったから、早《はや》くも迷路《めいろ》を抜《ぬ》けて外《そと》へ出《で》たのかと思《おも》った。だが、それならこの館《やかた》の外《そと》、遊園内《ゆうえんない》の様子《ようす》が見《み》えなくてはならないが、そうではなかったのだ。それは昔々《むかしむかし》の、それも異国《いこく》の街並《まちな》みで、いきなり何千何万里《なんぜんなんまんり》の旅《たび》をしたのかと、しばし茫然《ぼうぜん》とさせられた。だが、無論《むろん》そんなことがある訳《わけ》はなく、ということは作《つく》り物《もの》、書割《かきわ》りや模型《もけい》の類《たぐい》を巧妙《こうみょう》に配置《はいち》したものに違《ちが》いなかった。

なるほど、迷宮《めいきゅう》パノラマ館《かん》という名《な》に恥《は》じぬわいと感心《かんしん》させられたのは、これがラビリンスすなわち迷宮《めいきゅう》に、別天地《べってんち》へといざなうパノラマ装置《そうち》を加《くわ》えたものと分《わか》ったからだった。

その後《のち》も次々《つぎつぎ》と異様《いよう》にも珍奇《ちんき》な光景《こうけい》が立《た》ち現《あら》われて、そのたび感心《かんしん》させられた。ところが、そのうちパノラマ風景《ふうけい》の行《い》き止《ど》まりに出《で》くわしてしまった。迷路《めいろ》に袋小路《ふくろこうじ》はつきものだが、どこへも行《い》けないというのは困《こま》りものだ。やむなく引《ひ》き返《かえ》そうとすると、何《なん》と退路《たいろ》までもが断《た》たれて、戻《もど》ろうにも戻《もど》り様《よう》がない。

これは何かからくり仕掛《じか》けでもあって、それまでになかった壁《かべ》がせり出《だ》して通路《つうろ》をふさいでしまったのかと思《おも》ったが、これはいささか早計《そうけい》だった。種《たね》を明《あ》かせば、巧《たく》みに背景画《はいけいが》や書割《かきわ》り、その他《た》作《つく》り物《もの》を組《く》み合《あ》わせて、本当《ほんとう》はやすやすと通《とお》れる筈《はず》の場所《ばしょ》を一枚《まい》の絵《え》の様《よう》に見《み》せかけていたのだ。平面《へいめん》を立体《りったい》に錯覚《さっかく》させる画工《がこう》のトリックはよく目《め》にする所《ところ》だが、よもやその逆手《さかて》があろうとは思《おも》わなかった。

これでだいたい手《て》の内《うち》は読《よ》めた。これなら、残《のこ》りの迷路《めいろ》も楽々《らくらく》と抜《ぬ》け出《で》ることが出来《でき》るだろうとたかをくくっていると、敵《てき》もさるもの。これまでとは全《まった》く違《ちが》う趣向《しゅこう》が現《あら》われた。迷路《めいろ》でもパノラマでもない、全《まった》く思《おも》いがけないものが目《め》の前《まえ》に現《あら》われた。それというのは、僕自《ぼくじ》身《しん》だった。顔《かお》も背格好《せかっこう》も、服装《ふくそう》も何《なに》もかも僕《ぼく》そっくりな人影《ひとかげ》がヒョイと目《め》の前《まえ》に飛《と》び出《だ》した。それも真正面《ましょうめん》だけでなく、右《みぎ》に左《ひだり》に、上《うえ》にも下《した》にも——。

鏡《かがみ》だ、今度《こんど》は鏡《かがみ》のマジックだった。壁《かべ》は四方八方《しほうはっぽう》鏡張《かがみば》りで、となれば僕《ぼく》そっくりな人間《にんげん》が映《うつ》っていようと何《なん》の不思議《ふしぎ》もない。だが、無数《むすう》の合《あ》わせ鏡《かがみ》に挟《はさ》まれ、あたかも巨大《きょだい》な万《まん》華鏡《げきょう》の筒《つつ》に吸《す》い込《こ》まれたみたいに、無数《むすう》の自分《じぶん》がウジャウジャと蠢《うごめ》いている有様《ありさま》は、理屈《りくつ》を超《こ》えた不気味《ぶきみ》さと異様《いよう》さに満《み》ちていた。何《なに》しろ無限《むげん》に続《つづ》くようなガラスの回廊《かいろう》のなかで、無数《むすう》の僕自身《ぼくじしん》がこちらの一挙手一投足《いっきょしゅいっとうそく》を真似《まね》て群舞《ぐんぶ》するのだから、いっそ恐《おそ》ろしい気《き》がするほどだった。

それはまさに鏡地獄《かがみじごく》――我《わ》がA新聞学芸部《しんぶんがくげいぶ》が、今《いま》まさに獲得《かくとく》に動《うご》いている新進探偵小説家氏《しんしんたんていしょうせつかし》に、そんな題名《だいめい》の評判小説《ひょうばんしょうせつ》があったが、暗闇《くらやみ》とだまし絵巡《えめぐ》りにはまだ耐《た》えられ、楽《たの》しむ余裕《よゆう》すらあった僕《ぼく》も、これにはすっかり参《まい》ってしまった。こんな所《ところ》に長居《ながい》は無用《むよう》と、足早《あしばや》にその場《ば》を――ただし鏡《かがみ》に頭《あたま》をぶつけたりしないように――駆《か》け抜《ぬ》けた。そして幸《さいわ》いなことには、気《き》がつくと僕《ぼく》は正真正銘《しょうしんしょうめい》の太陽《たいよう》の光《ひかり》の下《もと》に出《で》ていて、思《おも》いがけず甘《あま》く感《かん》じられる外《そと》の空気《くうき》を吸《す》っていたのだった。

「よう、祖父江《そぶえ》君《くん》。意外《いがい》に早《はや》かったね」

出口《でぐち》の少《すこ》し先《さき》に綿貫検事《わたぬきけんじ》が立《た》っていて、やや皮肉《ひにく》まじりに云《い》った。そのそばで社会部記者某君《しゃかいぶきしゃぼうくん》が頷《うなず》いて、

「そうだよ。おれは検事《けんじ》さんの案内《あんない》で、難《なん》なくここを抜《ぬ》けられたけど。それ抜《ぬ》きでここまで来《こ》られたのはなかなか偉《えら》い。といっても、景品《けいひん》は何《なに》もあげられないけどね。まさか、前《まえ》にも一度《ど》ここを通《とお》り抜《ぬ》けたことがあるんじゃあるまいね」

「い、いや、とんでもない」

僕《ぼく》はあわてて否定《ひてい》したが、綿貫氏《わたぬきし》と某君《ぼうくん》はニコリともしなかった。そのまま静《しず》かに左右《さゆう》に離《はな》れると、それまで二人《ふたり》の陰《かげ》になって見《み》えなかったあるものが姿《すがた》を現《あら》わした。それは、地面《じめん》に敷《し》かれた蓆《むしろ》だった。その下《した》に何《なに》か置《お》かれているのか、長細《ながほそ》く盛《も》り上《あ》がった蓆《むしろ》だった。

僕《ぼく》は思《おも》わず息《いき》をのんだ。まさか、あれは……いや、他《ほか》の何《なん》である筈《はず》もない。綿貫検事《わたぬきけんじ》や地元《じもと》・淀橋警察署《よどばしけいさつしょ》の警察官達《けいさつかんたち》をここに出張《でば》らせ、我《わ》が社《しゃ》の某君《ぼうくん》に限《かぎ》らぬ社会部記者連《しゃかいぶきしゃれん》をして駆《か》けつけさせたもの、それは一個《こ》の死体《したい》であるに違《ちが》いなかった。黒川博士《くろかわはかせ》の娘《むすめ》、即《すなわ》ち令嬢《れいじょう》鞠子《まりこ》さんの変《か》わり果《は》てた姿以外《すがたいがい》の何《なに》ものでもないに違《ちが》いなかった。

「君《きみ》は、確《たし》かこの娘《むすめ》の知《し》り合《あ》いだったね。心霊研究会《しんれいけんきゅうかい》の降霊術《こうれいじゅつ》の会《かい》とやらで何度《なんど》もいっしょになったとかで」

「そ、そ、そうです」

僕《ぼく》はあわてて答《こた》えた。すると、綿貫検事《わたぬきけんじ》はふと鋭《するど》い目《め》で僕《ぼく》を見《み》ると、更《さ》らに続《つづ》けて、

「ならば、ちと検分《けんぶん》につきあってはいただけないかね、この死体《したい》が誰《だれ》であるかを、確《たし》かに黒川家《くろかわけ》の関係者《かんけいしゃ》であるか否《いな》かを――」

矢張《やは》り、そう云《い》う役割《やくわり》を振《ふ》られる運命《うんめい》であったか。内心《ないしん》でその事《こと》をひどく呪《のろ》わしく思《おも》ったものの、ここに至《いた》ってはどうしようもなかった。

「よし、じゃあ……」

綿貫検事《わたぬきけんじ》が頷《うなず》き、近《ちか》くにいた巡査達《じゅんさたち》に「やってくれ」とうながす。彼《かれ》らが蓆《むしろ》の片端《かたはし》をつまんで、その下《した》にあるものを暴露《ばくろ》しようとする。僕《ぼく》は息《いき》を呑《の》んだ。決《けっ》して見《み》たくはなかったが、そのくせ視線《しせん》は蓆《むしろ》とその下《した》にあるものに釘《くぎ》づけになっていた。

やがて蓆《むしろ》が勢《いきお》いよく引《ひ》きはがされた。その下《した》の地面《じめん》に横《よこた》わる、まだうら若《わか》い少女《しょうじょ》の肢体《したい》があらわになったその時《とき》、背後《はいご》から思《おも》いがけず声《こえ》があった。

「祖父江《そぶえ》さん！」

死者《ししゃ》と対面《たいめん》しようとする、こんな状況下《じょうきょうか》でいきなり呼《よ》びかけられ、僕《ぼく》は心臓《しんぞう》が止《と》まるかと思《おも》った。息《いき》も出来《でき》ないまま声《こえ》のした方《ほう》を振返《ふりかえ》った僕《ぼく》は、覚《おぼ》えず大声《おおごえ》で叫《さけ》んでいた。

「ま、鞠子さん!?」

息《いき》も止《と》まる程驚愕《ほどきょうがく》したと云《い》うのは、その時《とき》のことだ。今《いま》の今《いま》まで、新宿園《しんじゅくえん》で殺《ころ》されたのは黒川鞠子《くろかわまりこ》さんだと信《しん》じきっていた。なのに、その鞠子《まりこ》さんが間近《まぢか》にいる。よく似合《にあ》うワンピースに身《み》を包《つつ》み、幼女《ようじょ》のようなおかっぱ頭《あたま》の切下《きりさ》げた前髪《まえがみ》の下《した》から大《おお》きな眼《め》をのぞかせて。だが、そこにあるのはいつもの悪戯《いたずら》っぽい輝《かがや》きではなくて、悲《かな》しみと恐怖《きょうふ》ばかりだった。物云《ものい》いたげな唇《くちびる》はワナワナと震《ふる》え、美《うつく》しい歯並《はなみ》はカチカチと音《おと》を立《た》てんばかり。そばにいる巡査《じゅんさ》に支《ささ》えられて、やっと立《た》っているという有様《ありさま》だった。

この時《とき》ばかりは、社会部某君《しゃかいぶぼうくん》の曖昧《あいまい》な物云《ものい》いを怨《うら》んだ。だが、こちらにも罪《つみ》はあった。云《い》った当人《とうにん》もよく分《わか》っていなかったのかもしれないが、「黒川博士《くろかわはかせ》のとこの娘《むすめ》だか何《なん》だか」と云《い》う表現《ひょうげん》からすれば、当然鞠子《とうぜんまりこ》さん以外《いがい》である可能性《かのうせい》も考《かんが》えなくてはならなかった。いや待《ま》て、鞠子《まりこ》さんでなかったとしたら、目前《もくぜん》に横《よこた》わるこの死体《したい》の主《ぬし》はいったい――？

そのことに思《おも》い当《あ》たったとたん、ギクンと心臓《しんぞう》が跳《は》ね上《あ》がるような気《き》がした。ギクシャクと首《くび》をめぐらしながら、すっかりあらわになった死体《したい》の面体《めんてい》を確《たし》かめた。鞠子《まりこ》さんと同《どう》様《よう》な服装《ふくそう》と髪形《かみがた》、背格好《せかっこう》ながら、残酷《ざんこく》なまでに美醜《びしゅう》を分《わ》けたその顔《かお》を。

「龍《りゅう》ちゃん……何《なん》てことだ」

それは、黒川家《くろかわけ》で鞠子《まりこ》さんと姉妹同様《しまいどうよう》に養《やしな》われている霊媒《ミディアム》の龍《りゅう》ちゃんだった。自分《じぶん》が途《と》方《ほう》もない勘違《かんちが》いをしていたことを思《おも》い知《し》らされた。だが、どうしてまた、こんな恐《おそ》ろしき錯誤《さくご》が起《お》きたのだろう。いや、そもそもどうしてこの盲目《もうもく》の少女《しょうじょ》は、こんな場所《ばしょ》で死《し》ぬことになったのだろう。それについては、傍《かたわ》らに立《た》つ綿貫検事《わたぬきけんじ》から説明《せつめい》があった。

「死因《しいん》は撲殺《ぼくさつ》……相手《あいて》のすきを突《つ》いて、いきなり背後《はいご》から殴《なぐ》りかかったらしい。兇器《きょうき》は金《きん》属《ぞく》の棒《ぼう》らしいが、ここはあちこち工事中《こうじちゅう》でそれらしい材料《ざいりょう》や道具《どうぐ》はいくらでもあるからね。そもそも何《なん》でこんな場所《ばしょ》でそんな目《め》にあうことになったかというと、何《なん》でもホトケさんはこちらのお嬢《じょう》さんと連《つ》れ立《だ》って、ここの開園《かいえん》まもなくにやってきて、いろいろな出《だ》し物《もの》を楽《たの》しんでいたらしいんだ。そうだね、黒川鞠子《くろかわまりこ》さん？」

そう訊《き》くと、鞠子《まりこ》さんは嗚咽《おえつ》しながらも小刻《こきざ》みに頷《うなず》いて、

「はい……祖父江《そぶえ》さんはご存《ぞん》じと思《おも》いますけど、先月《せんげつ》の降霊会《こうれいかい》で『織江《おりえ》さん』のあんな恐《おそ》ろしい予言《よげん》があってから、父《ちち》も継母《はは》もすっかり脅《おび》えきってしまって、ろくに外出《がいしゅつ》さえしない有様《ありさま》。お父《とう》さまなんか大学《だいがく》のお仕事《しごと》があるのに、無理《むり》にお休《やす》みを取《と》ったり、お出《で》かけになっても直《す》ぐ戻《もど》ってみえたりしてね。とりわけ、わたしは身《み》の危険《きけん》があるとのことでずっと家《いえ》に閉《と》じ込《こ》められっぱなしで、外《そと》に遊《あそ》びに出《で》るのはおろか御不浄《ごふじょう》にさえお許《ゆる》しを貰《もら》わないといけなくて、とうとう息《いき》が詰《つま》って気鬱《きうつ》になってしまいましたの。そしたら、それを見《み》かねた龍《りゅう》ちゃんが『あたいが手伝《てつだ》うから、二人《ふたり》して抜《ぬ》け出《だ》しましょう』と云《い》ってくれて……丁度《ちょうど》たまたまこんなものが家《いえ》に届《とど》いていたものだから、それで気晴《きばら》しにと、ここまでやってきたんです」

そう云《い》って取《と》り出《だ》したのは、「新宿園《しんじゅくえん》一日無代遊戯券《にちむだいゆうぎけん》」と刷《す》り込《こ》んだ切符《きっぷ》らしき紙片《しへん》だった。どうやらこれがあれば、入園《にゅうえん》の際《さい》はもちろん、園内《えんない》のいろんなアトラクションを追加料金《かりょうきん》なしで楽《たの》しめるというものらしい。都合《つごう》よくこんなものが舞《ま》い込《こ》むこと自体怪《じたいあや》しいが、歳《とし》の割《わり》には幼《おさな》いというか、無邪気《むじゃき》な少女達《しょうじょたち》には疑《うたが》うすべもないまま誘《さそ》い出《だ》されてしまったのだろう。それに、黒川邸《くろかわてい》のある中野《なかの》と新宿《しんじゅく》は電車《でんしゃ》に乗《の》ればほんのわずか。素早《すばや》く行《い》

って帰《かえ》ってくれば隠《かく》しおおせると、子供《こども》っぽい知恵《ちえ》を働《はたら》かせたらしい。

鞠子《まりこ》さんはともかく、目《め》の見《み》えない龍《りゅう》ちゃんはこんな遊園《ゆうえん》に来《き》て楽《たの》しめるかと思《おも》いがちだが、それは目《め》の見《み》える人間《にんげん》のあさはかさで、講談落語《こうだんらくご》や漫才《まんざい》のような話芸《わげい》は耳《みみ》で楽《たの》しめるし、映画《えいが》もいまだ主流《しゅりゅう》を占《し》めるサイレントなれば弁士《べんし》がそれこそ目《め》に見《み》えるように説明《せつめい》してくれる。遊具《ゆうぐ》や乗《の》り物《もの》だって、風《かぜ》や重力《じゅうりょく》を体《からだ》に感《かん》じることで十分《じゅうぶん》にスリルを味《あじ》わうことができるのだ。どうしても理解《りかい》しにくいものは、見《み》える人《ひと》から説明《せつめい》を聞《き》かせてもらえばいい。

「こんな招待券《しょうたいけん》を貰《もら》って、二人《ふたり》とも有頂天《うちょうてん》になってしまい、日《ひ》も限《かぎ》られていることだから是非《ぜひ》行《い》こうと相談《そうだん》がまとまったんです。どうせ普段《ふだん》から似《に》たような服《ふく》を着《き》ているし、少《すこ》しリボンとか身《み》につけるものを入《い》れ替《か》えるなどしてごまかせば、お父《とう》さんお母《かあ》さん達《たち》だって後《うし》ろ姿《すがた》だけなら案外《あんがい》に気《き》づかない。龍《りゅう》ちゃんがわたしのふりをしている間《あいだ》に家《いえ》を抜《ぬ》け出《だ》し、龍《りゅう》ちゃんもあとを追《お》えばいい。そんなにうまく行《い》くかしらと思《おも》ったんですが、それがまんまと成功《せいこう》してしまったんです……」

鞠子《まりこ》さんの思《おも》わぬ告白《こくはく》のあとを受《う》けて、綿貫検事《わたぬきけんじ》はやや困惑気味《こんわくぎみ》に、

「その織江《おりえ》さんとやらが、何《なん》のことかわからんのだが……コントロール？　いよいよ意味《いみ》不明《ふめい》だが……ははん、要《よう》するに霊《れい》のお告《つ》げみたいなもんか、まぁそういうことにしてお こ

う。とにかくそいつがもたらした呪縛《じゅばく》と、そのせいで食《く》らうはめになった束縛《そくばく》から逃《のが》れるために、彼女《かのじょ》らはここにやってきた。そしていろいろ遊《あそ》び回《まわ》ったあと、このお化《ば》け屋敷《やしき》——じゃない、迷宮《めいきゅう》パノラマ館《かん》に入ったということらしいんだ。さっき、ここの入口《いりぐち》に道《どう》化師《けし》がいたろう？　彼《かれ》の証言《しょうげん》によると、二人《ふたり》の女《おんな》の子《こ》は元気《げんき》いっぱいで互《たが》いに手《て》を取《と》り合《あ》い、楽《たの》しそうに中《なか》に入《はい》って行《い》った。何《なん》でもきれいな方《ほう》の子《こ》が連《つ》れの手《て》を引《ひ》き、先《さき》に立《た》って奥《おく》へ進《すす》んで行《い》った。そのとき、あとからおずおずついて行《い》った方《ほう》が目《め》が不自由《ふじゆう》だとまでは気附《きづ》かなかったそうだがね。とはいえ、ここの迷路《めいろ》とパノラマ、それに鏡《かがみ》づくしの組《く》み合《あ》わせにはなかなか悪戦苦闘《あくせんくとう》したようで、いつの間《ま》にか二人《ふたり》は別《わか》れ別《わか》れになってしまった。そして鞠子《まりこ》というお嬢《じょう》さんの方《ほう》は、やっとのことで外《そと》へ出《で》たが、連《つ》れの龍《りゅう》ちゃんの姿《すがた》が見《み》当《あ》たらないのに気《き》づいた……そういうことだったね？」

「はい……」鞠子《まりこ》さんは頷《うなず》いた。「目明《めあ》きのわたしでさえ随分苦労《ずいぶんくろう》したのだから、龍《りゅう》ちゃんは中《なか》で迷《まよ》っているんじゃないか、そもそも目《め》の見《み》えない彼女《かのじょ》をこんな所《ところ》に付《つ》き合《あ》わせて悪《わる》かったかなと後悔《こうかい》していると、にわかに中《なか》で騒《さわ》ぎが起《お》こったんです。耳《みみ》をすまして叫《さけ》び声《ごえ》を聞《き》いてみると、誰《だれ》かが出口近《でぐちちか》くの袋小路《ふくろこうじ》に倒《たお》れているのが見付《みつ》かったらしいのです。わたし、何《なん》とも厭《いや》な予感《よかん》を覚《おぼ》えて出口《でぐち》で待《ま》っていたら、やがて園《えん》の男《おとこ》の人達《ひとたち》が龍《りゅう》ちゃんを担《かつ》いで出《で》て来《き》たではありませんか。びっくりして駆《か》け寄《よ》ったら、『寄《よ》っちゃいけない』と撥《は》ねのけられた。そのとき、わたしは龍《りゅう》ちゃんが既《すで》に死《し》んでいることを知《し》ったんです。あとはもう何《なに》が何《なん》だか分《わか》らなくなって、ただもうボーッとしているうちにお巡《まわ》りさんが来《き》て、祖父江《そぶえ》さんが来《き》て、こういうことになったんです……」

「成程《なるほど》、そういうことだったんですか。それにしても大変《たいへん》な目《め》にあいましたね」

僕《ぼく》は、おざなりな慰《なぐさ》めの言葉《ことば》を述《の》べながら、なぜあの予言《よげん》に反《はん》してこんなことになったのだろうと考《かんが》えていた。死《し》んでまで気《き》の毒《どく》な話《はなし》ながら、霊媒《れいばい》の龍《りゅう》ちゃんは「美《うつく》しい人《ひと》」と云《い》うには程遠《ほどとお》い。幽冥界《ゆうめいかい》の美《び》の基準《きじゅん》が現世《げんせ》とは大《おお》いに違《ちが》うと云《い》うなら別《べつ》だが、そもそも彼《かの》女《じょ》には殺《ころ》される理由《りゆう》があったとも思《おも》えなかった。これは一体《いったい》どういうことなのか――霊《れい》の予言《よげん》に誤《あやま》りがあり得《え》なかったとしたら、犯人《はんにん》に何《なに》か過《あやま》ちが生《しょう》じたのではないだろうか。

そう考《かんが》えたとたん、また心臓《しんぞう》が大《おお》きく跳《は》ねた。そうだ、犯人《はんにん》は間違《まちが》えたのだ。龍《りゅう》ちゃんは盲目《もうもく》で何《なに》かと不自由《ふじゆう》な身《み》だから、迷宮《めいきゅう》パノラマ館《かん》に入るまでは鞠子《まりこ》さんのあとから、おずおずとついていったのも無理《むり》はない。

だが、ひとたび中《なか》に入《はい》れば暗闇《くらやみ》もだまし絵《え》の仕掛《しか》けも、鏡《かがみ》の魔力《まりょく》も彼女《かのじょ》を惑《まど》わすことは出来《でき》ない。途中《とちゅう》つい鞠子《まりこ》さんとはぐれてしまったが、むしろ龍《りゅう》ちゃんの方《ほう》から彼女《かのじょ》を助《たす》けてあげるぐらいのつもりで残《のこ》りの迷路《めいろ》を急《いそ》ぎ、結果的《けっかてき》には鞠子《まりこ》さんよりはるかに早《はや》く出口《でぐち》に到達《とうたつ》してしまった。

ところが、そこでは例《れい》の予言《よげん》した所《ところ》の犯人《はんにん》が兇器《きょうき》を手《て》に待《ま》ち構《かま》えていた。そして外界《がいかい》からの光《ひかり》は多少《たしょう》は射《さ》していたものの、人《ひと》を見分《みわ》けるには危《あや》うい暗《くら》がりの中《なか》で、かねて見覚《みおぼ》えの風体《ふうてい》の少女《しょうじょ》を見《み》つけ、いきなり背後《はいご》から殴《なぐ》りつけた。そして、そばにあった迷路《めいろ》の袋小路《ふくろこうじ》を格好《かっこう》の死角《しかく》として引《ひ》きずり込《こ》み、自分《じぶん》はまんまと逃《に》げおおせたのだ。ことによったら、殺《ころ》す相手《あいて》を取《と》り違《ちが》えたことに気《き》づかないままに……。

何《なん》という恐《おそ》ろしいことだ。如何《いか》にこの世《よ》では幸薄《さちうす》く、なまじ霊感《れいかん》などに恵《めぐ》まれていたばかりに珍奇《ちんき》な実験動物《じっけんどうぶつ》のように扱《あつか》われていたとはいえ、いや、であればなおさら、こんな不条理《ふじょうり》なことで殺《ころ》されるとは、あんまりな悲運《ひうん》ではないか。そして更《さ》らに恐《おそ》ろしいことには、殺人者《さつじんしゃ》の目的《もくてき》が矢張《やは》り鞠子《まりこ》さんにあったとするならば、その兇手《きょうしゅ》は今度《こんど》こそ彼女《かのじょ》に降《ふ》りかかる。つまり、事件《じけん》はまだ全《まった》く終《お》わっておらず、新《あら》たな悲劇《ひげき》が起《お》きるということにほかならなかった。

そんなことを考《かんが》え、更《さ》らなる不安《ふあん》に戦慄《せんりつ》して立《た》ち竦《すく》むうち、中野《なかの》の邸宅《ていたく》から黒川博士《くろかわはかせ》夫妻《ふさい》が駆《か》けつけ、鞠子《まりこ》さんの無事《ぶじ》を喜《よろこ》ぶ傍《かたわ》ら龍《りゅう》ちゃんの災難《さいなん》に涙《なみだ》し、惨劇《さんげき》の場《ば》はかてて加《くわ》えて愁嘆《しゅうたん》の舞台《ぶたい》となった。

以上《いじょう》が十月《がつ》十九日《にち》に起《お》きたことのあらましだ。あれから四日《か》が過《す》ぎたが、姉崎曽恵子《あねざきそえこ》未亡人《みぼうじん》の惨死《ざんし》に続《つづ》き、あの降霊会《こうれいかい》の一夜《や》を挟《はさ》んで新《あら》たな人《ひと》の死《し》に遭遇《そうぐう》したことは、僕《ぼく》の心身《しんしん》君《きみ》を極限《きょくげん》まで疲弊《ひへい》せしめた。精《せい》も根《こん》も尽《つ》き果《は》てたという感《かん》じだが、幸《さいわ》いと云《い》うべきかもう君に書《か》き送《おく》るべきことも尽《つ》きた。いつもとは違《ちが》い、今度《こんど》は僕《ぼく》が君《きみ》からの手紙《てがみ》を待《ま》ちたいと思《おも》う。どうか君《きみ》の知恵《ちえ》を借《か》り、一連《いちれん》の事件《じけん》について幾何《いくばく》かの光明《こうみょう》をもたらしてもらいたいと切《せつ》に願《ねが》う。これまで通《どお》り、君《きみ》の疑問《ぎもん》には答《こた》えられる限《かぎ》り回答《かいとう》するし、なおわからぬ点《てん》に関《かん》してはあらためて調査《ちょうさ》にも出《で》よう。願《ねが》わくは君《きみ》の明敏《めいびん》なる推理《すいり》の才《さい》をもって謎《なぞ》を解明《かいめい》し、なお望《のぞ》むべくは犯人《はんにん》を云《い》い当《あ》ててもらえますように。

十月《がつ》二十三日《にち》　　祖《そ》父《ぶ》江《え》生《せい》

岩《いわ》井《い》大《たい》兄《けい》

追伸《ついしん》
あの乞食《こじき》を犯人《はんにん》に擬《ぎ》した程《ほど》の君《きみ》のことだから、龍《りゅう》ちゃんの盲目《もうもく》が本物《ほんもの》であったか疑《うたが》っているかもしれないね。黒川邸《くろかわてい》で何度《なんど》も会《あ》った僕《ぼく》の目《め》に狂《くる》いがない限《かぎ》り、彼女《かのじょ》は晴眼者《せいがんしゃ》ではなかった。またあり得《え》ないことだが、鞠子《まりこ》さんが犯人《はんにん》であるかもしれぬという疑《うたが》いもまた無用《むよう》だ。龍《りゅう》ちゃん殺《ごろ》し発覚《はっかく》の前後《ぜんご》、鞠子《まりこ》さんは迷路内《めいろない》にあって不審《ふしん》な行動《こうどう》のなかったことが、他《ほか》の入場者《にゅうじょうしゃ》によって確認《かくにん》されている。よって、これらの可能性《かのうせい》を排除《はいじょ》したうえでの君《きみ》の推理《すいり》を期待《きたい》している。

第《だい》四信《しん》

岩井君《いわいくん》、先《さき》の手紙《てがみ》で君《きみ》からの返信《へんしん》を待《ま》ち、君《きみ》の推理《すいり》に期待《きたい》すると書《か》いておきながら、その約束《やくそく》を破《やぶ》っての日文矢文《ひぶみやぶみ》となってしまい、さぞ驚《おどろ》かれたことと思う。ふだんとは違《ちが》い、新聞社《しんぶんしゃ》の原稿用紙《げんこうようし》とは名《な》ばかりのザラ紙《がみ》に鉛筆《えんぴつ》で書《か》き飛《と》ばしていることでもわかるように、いま僕《ぼく》は社《しゃ》にあってこれを書《か》いている。何《なに》しろ急《きゅう》なことで直《す》ぐ出《で》かけなければならず、書《か》ける所《ところ》まで書《か》いたら、社《しゃ》の給仕《きゅうじ》に頼《たの》んで君宛《きみあ》てに郵送《ゆうそう》して貰《もら》う積《つも》りだ。

岩井君《いわいくん》、昨日《きのう》あの手紙《てがみ》を書《か》き、つい数日前《すうじつまえ》の霊媒龍《れいばいりゅう》ちゃん殺《ごろ》しについて記《しる》した翌日《よくじつ》の今日《きょう》、更《さ》らに大変《たいへん》なことが起《お》きた。鞠子《まりこ》さんの実父《じつぷ》であり、心霊研究会《しんれいけんきゅうかい》の長《おさ》である黒川《くろかわ》博士《はかせ》が急死《きゅうし》したのだ。それもただの死《し》ではない。殺《ころ》されたのか自殺《じさつ》したのか、しかも博士《はかせ》自身殺人《じしんさつじん》の罪《つみ》を犯《おか》した可能性《かのうせい》すらあるのだ。つまり、死体《したい》は博士《はかせ》の外《ほか》にもう一つあり、相《そう》互殺人《ごさつじん》、或《あるい》は心中《しんじゅう》とも考《かんが》えられるといったら、君《きみ》は理解《りかい》して呉《く》れるだろうか。

ああ、ひょっとしてこれが一連《いちれん》の事件《じけん》の結論《けつろん》であり、真相《しんそう》なのだろうか。とにかくこの件《けん》ばかりは、君《きみ》に真《ま》っ先《さき》に知《し》らせておきたかった。グズグズしていたら警察《けいさつ》が決定的事実《けっていてきじじつ》を発見《はっけん》し、新聞《しんぶん》を通《つう》じて大阪《おおさか》にいる君《きみ》にも届《とど》いてしまうかもしれない。その前《まえ》に君《きみ》には推《すい》理《り》の旅《たび》に出発《しゅっぱつ》し、名探偵《めいたんてい》としての役目《やくめ》を発揮《はっき》してほしいのだ。そう願《ねが》って、この怱卒《そうそつ》なる手紙《てがみ》をしたためている訳《わけ》なのだ。

いけない、もう出《で》なければならない。くわしくは追《お》ってまた書《か》き送《おく》る。ああ、それにしても紫《むらさき》矢絣《やがすり》に庇髪《ひさしがみ》の女《おんな》の正体《しょうたい》が、あろうことかあの人《ひと》であっただなんて！

A新聞社編輯局《しんぶんしゃへんしゅうきょく》にて　祖《そ》父《ぶ》江《え》進《しん》一《いち》

十月《がつ》二十四日《か》

岩《いわ》井《い》坦《たん》様《さま》

中野・妙正寺川のグロ死体

血に染む捨小舟、相対死か二重殺人か

二十四日午前六時頃東京市中野区沼袋南の妙正寺川河畔に半ば壊れた小舟が流れ着いたのを付近住民が発見、棒で引寄せてみると舟には血のにじんだ蓆が掛けてありしかも異臭のしたことから中野署交番に届け出直に巡査出張して蓆をはいだところ舟の胴の間に男女らしき惨殺死体の血塗れにて折重なりて倒れあるを確認した、これを受けて中野署から鎌倉署長、警視庁から恒川捜査一課長、蓑浦捜査係長、乙骨鑑識課長、東京地方裁判所から笠森予審判事、綿貫検事が急行検視した、死体の一つは**紫矢絣に庇髪の美人**であつたが意外にも古風な二百三高地髪はかつらであり中年の男性の女装と判明した、一方男の方は小柄ながら筋骨たくましく体毛や髭極めて濃く正真正銘の男子であつた、両死体はそれ〴〵短刀を手に互に刺違へる形で絶命してをり同性心中という異常事態である可能性に当局は色めきたつてゐる

意外！女装にて死せるは官学教授
心中？の相手は著名なる妖怪学者

既報中野妙正寺川への惨殺死体漂着については警視庁並びに中野警察署に於て厳探中で
あるが、その結果紫矢絣に庇髪の女装美人は帝大心理学教室の黒川清三郎文学博士、
同舟にて同様に刺殺せられたる男性は〃妖怪学者〃の異名にて知らるゝ文筆家熊浦金之助氏と
判明した、両人は心霊研究会の会長と創設者であり先月二十三日には同会員の姉崎曽恵子未亡
人（実業家・故姉崎礼吉氏の妻）が自宅の土蔵内にて斬殺され、今月十九日には同会での降霊
実験に霊媒として使役されて来た盲目の少女龍（姓不詳）が撲殺される悲劇があつたばかりで
既にして探偵小説的興味を引いてゐた

……………………

――たった数年前の出来事なのに、すでにかなり変色し、破れやすくなった新聞の切り抜きを折りたたむと、そっとポケットに収めた。階段を上り、廊下をめぐる。そこには表の道路に面した部屋々々の扉がうっそりと並んでいた。

私が《張ホテル》の住人となって、ずいぶん長い年月が過ぎたような気がしていた、むろん、そんなはずはないのだが、ここが本当に日本か、二十世紀の東京なのかと怪しまれるような風景の中にずっと身を置いていると、何だか時の流れが違ってきているような気がしてくるのだ。

名前からしてエキゾチックだが、窓の外に見えるのも瀟洒《しょうしゃ》で古風な洋館ばかりで、ごくまれに道を通りかかるのも異国人らしき人が目立つ。そのせいで、まるでヨーロッパの小都会か、中国の国際都市にまぎれこみ、そこの場末にある安宿に身をひそめているような錯覚に襲われる。まさに格好の隠れ家だ。

しかも、客を迎えてくれるのは美少年と評判のボーイで、まだ年若いのに全てを取りしきる彼以外に会う必要はないときては。もっとも、そんなに広く知られては隠れ家にならないわけだが。

ここを出て、その先の坂道を下っていっても、あの憂鬱で貧乏たらしい日本の家並みはもう見なくてすむのではないか。そんな気にさえなるのだが、あいにくそううまくは行かない。

ここには、東京市麻布区簞笥町六七という、れっきとした日本の番地が割り振られているし、電話番号も赤坂《あかさか》四八局の九六一で、ちっとも異国的ではない。

宿泊客も周辺にある公使館の関係者や、変わったところではソ連邦の通商代表部員のような西洋人、また戦うにしても商うにしても縁の深い中国人が大半とはいえ、日本人の高商教授もここを住居として滞在しているし、刺繡工芸協会なる団体の事務所には和服姿のご婦人たちが出入りしている。

だが……古風な鍵穴に古風な鍵を差し入れて扉を開くと、また夢の続きが始まる。おそろしく古びて、決して最高級とはいえない調度類も、遠国《おんごく》の孤愁を感じさせずにはおかない。この日本にあって自分自身であることから逃れ、若くして隠者のように生きたい私には、何もかもぴったりで、いっそこの客室に住み着きたいほどだった。

中でも珍しいのは洗面所だ。あいにくここからは木の衝立《ついたて》に囲われて見えないが、古風なはめこみの鏡の前の棚には琺瑯《ほうろう》引きの巨大な水入れが置かれ、トタン張りの台の上にはこれまで琺瑯引きの洗面器が据えてあった。今どき、どこの家にもありそうな水道の蛇口や陶器の洗面台が、このホテルにはないのだった。

だが、今さらそんな時代離れのした風情を楽しんでいる場合ではなかった。私は持参した原稿用紙をテーブルの上に広げた。それは、こんな書き出しによって始まっていた。

〈第一信未完〉――と書き終えてペンを置いたとき、私は覚えずホッとため息の出るのを禁じ得なかったものだ。

原稿用紙にして三十数枚と大した分量ではないが、牧逸馬・林不忘・谷譲次の三つのペンネームを使い分け、一晩に何本もの小説原稿を仕上げるという長谷川海太郎氏ならいざ知らず、私のような非力のものにはいささかくたびれる仕事であった。

私はついおのが作品に見入り、この部屋に長くとどまりすぎてしまった。いや、どんなにすみやかにここを立ち去ったとしても同じことで、そもそも今ここに忍び入ったこと自体がまちがいだった。

そのことを思い知らされたのは、私がテーブルを離れようと一歩後ずさった、そのときだった。

「困るね、ボーイ君」

やや鼻にかかった、だがよく通る声が鳴り響いたかと思うと、洗面所を覆う衝立の陰からスッと現われた影があった。六尺にやや欠けた長身、まだ四十手前と見える端整な容貌ながら、みごとに禿げ上がった頭と炯々《けいけい》と光る目が、何やら怪人めいた異形さを漂わせていた。

「留守と思って、勝手に私の部屋で勝手なことをされては……いくら泥棒とは逆にそんなものを置いて行こうとしたとしてもね。ふむ……」

怪人は大股に私のいるテーブルまで歩み寄ると、大きいが繊細そうな指先で私の書いた原稿をつまみ上げ、そこに並んだ文字の群れに視線を走らせた。次いで、その奥底知れない両眼がおもむろに私に向けられる。

「ボーイ君、君が『悪霊』の真の書き手……いやむしろ、君こそが悪霊だったんだね」
《張ホテル》の怪人――江戸川乱歩は静かに、だが確信に満ちて私に言うのだった。

＊

そのころ私は家を外にして放浪していることが多かったのだが、その市内放浪中、最も長く滞在したのは、町名を忘れたが、そのころの麻布区に、欧洲小国の公使館などがかたまっている区域があり、チェコスロヴァキア国の公使館のすぐそばに、中国人の経営する張ホテルという木造二階建て洋館の小さなホテルがあった。行きずりにそのホテルに気づき、いかにもエキゾチックな感じがしたので、入って「日本人でも泊めてくれるか」と訊ねると、美少年の日本人ボーイが出て来て、外国人ばかり扱いなれているらしい言葉使いで、私もまるで外国人であるかのような応対ぶりで、二階の道路に面した一室へ案内してくれた。

異国人の体臭の漂っている古風な廉っぽい洋室であった。模様のある壁紙は色あせて、ところどころにシミがあり、ベッドも古くさい鉄製のもので、そのそばにおいてあるテーブルや椅子も、いかにも西洋の安宿の調度という感じ、部屋のまん中に、鋳物《いもの》の石炭ストーブが据えてあり、鉄板の煙突が、天井を横切って、窓の上から外に突き出していた。……なんだかヨーロッパの片田舎の、安宿へでも泊ったような感じで、東京にもこんな不思議なホテルがあったのかと、私はすっかり気にいってしまった。

部屋に入ってボーイにいろいろ訊ねて見ると、客はヨーロッパ人とシナ人と半々ぐらいで、日本人は殆んど泊らないということであった。また一泊の客は少なく、一週間とか一月とか滞在する人が多いともいった。その辺にある小国の公使館の下級館員や外来の外国人が利用する西洋下宿のようなものかと想像された。……

そこで、私は適当な前金を払って、その部屋に一と月ばかり滞在することにした。西洋を放浪して、名も知れぬ場末《ばすえ》の安宿に滞在するという錯覚を楽しむ気持であった。そういうホテルだから、玄関にホールがあるわけでもなく、フロントらしいものがあるわけでもない。恐らく西洋人が住んでいた住宅をホテルに改造して、それからまた長《なが》の年月《としつき》がたったものであろう。宿泊料その他の交渉は、すべて美少年の日本人ボーイを、呼鈴《よびりん》で部屋に呼んでやることになっていた。……

これはまだ「悪霊」休載中のことなので、私はそこでつづきを書くつもりだった。それが私の家庭への口実ともなった。しかし、テーブルに原稿紙を置いて、何か書いたことは書いたが、物にはならなかった。結局何もしないで、半月ほどをそこで過したのである。

——江戸川乱歩『探偵小説四十年』「張ホテルのこと」より

私が最初に「悪霊」の原稿――むしろ草稿というべきものだったが――を受け取ったのは、昭和八年の夏のころであったか、「新青年」編集長水谷準君の度重なる懇請に負けて、というよりおだてに乗せられる形で、同誌には久々の、本格的の探偵小説としては人生初となる長編連載を引き受けてしばらく後のことだった。

乗せられた私も悪いのだが、その頃横溝正史《よこみぞせいし》君に教えられて読み始めていた英米の新しい長編本格物に影響され、これが今後の主流となるからには自分も書かねば、いや何としても先陣を切らねばという思いに駆られていたこともあり、つい引き受けてしまった。

そうなると、新青年編集部のみならず博文館はあげて大喜びだし、巻末の編輯だよりをはじめとしていやがうえにも読者を煽りたてる予告文を掲載するしで、私の気負いは頂点に達し、と同時に自信はどん底にまで落ち込んだ。編集部や読者諸君からの期待はやがて責め苦と化し、執筆はますますにっちもさっちも行かなくなった。

そんなさなか、博文館の名入り封筒で届けられたのが、あの「発表者の附記」に始まる「悪霊」の原稿だったのである。よもや勘違いはされてないと思うが、あそこで失業者N某から革表紙に綴じられた書翰集を売りつけられたのは私すなわち江戸川乱歩ではない。そして、私のもとに届けられたのはそれらの手紙から書き写された原稿用紙の束であった。いきなり小説原稿を送りつけられることは珍しくなく、これはと思うものにめぐりあうことはほぼ皆無だったのだが、このとき少し違っていたことには、同封された手紙には見慣れぬ筆跡ながら、水谷編集長の代筆として次のような驚くべきことが書いてあった。

これは、当編集部に匿名で送りつけられてきた原稿であり、一読してみると非常に謎めいた内容で、ネットリした文体もなかなかに蠱惑的《こわくてき》だ。ただ結末はついておらず、いずれ素人作者が調子よくかき出したものの、後が続かずに投げ出したものと思われたが、作者本人の弁によるとそうではないらしい。これを当代の探偵小説家氏に謎解きの問題として提供し、是非その真相を暴いてほしいというのだ。

またこれを素材として、自由に書き直すも可という。今回の連載、大変に苦吟しておられるようだが、一つの試みとしてこの匿名作者の挑戦に応じてみられてはいかがだろうか。後日もし、この作者が何らかの故障を申し立ててきたとしても、その対処は全て当社が責任をもって行ない、そちらには迷惑のかからないようにする——と。

最初は何の冗談かと思った。そんな得体の知れないものに頼らずとも一から作品を書いて見せると強がった。だが日が過ぎても斬新な構想は一向に思い浮かばず、原稿用紙の升目は一つも埋まらなかった。

思えば、私は書かない、書けないということを自分に許し過ぎてきた。あの新潮社の「新作探偵小説全集」のときも、連載では書けない純本格物を書き下ろしで世に問う絶好のチャンスでありながら、最初から旧友の岡戸武平《おかどぶへい》君に代作を頼んで『蠢く触手』などというグロ趣味の珍作でお茶を濁した。どうせ他の作家も同じようなものだろうと考えていたら、甲賀三郎《こうがさぶろう》君はどこかの温泉場に立てこもって、題名が新聞見出しに流用されるまでになった評判作『姿なき怪盗』を書き上げるし、浜尾四郎《はまおしろう》君はヴァン・ダインに挑戦した『殺人鬼』をしのぐ傑作を書かねばと傍目にもわかるほど消耗したあげくに『鉄鎖殺人事件』という軽妙洒脱な快作をものにした。横溝正史君の『呪いの塔』も、編集者との兼業から作家一本の生活に乗り出そうとする門出にふさわしい力作であった。

そうだ、これは私を最もよく知る横溝君からの挑戦、もしくは激励ではないかと半ば本気で考えた。当の彼は作家専業となって一年もたたないうちに大喀血し、正木不如丘《まさきふじょきゅう》博士の富士見《ふじみ》高原療養所に入院し、いったんは帰京したものの、本格的な長期療養が必要と宣告されて、いずれにせよ書きたくても書けない立場にある。

いくらでも書く場があり、そのための健康にも恵まれている自分とはまさに正反対なのには恥じ入るばかりだ。しかも、まだ世間の知るところではないが、私には自分が書けないことを理由に、横溝君の短編を「犯罪を猟る男」「あ・てる・てえる・ふいるむ」「角男」と三度にわたり自分の名義で発表したことがある。むろん彼自身からの提案あってのことではあったが。

そう考えると、ますますこの「悪霊」を無視し去るに忍びず、よし、それならば、この見えない相手——それがたとえ横溝君ではないにしても——に、探偵小説家として挑んでみようではないかと思ったのであった。

そう思い直し、あらためて読んでみてハッとさせられた。この作品中に秘められた大仕掛けに気づいたのである。それは海外作品に前例はあるものの、手紙という形を取ったのは前代未聞であるはずだということだった。しかも先行作品で、このトリックが作中の日記ないし手記において用いられたのに比べると、はるかに理にかなっているうえに、読者に対してフェアでもあることにも気づかされた。

この匿名の作者は、そのことを意識しつつ書いたのであろうか。恐らくそうに違いないが、ことによったらたまたまそんな書き方になったのを、私が勝手にそう解釈してしまい、作者の思いもよらないトリックが用いられたものと興奮しているだけかもしれない。後者ならばそのトリックは私の独創ということになるし、前者だとしてもこのままでは埋もれてしまう趣向を世に出すのは悪いことではないはずだと勝手に考えた。

こうして、その年の十一月号から連載が始まった。最初は原稿そのままを私の方で書き写し、そのまま提出すれば良いのだから楽なものである。そのうちに自然と解決が思いつくだろうと一時は本気に考えていた。何しろメイン・トリックについてはこうに違いないという見当がついており、それだけでも必ず読者の度肝を抜く自信があった。

しかし蓋を開けてみると、そこに至らぬ前から予想外の大反響である。一文字も私の創作でないものが、そのような評判を取ったことは私自身への期待のなせるわざとはいいながら、甚《はなは》だ複雑な思いを抱かないわけにはいかず、それをはねのけるためには私自身の解決編でもってそれ以上の評価を得ねばならないという思いに陥って、ますます苦しみの種となった。

加えて、大いなる問題があった。この「悪霊」において犯人は誰かはわかっている。だが、彼もしくは彼女がいかにして最初の殺人が行なわれた土蔵を密室にすることができたか、いかにして姉崎未亡人にあの不可解な傷を負わしめたか、降霊会やそれ以降の事件も同一人のしわざだとしてその方法は？　そもそも、あれだけの兇行をなすに至った動機は何なのか、まるで見当もつかないのである。

さらには、あの描写も凄惨な、箱車とでもいうべきものに乗った乞食の登場する意味、そしてあの奇妙な記号の正体とそれが指し示す意味がどうしてもわからない。犯人があの人物であることは明白だとして、それらが不明のままでは解決篇の書きようがないのである。いや、この二つについては小説家としての想像力が及ばぬではなかった。ただ、それがあまりにおぞましく恐ろしいがゆえに書くことができないのだ。

こうして——おそらく誰に打ち明けようもなければ理解してもらいようもない事情からの逡巡もあって——「悪霊」は三回にして行き詰まり、私は日々逃げ惑う罪人のような気持ちで日々を過ごした。一月遅れで「キング」で始まった『妖虫』、二月あとの昭和九年一月号から「講談倶楽部」で始まった『人間豹』、同じく「日の出」の『黒蜥蜴《くろとかげ》』は通俗ものとはいいながら、いつもよりずっとよどみなく書き進めることができたのは、これらを書いているうちは「悪霊」の呪縛から逃れられる気がしていたからかもしれない。

もっとも、読者待望の本格探偵小説——甲賀三郎君の命名によれば——をなげうって、猟奇残虐と痛快活劇のスリラーは順調に執筆ということになれば、それはそれで反発を買うに違いなかった。とりわけ水谷準君の怒りと失望が私には恐ろしかった。

何としても「悪霊」を書き継がねばならなかった。何度も元の原稿を読み返し、これが「新青年」編集部に届けられたときの添え手紙にも目を通し直した。そして私は、それが

《TOKYO AZABU / CHŌ HOTEL》の名入り便箋に記されていることを知ったのである。

張ホテルのことは、以前通りすがりに見かけて知っていた。近くの市兵衛町には永井荷風《ながいかふう》氏の住まう偏奇館があり、また同氏が好んで泊まるという山形《やまがた》ホテルがあって、そちらをのぞいての途次《とじ》のことであったと記憶している。そのとき、洋画から抜け出てきたような制服も美々しく、もぎたての果実のようにつやつやしい頬をしたボーイと出くわし、視線が合ったような気がしたのを覚えている。

せっかく車町《くるまちょう》八番地に見つけた土蔵付きの広壮な借家に引っ越し、家具も内装も自分好みの特注で飾り立てた直後というのに、早くも市中放浪の願望にかられてホテルを探したのにはわけがあった。江戸の昔に風光明媚さをたたえられたのとは打って変わり、家のすぐ横には京浜《けいひん》国道に続く一号幹線道路が通っていて自動車の往来激しく、市電市バスに青バス走り、その向こう側には東海道《とうかいどう》線・横須賀《よこすか》線・山手《やまのて》線の列車がひっきりなしに轟音をたてて、とても安眠できない状態だったからだ。

その張ホテルに、かすかながら手掛かりがあるとすれば、これは願ってもないことだ。私は妻子と母を喧騒に満ちた車町の自宅に残し、たとえ水谷君から問い合わせがあっても知らせぬようにと言い置いて、身一つでそこの客になりに行ったのだった——心ひそかに、あの美少年のボーイと再会できることを期待しつつ。

その願いはかなえられた。不思議なことに、この異国風のホテルはたった一人のボーイによって全て差配されているようであって、ほかの従業員はいないようにさえ思われた。ことによったら、この美少年こそが張ホテルの支配人であり、それどころかオーナーでさえあって、お店屋ごっこのように接客を楽しんでいるのではないかとさえ思われた。

食堂はないので、食事は彼が部屋まで運んでくれ、私が食べる間は給仕役としてじっとそばに立っていてくれた。最初は何だかどぎまぎしたが、しだいに慣れて言葉を交わすようになり、しまいには彼をこっそり連れ出して、いっしょに少女歌劇を見に行ったりした。

さらに外聞をはばかることだが、彼とはドライヴさえ楽しんだ。彼はまだ若いのに運転免許証を持っていて、ホテルの自動車を持ち出して東京市中や郊外を走り回った。なぜ、はばかられるかというと、その際に車町の自宅近くを走ったことがあったからだ。

日ごろあれだけ騒音に悩まされた一号幹線は、行き交う自動車の数が多ければ多いほどスリリングで軽快で、並走する電車汽車までもが美しく愉快にさえ感じられる。その途次にわが家を見かけ、しかも玄関前に家族らしき人影を見かけたとき、何とも言えない後ろめたさを感じた。

ひょっとして妻の隆子《りゅうこ》たちから、助手席でだらしなく相好を崩した姿を見られたろうか。いやまさか、このスピードでは気づかれるはずがない——そんなことを思ううちに、家も家族もみるみる遠ざかり、視界を占めるのはハンドルを握るボーイの横顔ばかりとなった。

そんな少年に、何かしら風変わりな、いっそ異様なものを感じないではなかった。だが、そのことを追究するには、私は隠遁《いんとん》生活の罪深さを楽しむ心と、編集子の期待に万に一つも応えられまいかと望む苦しみに引き裂かれすぎていた。

だが、ついにそのときは来た。

私が「悪霊」の中の「私」——すなわち目の前で微笑む、〝美少年の日本人ボーイ〟と相対するときが。

*

ちょうど、このホテルでの食事時のようにテーブルのかたわらに立つ私に見下ろされながら、江戸川乱歩氏は新たに持参した原稿に読みふけった。

「これはひょっとして」江戸川乱歩氏は言った。『悪霊』の各書翰——いやむしろ、連載された各回の間に挿入されるべきものではないのかね。最初の同潤会アパートを訪ねるくだりは第二回、次の自宅で寝過ごしたあと夕刊で大阪の火事の記事を読むところは第三回、そして帝国図書館での一幕は、まだ掲載されていない新宿園の迷宮パノラマ館での事件の手前にね」

「そういうことです。でも先生が、せっかくお送りした原稿の続きを発表してくださらないものですから、そのあとがまだ書けずにいるのですよ」

「どういうことかね」乱歩氏の細い目が大きく見開かれた。「つまり、これらは全て君が書いた、と。しかも『悪霊』が雑誌連載されるのと同時並行し、その合間を縫うようにして書いている、とでも言うのかね」

「その通りです」私は答えた。「正確には、姉崎曽恵子殺しに端を発し、心霊研究会をめぐって起きた連続殺人から四年を隔ててのことですけれどね。あのおぞましい惨劇の記憶も、いくぶん薄れかけた今になって、思いがけず事件の関係者が克明に書き記した記録が世に現われた。ちなみにその現物がこれですけれどね」

私は「発表者の附記」に描写した通りの書翰綴りを、テーブルに置いた。あわててその中身を確かめる乱歩氏に、私は微笑みかけながら、

「大丈夫、その中身自体は一字一句変えていませんよ。何しろそうしないことにこそ意味があったのですから」

そう保証したものの、乱歩氏にはどうしても確認しないではいられない個所があるようだった。私はそばからのぞきこみながら、

（案の定、蔵の錠前を検分するくだりと乞食の証言を取るくだりか。うん、やはり見込んだだけのことはあった）

などと思う間もなく顔をあげた乱歩氏は、

「成程……つまり君は、この書翰集を世に出し、私に探偵小説として発表させることで、この中のある人物を犯人として指名させようとしたんだね」

「これはご明察……そういうことです。この手紙の中にまさしくその手がかりが記されており、しかもその犯人が意外きわまることに気づいた時には小躍りしたものですよ」

「ならどうして、自分でその推理を発表しなかったんだね？」

乱歩氏が疑い深げに訊く。私は頭をかいてみせながら、

「そりゃあ、何年も前に迷宮入りした事件について、今さら私のような一人前の大人とは認められないような若造が何を主張しても、信じてもらえるはずがないじゃありませんか。ここは何としても、当代一の探偵小説家自らの推理でもって、隠された真犯人にたどり着いてほしかったし、だとしたらそれは乱歩先生以外に考えられなかったのです」

するのと乱歩氏は呆れたように、

「実にどうも、買いかぶられたもんだね……いや、待ちたまえよ。すると『悪霊』のもとになった原稿を送ってきたのは『新青年』の編集部ではなく、君自身だったのか。編集長

の水谷君の代筆だという手紙も、すると真っ赤な嘘か」

「その通りです。博文館の封筒を手に入れるのはそんなに難しくはありませんでしたしね」

「驚いたな。いま言ったようなあやふやな思惑のために、こんな手の込んだことをしたのか」

「それしか方法がなかったものですからね。そんなことより、先生がたどり着いた犯人の名は——？」

私は一気にたたみかけた。

「それは」

江戸川乱歩氏は目を見開いた。ちょっとの間だけ躊躇したように唇を動かしてから、

「犯人は……祖父江進一、すなわち、これらの手紙の書き手だよ」

「そもそも、この往復書翰——と言ってもその一方しか残されていないわけだがこれらの行間から漂う異様さは、れっきとした成人男子同士のやり取りでありながら、何やら一方が一方をかきくどき、気を引こうとし、またつれない素振りを見せては機嫌を直したりして、男女の中でもそうそう見られない関係を見せつけている点にある。この二人の関係の

本当のところはわからないが、三日とあげずに交わされる手紙のやり取りが、彼らの精神的紐帯となっていることは疑いないだろう。

　そこへ突発した、いかにも猟奇的な犯罪は彼らの格好のご馳走というか遊び道具になった。手紙の中に『子供の絵探しじゃあるまいし』という言葉が出てくるが、この二人は手紙を通じ、一方が一方に謎解き遊びを持ちかけ、問題を出すことで、ともすれば共通の話題を欠きがちな男二人の文通に彩りを加え、相手の歓心を買おうとしたのだ。

　事件の発生は昭和四年九月二十三日、このことが祖父江氏からの第一信に書かれたのは十月二十日、第二信は九月二十五日に行なわれた姉崎未亡人の仮葬儀の報告から書き出され、次いで二十七日の心霊研究会例会での出来事を描くが、手紙の日付は十月二十二日。一か月弱も間をあけてからの執筆となったのは、やはり十九日の新宿園での龍ちゃん殺しの衝撃がきっかけとなったからだろう。だのに、そこから書き出さずに姉崎未亡人殺しから説き起こした事実からは、これが二人にとってのひそやかな知的ゲームであることがうかがわれる。もっともその安定はあとで崩れてしまうことになるのだけれどね。

　だが、ここで奇妙なことに気づく。謎解きゲームであるからには、出題者が正解を知ったうえで解答者に問題を問いかけるのが普通だが、もちろん第一信を書いた時点ではもちろん、それ以降も一連の事件はちゃんとは決着はしていない。もちろん出題者も事件の真相を知らぬまま問題を投げかけて、あとで全てが解決したとき答え合わせをするということもあるだろうが、この二人のやり取りからは、もっと濃厚な挑戦めいたものを感じずにはいられない。だとしたら……問題となった殺人事件そのものが出題者祖父江氏の手になるものであったとしたらどうだろう。

　そう思って読み直してみると興味深い個所にぶつかる。それは例の惨い姿をした乞食を尋問する場面で、

「では、おひる過ぎから夕方までの間に、あの門を出入りした人を見なかったか。ここにいる女中さんと、この男の人の外にだよ」

　という綿貫検事の質問に対し、乞食はともに黒の洋服に黒のソフト帽の中年紳士、そのあとに紫矢絣の着物に庇髪の二百三高地という姿の若い美女が通ったと証言するのだが、検事の訊き方のせいで〝この男の人〟すなわち祖父江氏自身が嫌疑の外に出てしまった。かりに彼が表向き姉崎家を訪れた以前に現場に出入りし、それを乞食が目撃していたとしても、アアそれについては言わなくていいのだなと思わせてしまったかもしれないのだ。

　そして、祖父江記者の行動には不審がある。たとえば……そう、ここだ。

だが僕は錠前の鉄板の表面の埃が、一部分乱れているのを見逃がさなかった。それは極く最近、誰かが扉を開けて又閉めたことを示すものではないだろうか。僕はふと夫人が第三者の為に土蔵の中へとじこめられているという想像に脅されて、錠前の鍵を持って来る様に頼んだが、女中はそのありかを知らなかった。

というのだが、錠前をこじ開けようとするどころか、触れようとさえしていない。ふつうなら、本当に外れないかどうか確かめてみそうなものじゃないか。なのにそうはしていないのは、まるで証拠保全を最初から考えていたかのようで、ということは中で殺人事件が起きていたことを予知していたように思える。たまたま蔵の二階の窓が一つだけ開いていたので、梯子を使ってそこからのぞいて死体を発見したというのも都合がよすぎるが、まぁそれは疑い過ぎかもしれない。だが、何より奇妙なのは、

やがてその紛失した鍵が実に奇妙なことには、未亡人の死体の下から発見された。

とだけ記されて、具体的な手順が書かれていないことだ。まるで、蔵の扉が開くとともに

に中になだれこんだ彼自身が、混乱にまぎれて鍵を死体の下に押しこんだ可能性とも矛盾しないよう留意したかのようにね。

もっとも土蔵の密室が、そのような早業でもって構成されたとは限らない。駆けつけた捜査陣は錠前には触れず、扉の金具を撃ち毀すことによってこれを開くことに成功したわけだが、もしこれも祖父江氏の示唆によるものだったとしたらどうだ。そして、土蔵の扉が、錠前ではなく金具を外すことによって（ふだん人の近寄らない場所なのだから、事前に工作しておくこともできたはずだ）開かれ、また元に戻すことで密室が構成されたのだとしたら、警察関係者にすすめて金具を破壊させることは、まさに犯行の痕跡隠滅になりはしないだろうか。まあ、これはここでいたずらに空想をめぐらしても詮ないことだ。

もし姉崎曽恵子殺しの犯人が祖父江進一だとすれば、その前後に姉崎邸に現われた中年紳士と紫矢絣の女は何者で、何の目的あってのことだったかということになるが、今はその点には触れずにおこう。とにかくそう仮定するなら、当然その四日後の降霊会における『織江さん』の予言は、彼の仕業ということになる。霊媒の龍ちゃんに薬を飲ませるとかして失神させ、少なくとも声を出せないようにしておいて、彼女が横たわった長椅子の下にでもラウド・スピーカーをひそませておく。そこへ隠しマイクロフォンから声を送るか、あるいは最近は口述用蠟管録音機《ディクタフォン》のような便利な装置もあるから、それを用いると言う手もある。

黒川夫人の証言にあった、未亡人殺しの二日前の晩、龍ちゃんが『突然トランスになって、誰か女の人がむごたらしい死に方をするって』と予言したというのも同様のトリックだろう。二人が同室にいるときを窓越しに見計らい、戸外からその部屋にしかけた受話装置に声を送る。龍ちゃんの服にスピーカーをひそませることができれば上々だが、そのためには無線装置が必要だ。これはどう考えても海野十三君の領分だが、私の全集月報の掌編募集で入選した蘭郁二郎《らんいくじろう》君も電気科の出身というから。彼から聞く手もあるな。

それはともかくとして、そんな二十世紀流腹話術マジックの目的は、姉崎未亡人に続いて殺害することを企図した心霊研究会の面々を怯えあがらせるためで、その一員である盲目の霊媒少女も同じ運命のもとにあった。もう一つ、自分にはまるで覚えのない予言をしたことを明かされては困るゆえの口封じの意味もあったかもしれない。いくらトランス状態といっても、自分が何を言ったか言わなかったかは覚えているかもしれないし、ましてふだんとは違い、薬でもたらされたものである場合にはね。そう、龍ちゃんは黒川鞠子嬢とまちがわれて殺されたのではなく、最初から彼女が標的となっていたのだ。

では、龍ちゃん殺しは祖父江記者にとって可能であったか。あのとき彼は出先から戻ったところを社会部の同僚記者に連れられて新宿園に向かったことになっているが、その出先こそは兇行の場である新宿園内迷宮パノラマ館ではなかったか。そこで龍ちゃんを殺した彼は社に取って返し、そのあと初めて行くような顔をして同じ場所を訪れた。それが証拠に、彼は誰もが迷う迷路をやすやすと抜けて検事と同僚の社会部記者を驚かせたが、それはすでに一度同じ迷路を体験していたからではなかったか。

そして、そのあとの黒川博士と妖怪学者こと熊浦氏の二重殺人については夜中のことでもあり、格別アリバイ工作の必要もない。両人とも中野の住人であり、熊浦氏は現場に程近い中野八幡神社周辺に住まいを持っているのだから、おそらく彼の名を騙って黒川博士を、熊浦氏には博士を名乗って神社の森あたりに呼び出しをかけ、二人そろったところをまとめて始末したのだろう。あとはリアカーでも自動車でもかまわない、何か車で川まで運び、捨てられた舟に放りこんだというわけだ。

ここで謎なのは、なぜ黒川博士ともあろう人が、紫矢絣の着物に庇髪のかつらなどという艶やかな女装姿でいたかということだが、それはおそらく彼の少年時代の憧れであり、長じては自らその姿になって折々に楽しんでいたのではないか。そのことは祖父江記者の記述に明らかで、もともと声や物腰が女のようだとか生徒から女形役者にちなむあだ名をつけられたとか、矢絣の女の話題が出ると顔を赤らめたとか、かなり露骨に暗示してある。妖怪学者の熊浦氏が『黒川夫人は自分が若いときに着た紫矢絣の着物を簞笥の底にしまっている』という旨の証言をしたことが、ことさらのように記録されているのも、その一環と言えるだろう。

そうなってみると、熊浦氏が八幡神社の森で目撃した矢絣の女の正体も明らかだ。博士はひそやかな変身だけでは満足できず、ときどきは夜陰に紛れて外に出、徘徊することがあった。それを同じ中野の住人である妖怪学者に見られてしまったのだ。見られただけでなく、正体まで知られたのかもしれない。そのあげく関係を持つに至ったという可能性も……いや、そこまで考えてしまうのは、ことさらにセンセーショナルな同性心中を偽装した犯人の思う壺かもしれないね。

同性心中が実は二重殺人であったのなら、どうして博士はあんな格好をしていたのか。死後、着せられたとも考えられるが、それも面倒な話だから、黒川博士には熊浦氏と偽りつつ『例の女装で来い』と脅しをかけたのだろう。

ともあれ、そうしたことを考えれば、未亡人殺しの際に姉崎邸に現われた謎の女と紳士の正体も見えてくる。黒川博士が未亡人とどういう関係にあり、何のためにそんな姿を周辺にふりまいたか。最終的に毛むくじゃらの妖怪学者と心中まがいの最期をとげた事実とは反して、女装しつつもその交渉相手は異性であったのかもしれない。

だとすれば、未亡人を中心とした心霊研究会の人間関係のグロテスクさは尋常一様のものではなく、それを清算しようとするのが、一連の殺人事件であったかもしれないが、たかだか何通かの手紙だけではわからないことばかりだ。いわゆる作家的想像によって彼らの間に展開された愛欲劇をあえて埋めることはできなくもない……だが、それよりはるかに重要なことがほかにある。

祖父江進一は、なぜ自らの犯罪記録を友人に手紙形式で書き送ったのか？　それも真実のあからさまな告白ではなく、素知らぬふりの事件報告として……いや、素知らぬふりではないね。そこここに自分こそが犯人であるという痕跡を忍ばせていたわけだが、その真意は明らかだ。祖父江はある種の恋着関係でもって結ばれている岩井坦なる人物に、それとはわからない形でおのが罪の懺悔告白をし、彼自身の頭で見抜いてほしかったのだ。彼のペンでもって殺人者だと告発してほしかったのだ。

祖父江は、あるいは姉崎曽恵子未亡人と特殊な関係を持ち、それを断ち切るために彼女を惨殺したのかもしれない。そして、あろうことか女性に心を寄せた裏切りの懺悔告白として、あの手紙を書いたのだとすれば、心理的には十分に納得できる——ということだ」

「いや……さすがです、乱歩先生」

こんな時代離れ、日本離れした屋敷町にも、世俗の喧騒はかすかながら伝わってくる。

それがまたハタと止むのを待ってから、私は心底感に堪えつつ口を開いた。

「日本の探偵小説家、いや広く文学者芸術家に範囲を広げても、この趣向を理解していただけるのは、あなただけだと確信しており、それでもまだ一抹の不安はあったのですけれど、それは全く杞憂に過ぎませんでした。

そう……乱歩先生こそは語りの、そして騙りの達人でした。デビュー作の『二銭銅貨』からしてそうでした。評判作『陰獣』では作者ご自身――いや、世間が江戸川乱歩という作家に対して抱いている幻影を巧みに利用されましたし、大衆読者の大向こう受けのみを狙ったと誤解されがちな『黄金仮面』では、読者には共有されているものの、全く別の作家の手になる作品世界と主人公を自作に接ぎ木するという離れ技を見せてくださいました。『何者』も、名探偵明智小五郎ものであること自体が驚きの種に使ってありましたね。

そんな虚実――というよりは作品内世界とそれを読む外側とを自在に行き来する先生であればこそ、事件について詳細に報告している手紙の書き手こそが犯人であるという前代未聞のトリックに気づいていただけたのです。ありがとうございます。そしておめでとうございます。このトリックを使う権利は先生のものです。どうか『悪霊』が再開されての完結編ではこれを披露し、満天下の読者のみならず、全世界の探偵小説愛好家の度肝を抜いてやってください。

そう……とりあえずは新しいコーヒーをどうぞ」

私は銀色のポットを取り上げると、この偉大な作家が好むであろう無邪気で真摯な少年の笑顔をふりまきながら言った。

「いや」

江戸川乱歩氏は、その長大な頭部を静かに振った。

「そんなにほめていただくには及ばないよ。確かにこの推理には絶対の自信があった。だが、それも君と、君が冒頭の部分に加えて新たに書き下ろした『発表者の附記』を知るまでのことだ。……ああ、コーヒーはいただくとするよ。とにかく今となっては、これまで話した推理は全て無しだ。もともと不完全なものではあったしね」

「これはご謙遜を」私は言った。「いささか辛辣になるのをお許しいただければ、確かにおっしゃる通りかもしれませんね」

「そうとも、ボーイ君」

乱歩氏のよく光る目が、射すくめるように私を見つめた。

「何しろ、『悪霊』において最も猟奇的であり、最も難解でもある四つの謎――あの奇怪な箱車のような記号の意味と、それに乗った乞食の存在意義、そして未亡人が負った不可解な傷の理由と土蔵密室のトリックについて、私はまだ何も語っていないのだからね」

「そして、ここに立つこのボーイの正体についてもね」

私は、いささか小悪魔的な微笑を向けつつ言った。


「一度は完全に終わった事件だった。この書翰集のあとの方にも記してあるが、黒川博士と熊浦氏の怪死事件によって捜査はまた紛糾したが、結局関係者のほとんどが死に絶え、残ったものもアリバイが成立したり、嫌疑を固めるに至らなかったりして、結局迷宮入りとなったのは、私自身の記憶にもうっすらとある……」

私の心づくしからなるコーヒーを味わうと、江戸川乱歩氏はまた語り始めた。

「だが、それがにわかによみがえったのは、君が妙に小説家めかして冒頭に書いた『発表者の附記』にあるように、中年の失業者N某が、過去の事件について祖父江進一記者が記した手紙の綴りを、ほかならぬ君のところに売りつけに来たのに始まる。先に言ってしまえば、そのN某というのはこれらの書翰のまさに受取人である岩井坦氏だろう。『坦』という字は名前ならば『たいら』『ひろし』などと読むことが多いが、似た『担』という字もあるし、『になう』が本来の正しい読み方なのかもしれない。まぁ一度きりしか使わない偽名のことだからつけ方は自由だろう。

大阪住まいの岩井氏は、そのボヘミアン的芸術気質もあって金銭的に行き詰まり、町はずれの原っぱのアトリエという名の、その実バラック暮らしも維持できないほどに窮迫していた。いや、そもそもそんなところに庵を結んだこと自体、金に困っていた結果だった。

ついに万策尽きた彼は、いちかばちかと有り金を汽車の切符に換え、かつて過ごした東京にやってきて、思いつく限りの無心先を巡った。当然最初に訪ねるべきは、かつての友人ないし愛人である祖父江進一だが、その結果ははかばかしくなかったか、それともあえて会わなかったのか。売り物が彼からの手紙だけとあっては、当然そうもなるだろう。

そんな中で、おそらく唯一成功したのが、祖父江書翰に描かれた昭和四年の殺人事件の関係者宅だった。その関係者、むろん君のことだが、彼はまさかそんな手紙が書かれ、しかもご丁寧に残されていたなどとは知らないから、最初は冷たくあしらったものの、あまりしつこいので最終的には買い取った。そのあと初めて、その内容の危険さに気づいてN某の行方を捜したが、とうとう取り逃がしてしまった——これが『悪霊』第二部の幕開きとなった。

岩井坦は自分が誰を相手としているのか知っていたのか、おそらく、自分がどれだけ危険なことをしているかわかっていなかったのではないか。どちらにせよ、問題の書翰集は君にあの事件のことを思い出させ、あのときはまだ知らなかった処刑すべき罪人に気づかせてしまった。

まずは祖父江進一。姉崎未亡人殺しの単なる第一発見者であり、彼女とは心霊研究会の仲間に過ぎなかった彼が、これほど深く事件にかかわり、克明な記録を残していたとは知らなかった。しかも、あの惨劇また惨劇を謎解き遊びのように扱い、どうも尋常な感情とは思われない関係にある同性からの歓心を買う道具に使っている。

そのこと自体許せなかったし、彼のもとには岩井坦からの返事の手紙も残されているだろう。もしその中に事件の真相に触れたものがあったとしたら——そこで君は祖父江の住む清砂通アパートメントハウスを訪ねた。それ以降のことは、君の『附記』に英国のクリスチィ女史ばりの意地悪な省略を利かせつつ記されている。

君は祖父江の部屋をノックし、不幸にも在宅していた彼が顔を出したとたん、ドア越しに一撃を加え、室内に入りこむや否やあっさりと彼を殺害した。おそらく名乗るまでもなく、相手が君の正体に気づいた様子を見せたからだろう。刺殺が手っ取り早いが血痕が残ってもいけないから、撲殺か絞殺だろうか。念のため、

『……祖父江さん？』

と声をかけてみたが、相手はもはや息絶えて返事はなかった。ふと見るとドアが『こちら側』に向かって、ほんの少し開いている。一見、これは廊下側から見た描写のようだが、今和次郎《こんわじろう》氏の『新版大東京案内』に載っていた図面では、同潤会アパートのドアは確か内

開きだったはず。ということは、これは君がすでに室内に闖入《ちんにゅう》したあとであることを示している。

そもそも、ドアをノックしてから扉が開いていたことに気づいたというのが変じゃないか。つまりノックをしてから『祖父江さん？』と声をかけるまでは一連なりの時間のように見えて、実は間に人ひとりを殺す大仕事がはさまっていたのさ。

それを終えたあと、君はドアがきちんと閉じていないことに気づいた。近隣の住民などにヒョイとのぞきこまれてはまた手数が増えるというので、ノブに手をかけようとして、祖父江の死体に足先を引っかけてオットットと前につんのめってしまった。

若いだけあって、すぐに体勢を取り直し、さて室内の物色に取りかかる。目指すは岩井からの手紙だが、それはどうやら見つかったようだ。一瞬のこととはいえ、人ひとりを殺した格闘のあとをとどめた椅子の位置を直し、床に転がった鉛筆を拾い上げるなどした。そしてそのあと、荷物すなわち死体のありさまを確認し、大きさからして同潤会アパートならではのダストシュウトが使えないのを残念がり、かつコソ泥と間違われて騒がれないよう気をつけながら、すでに暗くなった戸外へと運び下ろした。

筋骨隆々の大男でもない君にはなかなか大変な仕事だったろうが、そのあとは自動車でどこかへと運び去った。死体搬出の方法はそれしかないし、君ならば個人的に使用できる車両を持っているのだからね。現に私をドライヴに連れ出してくれたように……。

次は岩井坦だ。何と言っても祖父江からの手紙を持ちこんできた張本人であるからには生かしておけず、過去の事件を蒸し返した報いを受けなければならない人物である。まして祖父江の死、表向きには失踪が彼に伝われば、当然君に疑いを抱くだろう。となれば速やかに口を封じる必要があり、そのためには前回の白河町より少し足を延ばさねばならなかった。祖父江宅で見つかった岩井からの最新の手紙によれば、彼の住まいは大阪市のはずれ、川沿いの原っぱの中にアトリエと称した掘っ立て小屋を建てて住んでいるらしい。その場所を地図で調べてみて君はきっとほくそ笑んだことだろう。

君自身が記した通り、大阪までは超特急燕でも八時間二十分。簡単に往復できるものではないが、飛行機を使えばわずか二時間半で着いてしまうのだ。ここはホテルだから観光案内や時刻表の類には事欠かないが、その一つに載っている日本航空輸送の運航一覧から抜き出せば、

東京発午前7時0分　　大阪着午前9時30分
　　午後0時30分　　　　午後3時0分
大阪発午前9時50分　　東京着午後0時10分

午後0時30分　午後2時50分

ということになって、当日は早朝散歩でもするふりをして近所の人たちにわざと目撃されたあと、羽田《はねだ》飛行場に駆けつけて午前七時発福岡経由大連行きの旅客機に乗り込む。大阪で降り立つのは木津川《きづがわ》飛行場だが、ここはその名の通り木津川と木津川運河に挟まれた三角地帯に造成されている。木津川の向かい側が西成区津守町で、私がまだ大阪にいたころ行なわれた市域拡張の前は確か西成郡津守村と言った。

岩井坦の住所兼アトリエは、そこの木津川沿いに広がる原っぱにあった。何ともおあつらえ向きだが、これほど交通至便となれば危なっかしい飛行機での東西往来もやってみたくなろうというものだ。祖父江宅であらかじめ調べておいたアトリエに押しかけた君は、突然の来訪に驚きあわてる相手をあっさりと始末すると、すぐさま火を放った。たちまち原っぱ全体に広がる炎を尻目に飛行場に取って返した君は、正午三十分過ぎの便に乗り、今度は二時間二十分かけて東京の地に舞い戻った。

この間、飛行場への往来も入れて九時間何十分か。さすがに疲れて家にたどり着いたあと届いた夕刊に、自分が犯した放火の罪が新聞社の航空機と写真電送を駆使してもう掲載されていたのにはさすがに驚いたかもしれないね。君はしきりと新聞各社の保有する飛行機の名前を挙げているが、それらが火災現場に群がっている間に、君はフォッカー・スーパーユニバーサルあたりの旅客機で東へとんぼ返りしつつあったわけだ。

そのさなかに火炙りの刑に処せられていた岩井氏は何を思っていただろう。一面の緑から一転して燃え盛る草原を見て、かつて恋人の祖父江進一から見せられたマラカイト緑とメチール菫の魔法眼鏡を思い出しでもしていただろうか……。

さて、これで君自身のみならず多くの人生を狂わせた一連の事件を、謎解き遊びとして手紙に乗せてもてあそんだ二人の男は葬り去られた。だが、君の行動はそれだけでは収まらなかった。祖父江の手紙は君が知らなかったある事実を記録してしまっていたからだ。

それは園田文学士の発言で、彼は降霊会のあと、祖父江たちにあの記号のことを『実は知っているんです。一目見て分る程、よく知っているんです』とほのめかしてしまった。あの会話の時点でその場にはいなかった君には知る由もなかったそのことが、祖父江書翰を通じて暴かれてしまい、せっかくあの事件から四年の間ながらえていた命を失うことになった。

その手口は、私のような――園田文学士もたぶんそうだったのだろうが、書物マニアには手痛いやり方で、まず彼が足繁く通っている帝国図書館について行き、かねて彼が探し求めてきた心霊学関係の珍書中の珍書をわざと見せびらかす。実はこれは表紙だけの偽物なのだが、自分が実物を見たこともない奇書を見知らぬ人間が携えており、しかもそれを持ったまま館外に出て行ってしまったのを見て、ついその後をつけてしまう。いったんは見失うが、角を曲がった先に辻待ちの円タクがいて、その運転手が園田氏の求める相手が、たった今別の車で走り去ったと述べたものだから、矢も盾もたまらずに『そのあとを追ってくれ』と乗り込んでしまった。

だがこれこそがネズミ捕りの罠で、他人のような書き方をしているが、円タクの運転手は君による早変わり。タクシーは祖父江殺しで用いられた自家用車の偽装。かわいそうな園田文学士はそれに乗せられ、そのまま永遠に日の当たらないところに連れて行かれた

――というわけだ。

なお、この項目には不思議な一節があって、『市谷山伏町の市立図書館を利用したことがある』と記されているが、これは私ならあり得ないことで、というのもこれは牛込区にある図書館だからね。この筆者はこのあたりに住んでいて、故意かついうっかりかは知らないが、自宅の場所――すなわち祖父江記者や園田文学士が運び去られた先を暗に示してくれたようだ。

いや……これはちと先走りしすぎた。園田文学士のくだりで、例の記号のことが出てきたことでもあり、もう一度、昭和四年の『悪霊』事件に立ち戻り、さっき言った四つ――

いや君の挙げたのを加えて全部で五つの謎について語るとしようじゃないか。あの記号の意味と乞食の役割、未亡人の傷の理由と土蔵密室の真相、そしてほかならぬ君自身について」

「ええ、望むところです。むしろ待ちかねた、とでもいいますか」

私が答えると、江戸川乱歩氏は折しも射しこんできた外光を背後から受け、さながら生けるシルエットになりながら続けた――。

「それはどうも。だが、そうするには、ほかならぬ君の協力が不可欠なんだ……」

と。

「これからお話しすることは、まさに小説家の空想の産物に過ぎない。あいにく私には、捜査結果や細かな手がかりまで教えてくれるマーカム検事やクイーン警部はいないし、といってクロフツ氏の警部たちのように自ら歩き回って聞き込みをするわけにもいかないし、シャーロック・ホームズの行動力もむろんない。だからここはオーギュスト・デュパンの原点に返り、ひたすら夢想の中で謎を解くことを許してくれたまえ。

さて……もし祖父江進一氏が当初示唆されたように犯人ではなく、彼の手紙がおのが犯罪を素知らぬ顔で客観的に書き記し、一方で手紙の受け手にそれとなく、あるいはあからさまに手がかりをばらまいて謎解きを挑むものでなかったとしたら、それは単なる事件の報告にとどまる。犯人でない以上、事件の全てを把握しているわけがなく、その記述には常に過不足がつきまとう。たとえば、きわめて重要な出来事や人物であっても書き落としてしまう可能性が大きいということだ。たとえ、それが犯人であったとしてもね。

祖父江氏の興味はもっぱら心霊研究会の関係者に限られていて、あとはあの箱車の乞食ぐらいだ。だが、祖父江氏に、そして彼の同好の士たちにもう少し常識と人の心があったなら、無視してはならない人間がいることに気づいたはずだ。

そう……その人間とは誰あろう、亡くなった姉崎曽恵子未亡人の一人息子だよ。彼女の死によって絶大な影響と、何より大きな衝撃を受けるはずなのに、そしてそのことに少しぐらい同情してもいいはずなのに、祖父江書翰においては名前すら記されていない。あきれたことに彼に関する記述はといえば、

姉崎未亡人は……中学二年生の一人息子と書生と女中の四人切りで住んでいた。丁度その日は子供の中学生は二日続きの休日を利用して学友と旅行に出ていた

何と、たったこれだけだ。あとは『姉崎家の女中を始め書生や子供の中学生などに糺し

た結果を綜合するのに』というくだりのみというから、ひどい扱いじゃないか。その後、曽恵子未亡人の仮葬儀の話が出てくるのに、そこでは当然喪主を務めたはずの息子のことは、やはり一行も出てこない。ただただ彼女のむごたらしい死にざまと、それをめぐる心霊研究会内の薄汚い思惑ばかりだ。

もし私がこの息子だったら、そして亡き母を取り巻くうさん臭い連中の様子を見たら、さぞかし腹が立ったろうね。まして事件から数年たってあの手紙を見、そこでの自分の書かれ方を知ったならば、どれほどの怒りを新たにしたことだろうね。

そして――ボーイ君。いいいいいいいい、もし君がこの息子さんだったらどう考えたろうね。たぶん煮えたぎるような怒りを彼らに覚えたのではなかろうかねぇ。

いや、その母の惨死自体、同じような怒りと憎しみの産物だったらどうだろう。自分や亡くなった父のことなど忘れ、いかがわしい心霊研究だの降霊実験だのにかまけていたとしたら……いや、それだけではなく、あのうさん臭い心霊主義者たちと乱倫関係にあったとしたら――？

官立大学の教授とはいいながら心霊研究にうつつを抜かし、霊媒と称する目の不自由な少女を自宅で飼っている似非《えせ》博士、妖怪学者などと呼ばれて雑文を書き散らし、安雑誌や赤新聞に持ち上げられて得意がっている毛むくじゃら男、永久に浮かび上がる見込みのないまま、貧窮のどん底で霊界のことばかり夢みている小男——博士の助手とA新聞記者だけはいくぶんましのようだが、もとよりろくな人間でないことはご同様だ。

どれほどか腹立たしく、それこそ殺したいほどの憎しみを感じていたのではなかろうかね——そう、君が彼だったとしても。

だが、母殺しとなれば並大抵でなく、そこまでの憎悪をかきたてるには、まだカードが足りない。そこでもう一人、祖父江氏らから手ひどく無視されている人間がいることに気づく。少年の父、すなわち姉崎曽恵子未亡人の亡き夫だ。彼女に莫大な財産と屋敷を残し、それを元手に心霊道楽と、それが隠れ蓑の愛欲関係を可能にした人物——当時の新聞記事によれば実業家の亡夫姉崎礼吉《れいきち》氏。ちなみに祖父江氏によると曽恵子未亡人は『一年程前夫に死に別れた』と記されていた。

だが死亡には、現実のそれのほかに法律上のものがある。たとえば長らく失踪しており生死不明のままだったのが、認められて死亡が宣告される場合だ。法律が専門の浜尾四郎君にちょっと訊いてみたのだが、民法二七六条によれば、

失踪者カ代理人ヲ定置カサリシトキハ五个年又代理人ヲ定置キタルトキハ任期ノ長短ヲ問ハス七个年ニ至ルモ其生死ノ音信ヲ得サルニ於テハ失踪者ノ死亡ニ因リテ発生スル権利ヲ其

財産上ニ有スル者ハ失踪者ノ住所ノ区裁判所ニ失踪ノ宣言ヲ請求スルコトヲ得

だそうで、姉崎礼吉氏が代理人を置いていなかったとすると失踪期間は五年。手紙が書かれた昭和四年より一年前に死亡が確定したというのだから、さらに五年を差し引けば大正十二年——言うまでもなく関東大震災の年に当たり、礼吉氏の失踪はあの未曾有《みぞう》の大惨事のさなかだったのではないかという疑惑がわく。

ともあれ少年は大震災の年に父を失い、母は怪しげな心霊学だの降霊術にはまった。それが父すなわち夫のことを案じ、まだ生きているならコントロールとやらにその消息を聞き、もし死んでいるなら魂を呼び出したいという動機ならばまだよかった。だが、そんな形跡はなかった。

君は——おっと、あくまでその少年が君だとしてだよ——やりきれない怒りと疑惑にモヤモヤとしながら日々を過ごし、しばしば自分の家でいかがわしい騒ぎを繰り広げる母とその友人たちに反感をつのらせていた。

だが、それが実際の殺人にまで発展するには、何らかのきっかけがなければならなかった。もしそれがあの乞食だったらどうだろう。もしあれが五年の失踪をへて死亡と認定された自分の父親であったならば。

ひとりの人間があれほど無残な姿になるには、よほどの恐ろしい事故の結果でなければならない。戦場で大砲の直撃でもうければ別だが、平時ではおよそ考えられないことだ——そう、大震災の時でもなければ。

怪しい世界に足を踏み入れる母親に危ういものを感じながら、息子である少年は自分で何ともできず、ただ日々、真面目に学校に通うのみだった。そんな折、彼は気づいたのだ。自分の家の門前にいつの間にか居座りだした、あの世にも恐ろしい姿の乞食の存在に。

最初は単なる好奇心か、あるいは憐れみの情から接近して小銭をやったり、食べ物を分けてやったりしていたのだろう。ところがあの乞食は、話してみると意外に頭もよく、いつしか親しむようになった。だが、そのせいで少年は、そして乞食の方も気づいてしまったのだ。自分たちが肉親であることに、関東大震災の時に生き別れになった父と子であることに。

あの大地震のとき、父はどこか出先で母とともにいて、食事が何かを楽しんでいた。そこへ起こったあの未曾有の揺れ、それに伴う建物の倒壊、それに次ぐ火事に父だけが巻き込まれ、全身に取り返しのつかない傷を負った。手足を失い、顔も潰され、見るも無残な半分だけの人間になってしまった。おそらくその時点では、何とかすれば助けられたのだろう。だが、母は自分の夫を見捨てて逃げた。その恐ろしい姿に怖気をふるったのか、もともと相手の死を望んでいたところ、天変地異のおかげで手を下さずとも目の前で死んでゆく姿を確認できたからか。

それだけでも十分に大罪だが、そんな悪女の本性を剥き出しにした母にも誤算があった。一命を取り留め、誰か篤志家の手によって瓦礫《がれき》の中から発見されたのだ。そして大手術で持って四肢の大半を切断され、かろうじて生き永らえた。だが、彼は正気を失っていた。それまで実業家として、人生の成功者として生きてきた記憶をすっかり失っていた。

文字通り、彼は全てを奪い去られた。地位も財産も、何より健全な肉体も精神も。それは彼にとりかえって幸せなことだったかもしれなかった。というのも、彼は自分がこんなにも恐ろしい姿になってしまったことを自覚せずにすんだから。普通だったら絶望するほかない今の自分を、そんなものだと受け入れることができたからだった。一方で妻の曽恵子は全てを手に入れた。姉崎家の莫大な財産と未亡人としての自由をも。

だが、姉崎礼吉氏においては、過去の記憶と執着が完全に消え失せてしまったわけではなかった。家に帰りたい、それがどこかはわからないが……家族に会いたい、それが誰かはわからないが……そうした思いだけが、彼を駆り立てていた。

こうして、不自由な体で箱車を操った彼は、まるで迷い犬が何年もかけてわが家に帰り着くように、あの牛込区市谷河田町の邸宅前にたどり着き、そこに腰を据えた。考えてみれば、あんな物寂しい住宅街のただ中に陣取っては、貰いも少ないだろうし、必要なものを買いに行くにしても四苦八苦だろうに、全くおかしな話だった。

そう……姉崎礼吉はそこでかつてのわが家を見張っていたのではないか。自分を見捨て、自分の全てを奪い取ったかつての妻が、どんな連中を家に連れこんでいるか、膝っ切りの足で地団太を踏み、歯のない口で歯ぎしりしながら見守っていたのではなかろうか。そしてついに、父と子は対面を果たし、お互いにお互いを認め合った。そしてここまで来れば、少年にとって、もはや母は母でなかった。

そんな運命的な再会が、どんなに恐ろしい復讐劇につながっていったか。まずは昭和四年九月二十三日にさかのぼるとしよう。さて、ここで問題となるのは、祖父江犯人説にもつながった箱車の乞食からの証言取りだが、あのときは貴重な証人と思えた彼が犯人の共犯者、いやむしろ復讐の主体とわかってしまえば、その証言は全く意味が異なってしまう。黒の洋服にソフト帽の紳士を見かけたと言おうが、そのあとに紫矢絣に庇髪の女が入っていったと言おうが、すべて口からでまかせであったということが可能になる。

では実際のところはどうだったのか。私の考えでは乞食の証言における黒服の紳士は実在し、矢絣の女に関しては虚言だったと思う。おそらくこの日、曽恵子未亡人は家人の留守を良いことに、その紳士を家に招き入れての密会を予定しており、それを念頭においてのこの日の犯行だったと考えられるからだ。いざとなれば、その紳士を殺人犯に仕立て上げるための——。

それでは、近所の煙草屋のおかみさんが目撃したという矢絣の女はどうか。これは幻ではあり得ないではないかということになるが、私もこちらは実在していたと思う。あとでその女に関する目撃証言が取られることを予想して、それを裏打ちしておくべく、軽くその姿を披露しておいたのだ。その目的は、むろん心霊研究会の会員の中に同じ着物を持ち、庇髪のかつらもかぶって変装を楽しんでいる人間がおり、その人物に嫌疑を向けさせるのが目的だった……」

「むろんその人物とは」私は言った。「祖父江書翰にほのめかされていたように黒川博士……ただし事件当日、姉崎邸付近に現われたのは、博士とは別人だったというんですか？」

「そういうことだ」

江戸川乱歩氏はしゃべり疲れたのか、やや息を切らせながら言った。私は続けて、

「では、そのときの矢絣の女の正体は——いったい、誰だとおっしゃるのですか？」

「それは」

言いかけて乱歩氏は、軽く息をととのえた。そのあとは一気に、

「それはもう姉崎家の一人息子にほかならない。中学二年と言えば数えで十五か。そのぐ

らいの少年が若い女性に化けることは、いともたやすいことだ。逆もまた真なりで、君と見に行った少女歌劇では逆に若い女優が可愛らしい男の子によく扮するものだがね。そして昔大いに流行った紫矢絣の着物は、ちょっとした物持ちの家ならばあるだろうし、なかったとしても庇髪のかつらと同様、入手は容易だったに違いない。

ついでながら、このあとの降霊会の前夜、鏡の中に現われて黒川博士をおびやかし、足にけがを負わせた〝影〟というのは、その少年が扮した矢絣に庇髪の女にほかならなかった。なぜそんなに驚き、姿見をたたき割って足にけがをするほど狼狽したのかもこれで説明がつく。

ああ……少し先走ってしまったね。再び話を二十三日の夕方に戻すと、あのとき姉崎曽恵子未亡人は、黒服黒帽の紳士との房事を終えて虚脱状態にあった。場所は邸内の土蔵の二階。そこへ二人がやってくるまでの流れを説明すると、まず蔵に入るときには曽恵子が男を導き、あらかじめ用意しておいた鍵を使って錠前を外した。使い終わった鍵は、ここを後にするまでは不要だから、適当なところに置くか引っかけるかした。私は土蔵が好きで今のうるさくて困る家もそれで選んだし、次引っ越しても蔵つきにしたいぐらいだからわかるが、そういう決まった場所がよくあるものだ。でなければ着物の帯にでも挟んでそのまま持っていく。

後者だと蔵の奥まで入らねばならず、いささか面倒でもあり危険でもあるが、どっちみち着物を脱いで手元からは遠ざけるのだから、うまくやりさえすればやすやすと盗み取ることができるだろう。そして、おそらくこれがいつものことなのだろうが、ことが終わったあと曽恵子は余韻を楽しんで、その場にとどまり、男はあとくされを恐れてか、逃げるようにさっさと蔵の外へと出てしまう。

やがて曽恵子はむっくりと起き上がり、着物を着て男に続こうとするが、どうしたことか鍵が見つからない。ふだんは使わないとはいえ、ここの錠前は開けるにも閉めるにも鍵が必須で、外れたままにしておけば一見してすぐにわかってしまうから、そのままにもしておけない。あるいはこの時点で、男はまだそばにいたのかもしれないが、鍵探しに夢中な曽恵子に業を煮やし、一刻も早く不義の現場を離れたかったことは想像に難くない。

しかたなく曽恵子は鍵を見つけるのはあきらめ、これはひょっとして男の持ち物にでもまぎれてしまったのかもしれないなとも考えて、階下に下りた。ところが、どうしたことかの蔵の扉はぴったりと閉められており、しかもビクとも動かない。どうやら男が出て行ったあと、誰かが鍵を用いて錠前を掛けてしまったらしい。このことを知った誰かのしわざかとあわてたが、男の悪戯かもしれないと思うと、腹が立ちつつも安心もした。

そのあと彼女はどうしたかというと、再び二階に上がった。そこにある窓が外界との唯一の連絡口だったからだ。彼女は窓の格子越しに庭を見下ろし、男の姿を探し求めた。だがよく見えないのでいっそう身を乗り出し、顔や体を格子に押しつけるようにして視線をめぐらせた――いや、めぐらせようとした。

というのも、窓に最大限近づいた瞬間、格子の外側からふいにのびた手に腕や髪やらをつかまれ、グイグイ引っ張られてしまったからだ。何ごとかと思ううちに、右腕をいきなりつかまれて高々と持ち上げられ、手首に紐のようなものがきつく搦みついた。そのせいで不自然に体がかしいだかと思うと、今度は左足首に紐が搦められ、左足ごと高々と持ち上げられてしまった。

体はほぼ横倒し、左腕と右足だけがダラリと垂れた状態。いったいこれは何ごとか。痛みと驚き、そして恐怖とで混乱する目に入ったもの――それは何と、友達と二泊旅行に向かって、ここにはいないはずのわが子であった。

どういう状況なのかわからないが、土蔵の壁にはしごを掛け、二階の窓まで這い上がった息子が、窓越しに彼女を緊縛し、無理やり吊り上げようとしているのだ。

そのことより、さらに彼女をおののかせたものは、息子の顔に張りついた冷たい憤怒《ふんぬ》だった。その怒りが、何に由来しているかを気づかない彼女ではなかった。もしやここでの痴態の一部始終を見られてしまったのだろうか。

『ごめんなさい、許して、痛い、放して』

とでも、切実だが身勝手な懇願の言葉を口走りながら、曽恵子は息子の名を呼んだ。まさか自分を殺すつもりではあるまい、と信じたかった。何のためにこんな変なことをしているのかは知らないが、殺すつもりならほかにやり方があるだろうかと考えた。

だが、はかない安堵はたちまちにして崩れた。次の瞬間、曽恵子は世にも恐ろしくおぞましいものを見た。息子の背におぶさり、肩にしがみついた人間とも何とも知れぬ何者か。と見るうちに、息子の首の脇からヒョイとのぞいた顔の、それこそこの世のものとも思えない醜さ！　にもかかわらず決して初めて見るのではないという奇妙な感覚――。

『あなた！』

次の瞬間、曽恵子は思わず叫んでいた。あなた許して……そう続くはずだった言葉は、刃の鋭い輝きと、皮肉を切り裂く痛みによって封じられた。

かつて彼女の夫だった怪物は、一本しかない手にやや大ぶりな剃刀を持っていた。その刃は十分に研ぎすまされ、触れただけで血がにじむほど鋭かったが、半ば失われ、長年の辛苦に萎えた肉体はあまりに弱々しく、加えて体勢の不安定さのため、彼はあまりに浅く、小さく、とうてい致命傷にはなり得ない傷しかつけることはできなかった。

だが、その攻撃は決してやむことがなかった。一回、二回、三回……四回、五回、六回……そのたび彼女の白い肌は切り裂かれ、血がしたたった。まるで膾《なます》斬りの刑だ。

右手と左足が固定された形で宙づりになったのは偶然で、別に左右どの組み合わせでもよかったわけだが、死体にあの奇妙な流血の跡を残したのはこの姿勢ゆえだ。右肩の傷からは左肩へ横に血が流れ、左腕のそれは手首に向かって腕を伝い、上を向かされた左足の傷からは体の上部へ——そして苦痛のあまり体をよじった関係で、臀部からの血は腰を一周りしたというわけだ。

わが妻・隆子や、二十二年下で先年亡くなった妹の玉子《たまこ》の手遊びを思い出しながら、ホテル暮らしのつれづれなるままに紙人形を作り、そこに血の流れを書き込んだ。それを眺めながら、逆さにしたり横倒しにしたり、あれやこれやと思案の果てにたどり着いた結論だが、紙人形ならぬ生身の曽恵子未亡人にしてみればたまったものではなかったろう。

(ああ、もうこんな責め苦はやめて、後生だから……どうせならいっそ殺して!)

どうやら非力な夫には自分を殺すことはできないと知った彼女が、そんな願いを心に刻みつつ、苦痛のあまり首をねじった、そのときだった。

いきなりズブリと首の右側に突き刺さったものがあった。七度目にしてはるかに深く、容赦なく……。ハッとして彼女が見直すと、それは夫から引き継ぐように息子の手に握られた刃だった。

このときは、さすがに激しく血しぶきが飛んだ。父と子がわれに返ると、姉崎曽恵子は網戸に張り付いた虫のような奇妙な格好で絶命しており、蔵の窓格子にもかなりの血がついていた。これでは、どこで兇行がなされ、犯人がどこにいたかが一目瞭然だ。そこで二人は彼女が羽織っていた着物をはぎ取り、絞羽二重の長襦袢で十分に血をぬぐい取ったあと、それを縞銘仙の単衣にくるんで、できるだけ奥の方へと投げこんだ。

軽いものだし、そううまく行くものかと思うかもしれないが、彼らには格好の道具があったことを忘れてはならない。箱車の漕ぎ棒だよ。それでうまく床の隅まで吊り下げて落とすか、押しこむかすれば簡単なことだ。もっともこれはあとのことで、その前に死体を宙吊りから解放し、殺害が蔵の内部で行なわれたよう印象づけるために、できるだけ部屋の真ん中あたりに安置しなくてはならない。

これはさすがに厄介だが、死体を強く押し出し、その瞬間に格子にくくりつけられた紐を切断することで、千番に一番の兼ね合い、何とかなったのではないか。もっと確実には漕ぎ棒を活用し、死体のどこかに括りつけた紐をこれに通してロープウェーの要領で滑空させ、あとで長くのばした紐の一端を外から引けば結び目はほどけ、棒を回収すれば、ぶじ不可能状況の出来上がりだ。もちろん蔵の鍵を死体の下敷きにしておく工作も忘れてはならない。

全てを終え、梯子を片付けたあと、父は息子の手助けで急ぎ元の場所に戻り、息子はまだ旅の途上にあるわけだから、これまた大急ぎで姿を消す……そしてそのあと、使いに行っていた女中が帰宅し、さらに祖父江記者がやってきたというわけだ……いかがかな、ボーイ君？」

「おみごとです、乱歩先生」

私は拍手をしようとしたが、それも場違いで失礼な気がしたのでやめておいた。打ち鳴らしかけた手の指を組み合わせると、心からの敬意を込めて、

「これで、先に挙げた五つの謎のうち、土蔵密室のトリックと未亡人の不可解な傷、そして箱車に乗った乞食について、みごとに解明をしてのけられましたね。特に犯人である父子の心情と、彼らが実行した犯罪のきめ細やかな描写は、まるで全てが先生の脳髄から生み出されたかのようでしたよ」

「それは、どうも」

江戸川乱歩氏は答え、かすかにうなずいた。私はたたみかけて、

「それで先生、残る二つの謎に関してはいかがです？　あの記号とこの私の正体については――」

「まぁ、そんなに急かすこともあるまい」

乱歩氏はここで初めて笑みを見せたが、心なしかそれはひどくほろ苦いものだった。

「どうせのことに、引き続いての事件についても話してしまおうと思うが……いいか？　とはいえ、あらためて語るほどのことはさして多くはない。というのも、曽恵子未亡人殺しの四日後の心霊研究会での謎の予言、そして新宿園の迷宮パノラマ館での霊媒龍ちゃん殺しについては、その動機も方法も祖父江進一犯人説そのままだからだ。単にその実行者を彼から姉崎家の一人息子に差し替えるだけのこと……ただ少しばかり相違はあって、部外者の彼には降霊会に席はないわけだから、別にそれを確保したうえで潜入しなくてはならない。

といっても大したことではなく、実験の行なわれた黒川博士の書斎は『四方の書棚も窓も壁も黒布で覆い隠して』とあるから、その下に隠れて灯りが消されるのを待てば、あとは見つかりっこない。その前の晩に矢絣の女に扮して、脱衣室の鏡の前にいた博士を半狂乱になるほど驚かせるという悪戯をやったが、そのときすでに下見はすませてあったことだろう。

そして降霊実験の開始とともに、黒い帳の向こう側から『織江さん』になりすまして偽のご託宣を下して、会員たちを震え上がらせたわけだ、そしてその結果、そんなことを言った覚えは毛頭ない龍ちゃんの口を封じるために、彼女を新宿園で人違い殺人を装って殺した――という点も同じで、要は彼女と鞠子さんを追って新宿園に向かったのが祖父江記者か、それとも姉崎家の一人息子かという違いに過ぎない。

だが、ここでおかしなことに気づく。龍ちゃんを殺さねばならなくなったのは、彼女の霊媒としての立場を利用して、偽の殺人予言をさせたからだが、ならば最初からそんなことをしなければよかったのではないか。霊現象めかして脅かす方法はいくらでもあるし、そうすれば他の連中に比べてさして怨みもない少女を、あんな手間暇かけて殺す必要は生じなかったわけだ。ということは――龍ちゃん殺しには龍ちゃん殺しなりの理由がなくてはならない。そこでかかわってくるかもしれないと考えたのが、例のこれだよ」

乱歩氏はふいに右の手指をうごめかすと、まるで空中から取り出したかのように一枚のカードを手にした。まるでマジシャンのようだと見とれていると、ほどなくフワリと卓上に着地したそれは――あの奇怪な記号だった。

私は目を丸くしないではいられなかった。

「ほう……それでは先生、この奇妙な図柄の持つ意味がおわかりになったのですか」

「ああ、何とかね」

乱歩氏は、どこか物憂げに答えた。

「龍ちゃんはかわいそうに、たぶんこの記号――というよりはこれが指し示す、とある人物の秘密を知ってしまったがゆえに、死なねばならなかったのだ。こんな秘密を抱えてしまった人物も数奇な運命というほかないが、そのために殺されてしまった彼女はもっと不憫だよ。おそらく、あの降霊実験からの二十日間弱の間に、その人物の秘密に気づいてしまったことを知られるか、もしくは自ら仄《ほの》めかすかしてしまったのだ」

それで、その秘密というのは——？　瞳にそう語らせながら見つめる私に、乱歩氏はおもむろに続けた。

「殺人現場で見つかって以来、人々を悩ませてきたこの記号なんだが、もともとハガキ大の上質紙に描かれていて、どっちが上でどっちが下か定まっているわけではない。そこで試みにこの紙を一八〇度回転させてみると……どうだい、ずいぶん印象が違って見えるだろう。これを見た少なからぬ人々が、どこかでこの図を見たような気がし、だが何だったか思い出せなかった。私もそうだ。だが、このようにクルリと半回転させてみることで、確かに見覚えがあることに気づいたんだ」

乱歩氏は立ち上がると、ホテルの談話室の図書棚から借り出してきたらしい分厚い革装幀の本をテーブル上に置いた。それは医学書で、氏が開いたページには"Hermaphroditism verus"と題して、白黒の線画ながら何やら生々しい図版が載っていた。

「これはギリシャ神話中の美少年 Hermaphroditus《ヘルマフロデイトウス》に由来し、日本語では真性半陰陽、すなわち一人の人間が男女両方の性器を備えた症例だ。あえて比較してみれば、箱車の外枠のように見えた菱形がlabia majora、そこを貫くように斜めに突き出ているのがpenis、菱形から左上にちょっとはみ出して見えるが実際には体内にあるのがgonads（性腺）で、ここではtesticlesとovaryがともに存在している。もう一か所突き出

した黒三角がちょっとわからないが、これはvaginal orificeかもしれない。もともとの図が、現場に落ちていたものを祖父江記者が記憶で再現したものだから、正確さには相当問題があるが、今はあれをもとに想像をめぐらすしかないし、半陰陽の症例自体が千差万別だから、この図と完全に一致するとは限らない。

　問題の記号が真性半陰陽を意味し、それがことさら現場に残されていたことに意味があるとしたら、それはそのような両性具有的存在が関係者の中にいることの暗示ではないだろうか。もしそうだとしたらそれは誰かと考えて、最初それは龍ちゃんという盲目の霊媒少女ではないかと考え

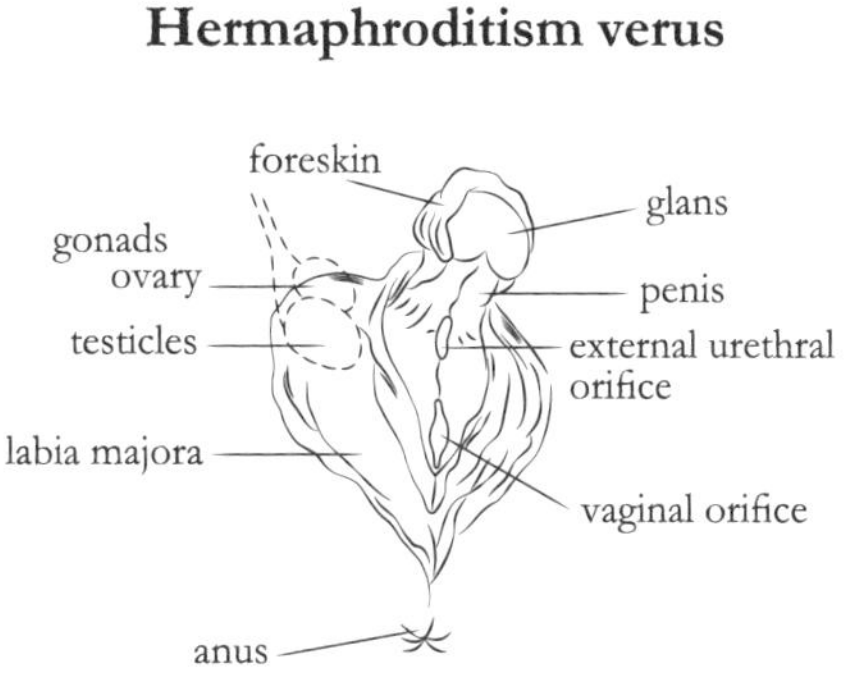

た。ほかの関係者は大半が世間的に名の通った成人男女な中で、彼女だけが特異な存在であると思えたからだし、当初妖怪学者の熊浦氏に見出され、やがて黒川邸に養女のように迎えられたについては、霊感のほかに何か特殊な医学的特徴があったからではないかとも考えた。だが、もしそうだとして、新宿園で殺された彼女には当然入念な検視と解剖が行なわれたろうから、発覚しないわけがない。

ということは、ほかの誰か……祖父江書翰が彼の見たままの記録であり、そこに何の欺瞞もないとすれば、土蔵の中に曽恵子未亡人といたのは彼とは考えにくくなる。かといって、あとで同性心中まがいのスキャンダラスな形で死体をさらし、当然検視もされた黒川博士と熊浦氏でもない。大阪にいた岩井氏は単なる傍観者だし、あとは園田文学士（彼は学者だけにあの図形が真性半陰陽の症例図に似ていることに気づいてしまい、それが顔に出たのだろう）か槌野君か……どれもヘルマフロディトゥスの美とは無縁な醜男ばかりだが、医学的現実と神話の理想をごっちゃにしてはいけない。

そのうちにハタと気づいた。龍ちゃんは目こそ見えぬながら、何かの拍子にある人物の肉体の秘密を知ってしまったのではないか。そのせいで死ななくてはならなくなったのではないか。だとしたら、そのある人物というのは彼女と常にいっしょにいた鞠子さんではなかったか。ということは、彼女こそヘルメス神と女神アフロディーテの子にして、泉の精サルマキスとの合体者であったのか。

　だが、そうなると、どうしても避けて通れない問題が出てくる。それはさきほど解明した土蔵密室のくだりで、私は曽恵子未亡人が正体不明の黒服紳士と情交を持った直後に殺されたと推理した。それは、ともに蔵に入る密会相手がいないと成立しないものだった。だが、それはある鑑定事実と完全に矛盾するものなのだ。それは、彼女の体内から精虫が一切発見されなかったという結果で、こうした事案に必ず想定される情交がなかったことを示している。

　となると、曽恵子未亡人の相手は誰だったのか。レスボスの心を持つ同性か？　だとしたら心霊研究会の関係者では黒川夫人しか考えられない。いや、もう一人いる。鞠子さんだ。そして彼女こそはあの記号が指し示す、男でも女でもなく、と同時に男でも女でもある存在であったとしたら――？」

　乱歩氏は、私にその答えを求めるように、問いかけた。私は答えた――。

「どうも先生は、とんでもない迷路に迷いこまれたようですね。ひょっとして、先生は黒川鞠子が姉崎曽恵子の相手だとでも考えられたんですか……そのようですね。なるほど、彼女が両性具有者だとして、その男性の部分で行為をしたとしても、そういう形での痕跡は残せないかもしれませんからね。でも、それはあり得ないことです。いくら姉崎曽恵子でもあり得ないことなんです」

「どういうことだね、それは」

乱歩氏は目をしばたたいた。私はおやおやと肩をすくめて、

「だって、鞠子は黒川博士と先妻との実子ではなく養女なんですから。そして、その実母は姉崎曽恵子――」


「そこから先は私が話しましょう。いかに江戸川乱歩先生といえど、うかがい知りようのない部分、描きようのない物語というのはあるものですからね。

そう、端的に申し上げてしまえば、鞠子は姉崎曽恵子と夫・礼吉の間に生まれた子供。祖父江の手紙では年齢十八歳ということになっていますが、実は見た目から、いつのまにかそういうことになっただけで、本当はそれより若く、乱歩先生がその存在に注目された姉崎家の一人息子――名を駒雄《こまお》というのですが、彼と同年なばかりか同月同日の生まれ。つまり同時にこの世に生まれ出た双子の片割れなのです。

それは姉崎礼吉氏が事業拡大のため、長期に海外各地を巡って不在にしていたときで、このことはごく限られた、そして今は存命でない人々によって緘口令《かんこうれい》が敷かれ、きつくその秘密が保たれました。それは双子ことに男女のそれを忌み嫌う俗信のせいで、おかしな

ことに近代になってかえってそうした禁忌が世に広まってしまい、そんなものを信じる人たちが増えた結果でもありました。

しかも鞠子の方には、その肉体的形状にいささか他とは異なる点があったことも、姉崎家を出される不幸な原因となってしまいました。その子は結局、とある医学博士の紹介で、当時新進の官学助教授だった黒川氏のもとに引き取られたのですが、それはのちのち姉崎家と心霊研究会のかかわりを深めてゆくことになりました。

その後、最初の黒川夫人の夭折《ようせつ》もあり、鞠子のことは先妻の実子として認識され、しだいにその経歴がぼやかされていきました。

姉崎夫妻の間で、鞠子の秘密は共有されていたのかどうか。もともと愛ある結婚ではなかったという話もあり、関東大震災の際、たまたま居合わせた建物の倒壊に巻き込まれた夫を見捨てるに至っては、やはりそれなりの葛藤と衝突があったのでしょう。

姉崎家の莫大な財産と河田町の邸宅をわが物とした曽恵子は、ますます怪しげな連中との交友を深めていきますが、とりわけ黒川新夫人とのそれはいささか度を越すほどでした。またいかに周囲が沈黙していても、鞠子が黒川博士と前妻の実子かどうかはいずれわかってしまうことで、そのことをきっかけに関係を深めたのかもしれません。また、外見も物腰もきわめて女性的なうえ、ある種の趣味を持つ夫との関係にも、何かあったのかもしれません。

やがて姉崎家の息子・駒雄にも、生き別れの双子の姉もしくは妹の存在は伝わります。ほかに家族もなく、一人家の中で放り出されたようになっていた少年にとって、鞠子の存在はきわめて大きなものとなり、その愛情関係はいよいよ深いものになっていきます。

そんな駒雄少年の怒りに火をつけたことが三度ばかりありました。それはすでに先生も述べられた、母の冷酷無情によって父が強いられた現在の惨めな姿であり、ほかに黒川家の新しい家族となった霊媒の龍ちゃんによって、鞠子がにわかに粗略な扱いを受けるようになったといったことも実はありました。そして黒川邸に集う連中によって鞠子はマスコット的な愛され方をしていたのですが、成長につれそれが実に忌まわしくおぞましい欲望の対象――ありていにいえば性的な玩弄物《なぐさみもの》にされているとわかってきたことです。

こうして昭和四年のあの日、駒雄少年による犯罪計画は冷酷なまでに正確な時計装置のように稼働し始めました。

それは駒雄自身だけでなく、鞠子にとっても望ましい復讐事業であり、兄と妹――いやむしろ弟と姉でしょうか――にとってはまことに心躍る共同作業となったのでした。

あとのことは先生が推理し、看破された通りです。全ては――一部を除いてですが――ほぼ終わろうとし、そして今、私はここにいるわけです」

語り終えたあとにホッとため息をついた。さして長物語でもないのに、何だかひどく消耗した気がした。

「そしてボーイ君――」

江戸川乱歩氏は、ややしばらくして感に堪えたように口を開いた。

「君こそ姉崎家の一人息子・駒雄であり、あの奇妙な書翰体の原稿を送りつけて私に挑戦するとともに、君自身の物語を完成させようとした……いや、待ってくれよ。もし、あの情事の場にいたのが黒川夫人ならば、あの半陰陽の記号を書いた紙を持ちこんだのは彼女ということになりはしないか？」

「おそらく、ね」私はうなずいた。「あれは黒川鞠子の肉体の秘密を知る何者かが、脅迫のつもりで夫人の持ち物にしのばせておいたものでしょう。それが姉崎邸まで運ばれ、二人の行為のドサクサに偶然落ちたか、あるいは『こんなものをよこした奴がいたのよ』と取り出して曽恵子未亡人に見せたものか、たぶんそんなところでしょう」

「黒川夫人は、あの記号をしきりと箱車にたとえたがっていたが、それは他の連中に真実に気づかせないためと、曽恵子の元夫とは夢にも思わなかったろうが、実際にあの乞食の異様な姿を見た印象ゆえでもあったのかもしれないな」

「おそらくそうでしょう。私にすれば、今さらそんなことで騒がれても、と馬鹿馬鹿しいぐらいですが」

「私にすれば——？　いや、ちょっと待ってくれたまえよ」

ふと聞きとがめた江戸川乱歩氏は、大きな衝撃を受けたかのように総身を震わせた。おびえたような目をこちらに向け、神経症的に動く手と指を差し向けながら、

「まさか、まさかとは思うが……君はひょっとして姉崎駒雄ではなく、その双子の姉妹である黒川鞠子——？」

「さあ、どうでしょう」

私はにっこりと、ヘルマフロディトゥスの微笑を偉大な探偵小説家に向けた。

「それではどうか、先生の目の前にいる人間の正体については、この退屈な世界にもうしばらくはおとどまりになるお慰みにでも考えてやってください。そして何より『悪霊』の続きをよろしく。私——私たちかな——も本当に楽しみにしていますので」

それでは、と席を立ちかけたときだった。

「待ってくれ！　最後に一つ確かめておかねばならないことがある」

乱歩氏の必死の叫びが、私の歩みを止めさせた。

「何でしょう？」

とそっけなく問い返した私に、乱歩氏は唇を噛み、言葉を続けた。

「かりに曽恵子未亡人が情交関係を結んだ相手が黒川博士夫人だったとすると、女性とはいえ彼女も、君もしくは君たちの殺害の対象に選ばれなければならない。だが、私の知る限りそのような事件が起きたとは聞いていない。ということは――いったいどういうことなんだ」

「ああ、そのことでしたら」私は笑って言った。「生前情交の痕跡については、私もその手紙を読んで知ったんですよ」

「何だって？」

乱歩氏は、これまでになく驚きをあらわにした。

「だってそうじゃありませんか。いくら被害者の身内だって、いや身内だからこそ、そんなことを告げるはずがないじゃありませんか。『あなたのお母様は亡くなる前に性行為をした痕跡は、少なくとも体内からは見当たりませんでした』などとね」

「それは……うむ、確かに」

乱歩氏はうなり、言葉を途切れさせた。私は続けて、

「そして、先生が推測したように蔵の鍵は入ってすぐのところにあったので、怪しまれずに奪うことができたかわり、母の相手の正体を確かめることはできなかった。どうしても二階に上がって情事の場に踏み込むことができなくてね。これから殺人を犯すつもりにし

てはおかしな話ですが……。でも、そうとわかったからには、祖父江や岩井、園田たちと同様、生かしておけない。実はすでに、どうやってあの女を葬るかについては決めてはあるのですが、あいにくまだ取りかかるわけにはいかないのですよ——今のうちはね」

「どういうことだね。いや、まさか……」

「そのまさかですよ。何しろ、先生がまだ『悪霊』の続きを発表していないんですもの。こちらは第三信以降の掲載を待って次の殺人にかかろうとしているのに、いささか困っているところなんですよ。先生による祖父江書翰の発表と『発表者の附記』はきちんと並行しなくてはならないというのが、私なりの美学なんですから」

「そんな……そんなことが」

　乱歩氏の声は震えていた。いかに日本初にして日本一の探偵小説家、さまざまな形で世に影響を与えている氏といえど、それは予期し得ない事態であったのだろう。

「第三信以降の発表を控えたのは——いや、そもそも第一信と第二信を細切れにし、三回に分けたのもそうだが、このままこの原稿を世に出していいのか、何か恐ろしい企みに搦め捕られているのではないかという不安に駆られ、だが、どうしても答えの出ないままに休載をくり返したのだが……だが、まさか自分の創作が現実の犯罪の露払いをつとめていただなんて！」

「やはりそういうことでしたか。こちらはこちらでついに待ちきれなくなり、それならばいっそと『発表者の附記』の追加分をお目にかけることにしたのですがね」

「何だと……するともし、私が君の思惑通り、祖父江犯人説にもとづく小説を発表したとしたら、そのあとそれをひっくり返す事実を発表するつもりだったとでもいうのか」

「それは、もちろん。そうなったらまさに現実という原稿用紙に描き、生きた人間を鉛の活字人形として用いる空前絶後、至高の探偵小説となったことでしょう。でも、これはこれで満足ですよ。こうして先生と直接対峙できたのですからね」

　私は微笑しつつ言い、そのあと真顔に返って、

「先生のお気持ちもあるでしょうが、姦夫姦婦――いや、この場合は姦婦姦婦かな、とにかくその片割れとわかったからには黒川夫人を生かしておくわけにはいきませんからね。そうだ、あの小男の槌野もついでにあの世に送ってやりましょう。これまで博士、熊浦、祖父江、園田を抹殺する際に、あの記号を書いたのはお前かと問うてみたのですが答えが得られなかったところを見ると、あれは彼のしわざである可能性が大きい。たとえそうでないとしても、一生あのまま仕事も愛する者もなく朽ち果ててゆくみじめさを思えば、これは慈善事業ですよ」

「そんな君、何ということを……」

狼狽する乱歩氏の言葉を、私はさえぎって、

「江戸川乱歩という人の存在が、いったんは鳴りをひそめた悪霊をふたたび目覚めさせ、引き起こされる新たな犯罪。となれば、まさに The Rampo Murder Case――『**乱歩殺人事件**』といったところですね」

「………」

答えは、なかった。私はホテルのボーイらしくうやうやしく一礼すると、戸口のところまで歩んで行った。そこでクルリときびすを返すと、

「それでは、どうかごゆっくり。ご用命の節は、また呼鈴《ベル》でお知らせくださいませ」

そう言うと、静かにドアを閉めた。

＊

「…………」

「…………さん」

「…………乱歩さん」

「……て、乱歩さん！」

「……さあ起きて、乱歩さん！」

濃い霧のようなまどろみの奥から、谺《こだま》のように連呼される声。それが自分への呼びかけだと気づいた瞬間、江戸川乱歩は甘やかな眠りの世界から現世にはじき出された。

現世といっても相当に浮世離れしたホテルの一室。だが、このときは自分を優しく包みこんでくれる隠れ家ではなく、妙によそよそしい空間に思えた。ここがどこか遠い異国の小都会だという幻想は消え、多少風変わりではあるものの、まぎれもなく東京の片隅であることを思い知らされた。

眠りの中で見る夢と起きて見る幻と、その両方を一瞬にして雲散霧消させてしまったのは、さきほどからの声の主。その人物は、テーブルをはさんだ向かいの入り口近くに立っていて、乱歩にこう話しかけてきた。

「中で話し声がしていたようなので、しばらく廊下で待っていたんだが……おや、見ると誰もいませんね。そういえば、フッと何か人影がよぎったような気がしたな。それで、そちらのご用事はすんだんですか？」

その人物――スラリとした長身で、細面《ほそおもて》に丸眼鏡をかけた、いかにもおしゃれな紳士はけげんそうに室内を見回した。

「あ、水谷君か……」

その顔を見、その名を呼んだとたん、乱歩は完全に現実界に引き戻された。

「うん、用事はすんだ、というより全ては終わったよ」

「ほう？　それならよかったですが……」

雑誌「新青年」編集長・水谷準は物珍しそうに室内を見回しながら言った。

「それにしても、久しぶりにこの近くまで市電でやってきたんですが、何とも風変わりな、いかにも乱歩さん好みの街角ですな。しかも途中に洋書専門の古本屋があって、なぜかわが『新青年』のここ一、二年ばかりのバックナンバーがそろっていましてね、つい見入ってしまいましたよ。ああした場所で自分の編集した雑誌、ことに自分の文章を読むのも不思議な感じですね」

「そんなものかね。私はなるべくなら見ないようにしているが……それにしても、よくこがわかったね」

「それはもう蛇の道は蛇、ですよ。前任者の横溝正史君以来、乱歩さんの足跡を探るのがわれわれの必須能力となっていますから。まぁ、そんなことはともかく」

水谷準は口元には微笑を絶やさず、だが声音には厳しさを加えて、

「それで、どうなんですか、『悪霊』の件は——次のお原稿はいついただけそうですか。確か前うかがったのでは、次は第三信、第四信とたたみかけ、しかも舞台は新宿と聞いて楽しみにしていたんですが」

「そのことなんだが……ちょっと待ってくれたまえ」

乱歩はあたふたと立ち上がると、部屋の一方の隅にある書き物机のところに行き、ホテルの用箋らしきものにスラスラと鉛筆を走らせ始めた。しばらくして、テーブルのところにまで戻ってくると、

「これを」

と水谷準に手渡した。それは次のような内容だった。

「悪霊」についてお詫び　江戸川乱歩

「悪霊」二ヶ月も休載しました上、かくの如きお詫びの言葉を記さねばならなくなつたことは、読者、編輯者に対してまことに申訳なく、又自から顧みて不甲斐なく思ひますが、探偵小説の神様に見放されたのでありませうか、気力体力共に衰へ、日夜苦吟すれども、如何にしても探偵小説的情熱を呼び起し得ず、脱殻《ぬけがら》同然の文章を羅列するに堪へませんので、こゝに作者としての無力を告白して、「悪霊」の執筆を一先づ中絶することに致しました。

併し、探偵小説への執心を全く失つてしまつたといふ訳ではありませんから、気力の恢復を待つて、ふたたびこの雑誌の読者諸君に見《まみ》える時の来るのを祈つて居ります。

「悪霊」失敗の一つの理由は、種々の事情の為に、全体の筋立て未熟のまゝ、執筆を始めた点にもあつたと思ひますが、未熟ながらも、その大筋なり、幾つかの思ひつきなりは、このまゝ捨て去るにも忍びませんので、それらが有機的に成熟するのを待つて（現在の気力では、それには相当長い期間を要しますが）いつか稿を改めて発表したいとも考へて居ります。

鋭い目でそれらの文字を追っていた水谷準は、やがて用箋をトントンとそろえると、それを鞄に収め、いやにせかせかと立ち上がった。

「――わかりました」

彼は、さすがに怒りを帯びた低い声で言った。

「では、さっそくこれを、今追いこみ中の四月号に載せるとしましょう。お忘れかもしれないが、実は今日がその締切日でしてね。そんなわけで、ちと急ぎますので、これで失礼」

そう言い置くと、水谷はあとをも見ずにスタスタと部屋をあとにした。階段をめぐり、一階を抜けて街路へ出たところで、ふとふりかえった。

すると、窓の一つから美しく可憐な風貌のボーイがこちらに笑いかけ、手を振っている。

(――――?)

つられて手を振り返そうとして思いとどまり、会釈だけして坂道をひたすら下った。少年のようでもあり、少女のようにも見えるその姿に、何とも不思議な感じがしてならなかった。

電車道に出て、ふいにゴタゴタとして生活感あふれる日本の風景に投げ返された思いがした。

「張ホテル……いや、ちょっと待てよ」

水谷準は鞄を開くと、さっき受け取ったばかりの謝罪文を取り出した。そこに刷りこまれた《TOKYO AZABU / CHŌ HOTEL》の文字にかすかな記憶があったからだ。

「悪霊」の原稿をめぐり、博文館や「新青年」の名を騙って行なわれたやりとりは、彼のあずかり知らないところだったが、それでもこれと同じ用箋で問い合わせのような手紙を受け取ったことがあったのだが……。

「まぁ、いいか」

水谷準は原稿をしまい、鞄の蓋をパチンと閉めると長い足を駆って歩き始めた。乱歩のこの文章とともに大急ぎで誌面に突っこまなければならない文章があったからだ。


二ヶ月続きの日蝕、今度こそは陽の目を見ようと、作者編輯子ともぐに躍起となつたが、「悪霊」つひに出でず、御期待の愛読者諸君には御詫びの言葉もない次第だ。乱歩氏を起たしめたる事は、或ひは編輯子の憎むべき錯覚であつたかも知れない。これですつぱり諦める。いづれ月をあらためて、この償ひをさせて貰ふ決心である。

——「新青年」昭和九年四月号〝編輯だより〟より

こうして、名作「陰獣」以来の、そして江戸川乱歩にしか書けない本格探偵小説が生まれ出るのではないかという夢は潰えた。そのことへの芸術の女神――彼女は理由の如何を問わず怠惰を決して許さない――からの処罰であったかのように彼は長い沈滞と、彼自身が「眼高手低」とした現実と理想のギャップに苦しめられ続け、あげく戦後に至っては横溝正史や角田喜久雄《つのだきくお》ら年下の友人たち、坂口安吾《さかぐちあんご》のような別分野の作家、さらには高木彬光《たかぎあきみつ》、鮎川哲也《あゆかわてつや》ら全くの新進たちによって、自分の理想が実現されてゆくのを見ることになる――。

そんな中、「悪霊」は異様な意匠を隅々まで凝らし、異形な骨組みを地平にそびやかせながら、中途で放棄された廃墟のような威容をさらし続けた。そこに提示された謎のいくつかはすでに解かれているのに、あまりに答えの出ない部分が多く、結局この迷宮を通り抜けて帰ってきたものは誰もいない。

江戸川乱歩自身は、後年この作品についてこう記している。

読者はこの中絶を非常に惜しんでくれ、あのつづきを書けという声が、戦後までも聞かれたほどである。しかし、私はどうにも書きつぐ気がおこらなかった。

と――。

そこでは、ただ構想の未熟と、書くうちに露呈した矛盾百出が原因とのみ告白されていて、「悪霊」の全ての謎が解かれ、真の作者の意図が残らず明らかになったゆえにこそ書くことができなくなった事実については、何一つ触れられていないのだった。

合作者の片割れによるあとがき
――あるいは好事家のためのノート

　江戸川乱歩の未完の作品「悪霊」を書き継ぎ、完成させる――それは少なからぬ乱歩ファン、探偵小説ファンのひそやかな夢であり、作家にとっては秘めたる野望ともなってきました。何しろ、その成立から中絶に至る事情自体がドラマチックであり、そこには乱歩自身の苦悩や、長い間、その所在さえわからなかった謎めく「張ホテル」での日々までもがからんでおり、何もかもが探偵小説的な色彩を帯びているのです。

　そして何より作品自体の魅力。「悪霊」は物語の冒頭からして何やらデロリとした濃厚さとやりきれない陰鬱さに満ちていて、それはあの「陰獣」や『孤島の鬼』を彷彿させずにおきません。それに続く土蔵密室の殺人や無意味とも思える死体の傷、そしてあの不可解な記号。物語は変人奇人が顔をそろえた降霊会へと移り、そこで、後に続くべき悲劇が予言され――そこで物語がプッンと途切れてしまう、フィルムの切れた映画のように、ふいに崖になってそれ以上行くことのできない山道のように。

　そうなった事情もまた謎に包まれています。構想未熟のまま見切り発車で連載をスタートしてしまったためだとか、あるいは肝心かなめの大仕掛け、最後の最後に読者を驚かせるはずだった意外な犯人を、周囲から海外作品の先例をもとに指摘されてしまったせいだとも言われていますが、どうにも決定打に欠ける気がしてなりません。

　むろん、このようにして「悪霊」という作品が中絶してしまったからこそ、伝説の作品になったともいえるのですが、小説というものは、ことに探偵小説というものは、それがどんなに無様でドタバタした辻つま合わせの結末であっても、語り終え、書き終わり、解決をつけなくてはなりません。許されるのは、それが作者の死か、よほどよんどころない事情によって、それが不可能となる場合でしょう。

　かといって、他人が勝手に結末をつけていいというものではないのですが、探偵小説というものは由来、作者からの挑戦の文学であり、作者が予期しなかった解釈や結末をつけることもしばしば許されます。そして「悪霊」はまさに作品ばかりか作者乱歩氏や私たちのいる外側の世界まで含めた謎が、かれこれ九十年近く我々の前に提示され続けてきたのです。

　かつてロバート・ブロックは、エドガー・アラン・ポーの遺作「燈台」を書き継ぎ、幻想と怪奇の巨匠との〝合作〟を果たしました。オーガスト・ダーレスは師と仰ぐH・P・ラヴクラフトのメモや遺稿の断片を小説化して、これまた〝合作〟の夢を十六度にわたりかなえました。ということは、「悪霊」を完成させれば――？

　一時期、大先輩の土屋《つちや》隆夫《たかお》先生が、あの記号を含めて謎を解き、「悪霊」続編の構想を立てられたと聞きました。と同時に、今日の目からすればあまりにも多くの問題表現を含むがゆえに、たとえ執筆しても出版は困難であろうと断念されたことも。

　あの記号の正体が解明された――このことは私を大いに驚かせ、と同時に土屋先生がそれを発表することのないまま亡くなられたことで悔しがらせました。一人の名探偵が真相にたどり着いたということは、正解がちゃんとあるということであり、自分ははるかに及びもつかぬへぼ探偵だとしても、いつか何かの偶然でそこに到達できるのではないかと考え続けてきたのです。

　とはいえ、この謎がなかなか厄介きわまるものでした。犯人が誰かはミステリファンの常識となるぐらい知れわたっているのに、それ以外のことはほぼ何もわからない。新保《しんぼ》博久《ひろひさ》さん（光文社・文庫全集版の解説者でもあります）に「悪霊」の書き継ぎについて相談したところ、「あんな誰でも真相を知ってる小説の結末を今さら付けるんですか」と笑われてしまいました。

　いや、確かにそうなんですけど、今になって書いたとしても、何だやっぱりかと言われかねないんですけど、でも、あまりにもわからないことだらけというのも確かなのです。そもそも乱歩自身が書いておいてくれた部分があまりに少ないので、物語を続けようとすれば新たな事件、新たな人物、新たな場所を付け加えなければならない。それは果たして許されるのかということもありました。

　そんなこんなで書きあぐねていたある日、確か神津恭介《かみづきようすけ》ファンクラブの会合で、ミステリ研究家の浜田《はまだ》知明《ともあき》さんから「『悪霊』続編～構想篇」という評論のコピーをいただきました。末尾に「平成28年6月11日」とありますから二〇一六、七年あたりのことでしょうか。これはいかにも浜田さんらしい徹底的にデータを集めた上での研究考証で、「悪霊」の失われた結末について分析と解釈が繰り広げてありました。

　何より驚いたのは、こちらが漠然と考えていた作品内の問題点や伏線と思われる個所が残らず洗い出されていて、ほぼ付け加える部分がないということでした。たとえば事件発生からの時間経過と、これについて書き記した手紙の日付の大きなズレ、土蔵の施錠についてのわざとらしい記述、さらにはあの謎めく路上生活者の殺人現場に出入りした人間に関する証言にめぐらされた巧妙な罠などをとりあげ、それぞれにもっともな解釈が付されていたのには、感嘆とともに頭を抱えずにはいられませんでした。

これをそのまま引き写せば、「悪霊」の解決編が書けてしまうのではないかと思うほどでした。とはいえ、職業：探偵作家である私とすれば、さすがにそういうわけにはいきませんでした。一方この論考では、先に記した被害者の傷の問題、何よりかんじんの奇怪な記号の正体については、全く未解明であることが率直に語られていました。

これらは何を意味するかといえば、もし「悪霊」の続作に挑戦し、かつまたそれを価値あるものにしようとするなら、これまで誰も解き得なかった謎の最も難解な部分については新たに正しい解決をつけなければならず、すでに解かれてしまった謎やトリックについては、これらをことごとく引っくり返さなければならないということでした。

とてもできそうにはないと落胆する一方で、そこにこそ「悪霊」を完結させる意義があるのではないかとも思いました。と同時に、それが単なる完結編ではなく、『乱歩殺人事件――「悪霊」ふたたび』という不遜なタイトルのもとで書かなければならないということについても。もっともこれは、実際に書き始めて見えてきたことでもありました。

そしてその成果が、今まさにお手にとっていただいているこの一冊なのです。そこに至るまでの紆余曲折は語れば尽きないものがあるのですが、一つ大きく立ちはだかったのが作品のテキスト、とりわけ表記の問題でした。

江戸川乱歩は、戦後の国語改革――歴史的仮名遣いから現代仮名遣いへの変化、漢字制限に加えて正字から略字への切り替え（「亂步」→「乱歩」）に対応し、自作を生きのびさせるために自ら大胆な校訂を行ないました。それは以降の全集や選集、文庫の全ての底本となり、乱歩と言えばこの字づかいというイメージの人も多いと思います。

もっともそこには、「眼鏡→目がね」といった書き換えや「明きらか」のような送り仮名など、当時の国語政策の行き過ぎを示すものが散見され、とりわけ謎の女賊「黒蜥蜴」が本文だけとはいえ「黒トカゲ」になってしまっては艶消しもいいところでしょう。

一方で、二〇〇四年に刊行がスタートした光文社文庫版の全集では初出を重視して、戦前戦後のバージョンを細かく対校する方針が取られました。たとえば最初期の短編「D坂の殺人事件」における、おなじみの明智小五郎初紹介は角川文庫を含む戦後改訂版では、

> 話をしてみるといかにも変り者で、それで頭がよさそうで、私の惚れ込んだことには、探偵小説好きなのだが

となっているところ、戦前版では、

> 話をして見ると如何にも変り者で、それで頭がよさ相で、私の惚れ込んだことには、探偵小説好なのだが

と、やや見慣れぬ文字遣いが見られます。これはまだ読みやすい方で、「軈《やが》て」とか「併《しか》し」「詳《くわ》敷《し》く」とかなってくると今の読者の負担になりかねませんし、特に「悪霊」はことさら晦渋《かいじゅう》なふん

い気をかもし出しているので、これはやはり戦後版かなと決めかけていました。

ところが、ここで大問題が発生したのです。「悪霊」は「新青年」昭和八年（一九三三）十一月号から翌九年一月号に連載されたあと、戦後の昭和三十年になって初めて単行本収録されたのですが、発表以降ずっとある問題点が放置されてきました。それは本書の第一信で、被害者の傷跡を克明に説明する中で「左前上膊部」にあったはずのものが、直後には「右腕の傷口からのもの（注・血流）は手首に向って下流し」となっており、これは戦後版まで一貫しています。

それが、光文社文庫版では、その矛盾を正すためか後者を解題者の責任において「左腕」と訂正している。これは初出時からの乱歩のミスか、それとも「右腕」はそのままに「右前上膊部」とすべきだったのか――あるいは、この右と左の混在に乱歩のトリックが含まれていたのか。とにかくその相違によって作中の推理が大幅に変わってくるわけですから、これはもう大いに悩ましい点でした。

そうとは知らず結果的に「左腕」に傷があるということを前提に推理を組み立てたのですが、となると「第一信」「第二信」のパート（それらの切れ目は連載初出時のままです）については光文社文庫版、すなわち初出バージョンを選ぶほかありませんでした。ちなみに同じ推理を「右腕」に置き換えてみたところ、トリック検証用に使ったデッサン人形（誰かからの貰いもの）の足をへし折ってしまう悲しい結果となりました。

実は本書編集の途上で、さらにとんでもない事実が発覚しまして、「新青年」初出では「右臂部からの（これが一番大きい傷口なのだが）」というくだりに「ひだり」とルビが振ってある。当時はルビ付き活字が多用されていたので（「悪霊《あくれい》」という誤植が散見するのはそのせいでしょうか）

こんなことは起きにくいはずですが、とにかく「右臂部《ひだり》」をどう解釈すればいいのか。まぁもともと「左右臂部」に傷がまたがってはいるようですが……。ちなみに角川文庫などでは「左臂部」となっていますが、本書では光文社文庫の「右臂部」にもとづいて推理してしまったので、ご了承ください。

もっとも初出—光文社文庫バージョンで全てを統一したわけではなく、語りのトーンを使い分ける必要もあって、「発表者の附記」パートや乱歩の随筆パート、あるいは乱歩自身の出演パートなどによって、さまざまな表記ルールが入りまじったことについては、ご了解いただけますよう。

そして本作品については、こうした執筆裏話もさることながら、ぜひお話ししておかなければならないことがあります。それは当初の担当編集者であった榊原大祐《さかきはらだいすけ》さんが二〇二一年の一月に享年三十九という若さで急逝されたことで、ちょうどその前の月に打ち合わせたときには、この作品を勝負作にしようと話し合ったばかりだっただけに、その衝撃は極めて大きいものがありました。

作家というものは担当編集者がいてこそで、前任者が異動したり、その社と何となく仕事をする機会が途絶えているうちに縁が切れてしまうということは実に多々あります。そんな中で、誰々さんを担当したいと手を挙げてくれる人がいるかいないかこそが生命線となります。

まさにそうしてくださったのが榊原さんで、二〇二〇年二月三日に初対面早々、私の『奇譚を売る店』がお好きということで、書物テーマのものをあれこれと考え、ハッと気づいて「悪霊」を取り上げることを提案し、その場で快諾を得たのでした。しかし、ものがものだけに執筆以前の段階で難航を重ね、大した成果も見せられないうちに訃報に接したことは、乱歩の蹉跌《さてつ》を云々する資格はないと思えるほどの大いなる後悔を残しました。

　これでこの作品も言わばはぐれ者となり、このまま雲散霧消して行くのかなと思っていたところ、私と言うよりは、むしろ榊原さんの仕事を完遂させてあげたいという思いからでしょうか、後任として岩橋真実《いわはしまなみ》さんが担当を引き継いでくださり、決してあきらめることのない叱咤激励を頂戴した結果、どうやら脱稿にこぎつけ、鯉沼恵一《こいぬまけいいち》さんの大胆不敵な装幀を得て、今ごらんの一冊を完成させることができたわけです。

　執筆に際しては、前記浜田知明氏の論考のほか、初めて「張ホテル」の場所を特定した藤井淑禎《ふじいひでただ》氏『乱歩とモダン東京』、今和次郎氏編纂『新版大東京案内』、芳賀善次郎《はがぜんじろう》氏『新宿の今昔』、ウェブサイトでは「新宿大通り」「キヌブログ！」などを参照させていただきました。そして何より、『江戸川乱歩年譜集成』に至る〝江戸川乱歩リファレンスブック〟シリーズで金字塔を打ち立てられた中相作《なかしょうさく》さんのお仕事なくしては、本作を含めた私のオマージュ作品も成立しなかったでしょう。

　そしてまた、江戸川乱歩先生の偉大な業績を守りながらも、自由な創作や研究を認めてくださっている平井憲太郎《ひらいけんたろう》様をはじめとする関係者の方々に心からの感謝を。そして願わくば乱歩先生ご自身からも、このとんでもない小説へのお許しがいただけますように――。

二〇二四年一月

芦辺　拓

【合作者の附記】

本書がその物語世界の土台とし、母体ともなった小説「悪霊」には、今日の視点からして問題とされる表現が多数含まれています。作者江戸川乱歩氏が、その当時当たり前のように共有されていた偏見や差別意識から解放されていたとまでは言いませんが、常ならざる者たちや少数派に向ける彼の目には常に共感と畏怖がありました。その点、戦後の経済成長下に見られた、労働力にも組織の一員にもなることが困難だった存在への冷たい視線よりは、はるかに先を行っていたと言えるでしょう。

そうしたことを鑑み、本書では乱歩氏の執筆部分については底本のままとして手をつけず、私が新たに書き下ろしたパートについては、問題表現をできるだけ排除しつつ原著との整合性を損なわないよう留意しました。読者のご理解をいただければまことに幸いです。

本書『乱歩殺人事件――「悪霊」ふたたび』は、江戸川乱歩が雑誌「新青年」に一九三三年（昭和八年）十一月号から三四年一月号まで連載した「悪霊」第一回、第二回、第三回、および三四年四月号掲載の「「悪霊」についてお詫び」に、芦辺拓が書き下ろし原稿を追加し創作したものです。

本書への収録にあたっては、「新青年」誌面、『十字路』（角川文庫、一九七五年刊）、『江戸川乱歩全集第8巻 目羅博士の不思議な犯罪』（光文社文庫、二〇〇四年刊）に掲載のテキストを参照しました。

本文中には、「片輪」「躄」「不具」「気違い」「めくら」「びっこ」といった、今日の人権意識に照らして使うべきではない語句や、特定の人種や属性への偏見を含んだ不適切と思われる表現があります。しかし、雑誌に掲載され広く読まれた作品の中には、当時の文化や風俗、社会通念が、作品の設定そのものと分かちがたく結びついている部分があります。著者が故人であることと、こうした状況を踏まえ、当初の表現を採用いたしました。

あらゆる差別に反対し、差別がなくなるよう努力することは、出版に関わる者の責務です。この作品に接することで、読者の皆様にも現在もなお、さまざまな差別が存在している事実を認識していただき、人権を守ることの大切さについて、あらためて考えていただく機会になることを願っています。（編集部）

装幀　鯉沼恵一（ピュープ）

芦辺 拓（あしべ　たく）
1958年大阪府生まれ。同志社大学法学部卒業。86年「異類五種」で第２回幻想文学新人賞に佳作入選。90年『殺人喜劇の13人』で第１回鮎川哲也賞を受賞しデビュー。2022年『大鞠家殺人事件』で第75回日本推理作家協会賞（長編および連作短編集部門）および第22回本格ミステリ大賞（小説部門）を受賞。著書に『十三番目の陪審員』『金田一耕助VS明智小五郎』『奇譚を売る店』『鶴屋南北の殺人』『森江春策の災難』『名探偵は誰だ』『大江戸奇巌城』など多数。

江戸川乱歩（えどがわ　らんぽ）
1894年三重県生まれ。1923年「二銭銅貨」でデビュー。「明智小五郎」シリーズなどを世に送り、日本に探偵小説ジャンルを確立させ、日本推理作家協会の設立にも寄与した。1965年死去。

乱歩《らんぽ》殺人《さつじん》事件《じけん》――「悪霊《あくりょう》」ふたたび

2024年１月31日　初版発行
2024年４月15日　再版発行

著者／芦辺《あしべ》 拓《たく》　江戸川乱歩《えどがわらんぽ》

発行者／山下直久

発行／株式会社KADOKAWA
〒102-8177　東京都千代田区富士見2-13-3
電話　0570-002-301（ナビダイヤル）

印刷所／旭印刷株式会社

製本所／本間製本株式会社

ISBN 978-4-04-114635-4　C0093